KB269303

꽃 지고
강물 흘러

꽃 지고 강물 흘러

이청준 소설

문이당

작가의 말

2000년 여름에 출간한 소설집 《목수의 집》 이후의 작품들을 묶었다.

책을 낼 때면 대개 수록 작품들의 아쉬운 곳을 손보게 마련이지만, 이번 〈오마니!〉와 〈심부름꾼은 즐겁다〉의 경우는 특히 다른 작품들 〈꽃 지고 강물 흘러〉나 〈무상하여라?〉와의 내면적 연속성을 떠올리며 여러 대목 고쳐 썼다.

초기 기계 문명화 시대에 찰리 채플린은 그의 영화에서 인간이 기계의 한 부속품으로 전락해 가는 절망스러운 모습을 보여준다. 오늘 우리의 삶은 거대한 정보 체계의 보잘것없는 미세 단위로밖에 취급받지 못하는 느낌이다.

사람들은 더러 이 첨단 대량 정보 시대에도 여러 면에서 가

내 수공업적 특질을 벗어날 수 없는 문학이 유효한 것인지 의구심을 금치 못하는 듯하지만, 살아 있는 삶의 정보 자율체라 할 소설은 그 정보의 선악과 유용성을 가려내는 검색 기제로서의 기능 한 가지로 해서도 그 존재의 값을 여전히 힘있게 지녀 나아갈 수 있어 보인다.

그런 믿음 위에 또 소설을 쓰고 책을 내게 된다.

2004년 가을
이　청　준

꽃 지고 강물 흘러

형수가 어디 나들이를 갔는지 집이 비어 있었다.

사립문을 단속하지 않은 걸 보아 먼 길을 나선 것 같진 않았지만, 인적기 없는 빈집 안마당을 들어서려니 어딘지 새삼 기분이 서먹했다.

사립 앞에서 차를 먼저 내린 아내도 같은 기분인지 뒤 트렁크만 열어 둔 채 데면데면한 표정으로 나를 기다리고 있었다.

나는 아내의 속내를 모른 척 스적스적 혼자 담쟁이덩굴 무성한 블록 담벼락을 돌아 나갔다. 수년 전에 돌아가신 노인이 누워 있는 뒷산 중턱께의 밭고랑을 살펴보기 위해서였다. 이 동네로 거처를 옮겨 오고 작은 산밭 한 뙈기를 장만하고부터 노인은 늘상 그 산밭 고랑에만 묻혀 지냈다. 한 해 한두 번씩 당신을 뵈러 왔다 집이 비어 있어 찾아보면 노인은 어김없이 산밭이랑 사이를 무슨 세월의 얼룩처럼 조그맣게 떠돌고 있었다. 그러다 마지막 몇 해를 치매기 속에 헤매다 노인은 아예 그 밭뙈기 한 귀퉁이에다 유택을 잡아 눕게 됐고, 이후부턴 당신 대신 형수가 그 산밭 길을 오르내리기 시작했다. 노인이 가신 뒤로도 이따금 빈 사립을 들어서려다 담벼락을 돌아 나가 산밭 쪽을 올려다보면 옛날의 노인처럼 형수가 그 밭고랑을 오가고 있었다.

하지만 이날은 바야흐로 가을걷이가 시작된 누런 콩밭 한쪽으로 역시 희누렇게 변해 가는 노인의 묘소 봉분만 나지막하게 드러날 뿐 다른 사람의 흔적은 눈에 띄지 않았다.

「저 사람 말처럼 역시 오질 말았어야 했나?」

나는 하릴없이 발길을 되돌리며 속으로 혼잣말을 삼켰다.

전화로 미리 알리지 않고 온 것이 잘못인지 몰랐다. 하지만 전화보다도 아내는 이번 큰집 길 자체를 썩 탐탁해하지 않았다.

「우리가 찾아가는 거 형님이 갈수록 귀찮아하는 거 당신도 알잖아요. 찾아오는 사람 차마 오지 말라는 소리는 못해도 하룻밤만 자고 일어나 봐요. 우리가 다시 가방을 꾸리고 나서려는 기미만 살피는 식이잖아요. 게다가 이번엔 어머님 제사도 아닌데…….」

아내의 말은 그리 틀린 소리가 아니었다. 노인이 돌아가시고 나자 형수는 이제 우리가 그 큰집 길 발걸음을 끊을 것으로 여긴 모양이었다. 아내와 함께든 나 혼자서든 가까운 지역을 지나다 생각나 들러 보면 형수는 남의 식구 대하듯 문밖에서 '웬 느닷없는 걸음이냐'는 식으로 생뚱스러운 응대였다. 전화를 미리 하고 갔는데도 저녁 준비가 없을 때도 있었고, 더러는 아예 대문을 걸어 잠근 채 불을 끄고 자다가 얼결에 깜깜한 방문을 열고 나오는 때마저 있었다. 그런 투의 형수의 냉대는 해가 갈수록 티를 더해 갔고, 아내는 끝내 더 이상 그것을 참을 수 없어 했다.

「이제는 어머님도 안 계신데 우리가 뭐가 아쉬워 번번이 그런 눈치 보아 가며 여길 찾아다녀야 해요? 제삿날 말고는 이제 여기 그만 다녀요.」

지난 초봄께 노인의 기제사를 치르고 돌아가는 길에 아내가 은근히 벼르던 소리였다. 그리고 이후엔 나 역시 아내의 불편한 심기를 더치지 말자고 철 따라 명절 따라 줄기차게 내려 다니던 이 큰집 발길을 1년 가까이나 끊고 지내 온 것이었다. 하다 보니 형수도 눈치가 좀 이상했던지 요 가을철 들어선 이따금, 어째 이즘엔 통 발길이 뜸하냐, 가을철 가기 전에 한번 다녀갈 예정 없느냐, 전에 없던 전화를 걸어오곤 하였다. 하지만 아내나 나는 그것까지도 좋은 뜻으로 받아들여지지 않았다. 이쪽에서 한동안 소식이 잠잠하니 언제 갑자기 닥쳐들지 불안해서 그러는 게지. 인제 정말 우리가 발길을 끊으려는지 알고 싶어서이기도 할 거구…….

거기까지는 아내나 나나 비슷한 심정이었다. 하지만 정말 발길을 끊고 싶어 하는 아내에 비해 내 속마음은 솔직히 그런 식으로 쉽게 정리될 수가 없었다. 우리가 아예 발길을 끊고 나면 그 집이 누구 차지가 되고 마는가. 대체 누구를 위해 어떻게 지어진 집인데 누구 좋으라구……. 작은 오두막 한옥이나마 그 집은 애초 노인을 위해 당신의 소망에 따라 지어진 집이었다. 그리고 수삼 년 당신의 고단한 노년 세월을 묻고 간 그 집은 여전히 당신의 집이어야 마땅했다. 뒷산 밭 자락 한곳으로 노인이 마지막 쉴 자리를 잡아 옮겨 간 지 10년 가까운 지금에도 그런 내 마음은 여전히 바뀌지 않고 있었다. 아니, 우리가 발길을 끊어 주기를 바라는 듯한 형수의 눈치가 노골적일수록 그 집을 여전히 노인의 것으로 지켜 가고 싶은 마음이 자꾸 더 날을 세워 갔다.

형수의 눈치가 아무리 불편하더라도 나는 절대로 발길을 끊을 수 없었다. 발길을 끊는 것은 그날로 노인의 집을 형수에게로 넘겨주는 것이었다.

그런데 지난 9월 하순께였다. 이쪽 ス 문화원에서 해마다 주

최해 온 '출향 문필인 고향 방문' 행사 일정을 알려 온 걸 보니, 올해는 10월 첫 토요일 저녁에 특별히 지역 내 고찰 보림사의 범종 타종 행사가 예정되어 있었다. 보림사의 저녁 범종 소리는 언젠가 그 방면에 식견이 있는 한 음악도 친구의 감탄을 들은 적이 있어 근처에 들를 때마다 일부러 찾아 듣곤 해온 터인데, 스님들이 특별히 타종 행사를 베푼다니 마음이 끌리지 않을 수 없었다. 나는 곧 남행길을 결정했고, 여태까지 늘 같은 길을 함께해 온 아내에게도 그 특별한 타종 행사를 내세워 동행을 제의했다. 굳이 말을 하지 않았지만 길을 나선 김에 이번엔 모처럼 만에 큰댁까지 함께 다녀올 생각에서였다.

하지만 아내는 보림사만으로도 이번 남행길이 결국 형수네 큰댁까지 이어지리라는 것을 금세 알아차렸다. 뿐더러 자신의 불편스러운 속내와 상관없이 내 남행길 예정이 쉽게 바뀌지 않으리라는 것도 알고 있었다. 그녀는 남행길 이야기가 처음 나왔을 때 몇 마디 형수에 대한 불편스러운 심기를 드러냈을 뿐 이내 입을 닫고 말았다. 그리고 이 10월의 첫 토요일 아침 그런대로 썩 범상한 안색으로 길을 따라나섰고, 지난 저녁 보림사 타종 행사를 참관하고 이날 아침 느지막이 내가 찻길을 이쪽으로 잡고 나섰을 때에도 별말이 없었다.

하니까 사실 형수에게 전화를 걸어 두려면 이날 아침 이쪽으로 길을 잡아 나설 때가 적당했다. 하지만 나는 생각이 났으면서도 역시 통화를 단념했다. 이웃집 마실에, 들밭 일에 집을 자주 비우는 형수가 이날따라 우리 전화를 기다리고 앉아 있을 것 같지도 않은 데다, 전화를 하려면 어차피 아내가 나서 줘야 할 일이었다. 여태껏 조용히 입을 닫고 따라온 아내와 그 일로 새삼 이러쿵저러쿵 탐탁찮은 소리가 오갈 수도 있었다.

「끼니 차림이야 잠자리 단속이야 준비가 통 없는디, 그렇게 갑자기 사람이 들이닥치면 나 혼자 어쩌란 말이냐.」

전화를 미리 걸고 보면 항용 되돌아오는 형수의 짜증 섞인 푸념이었다. 아내에게 전화를 걸랬다간 그런 타박 투를 잊지 않고 있을 그녀의 반응 또한 짐작이 뻔했다.

「당신은 그런 형님 말투 몰라서 그래요? 어차피 가려거든 전화 같은 거 걸지 말구 그냥 가요. 어머님도 안 계신 지금 누가 우릴 반가워한다고 그런 델 굳이 꼭 찾아가야 하는지 모르지만.」

서로 간에 자칫 그런 소리가 오가기 쉬웠고, 그렇더라도 끝내는 가고 말 길 앞에서 아내나 나나 그것은 원하는 바가 아니었다. 하기야 그런 전화를 미리 해뒀대도 전날의 행티로 보아 지금과 무엇이 크게 달라질 것도 없었을지 모르지만.

사립을 다시 들어서니 아내는 아직도 옷가방조차 안으로 들이지 않은 채 우두커니 마루 끝에 걸터앉아 있었다. 그리고 속으로 별러 온 듯 몸을 마주 일으키며 한마디 조심스럽게 건네 왔다.

「우리 이렇게 그냥 여기서 기다리고 있을 거예요?」

「여기서 기다리지 않으면…… 그럼 어쩌자구!」

나는 아내의 속내가 뻔했으므로 짐짓 퉁명스럽게 반문했다. 그러자 이번에는 아내가 좀 더 분명한 어조로 나왔다.

「형님이 혹 먼 길을 나섰다면 오늘 안으로 돌아오지 않을지도 모르는데, 주인도 없는 남의 집에 이렇게 밤까지 기다리고 있을 거냐구요.」

「이게 어째서 남의 집이야. 이건 우리가 어머니를 위해 힘들게 지어 드린 집이야. 그리고 아직 그 노인 양반의 손때가 남아 있구. 노인 돌아가시고 나서 형수님이 기를 쓰고 씻어 지워 내기는 했지만, 그래도 내겐 아직 당신의 손때와 숨결이 남아 있는……. 딴생각 말고 어서 건넌방 치우고 가방부터 들여놔.」

나 역시 은근히 더 목소리를 높이고 드는 바람에 아내는 그쯤에서 다시 입을 다물고 말았다. 하지만 나는 아내 앞에 한 번 더 오금을 박았다.

「문단속에 신경을 쓰지 않은 걸 보면 그리 멀리 간 것 같지도 않지만, 오늘 안으로 안 돌아오면 어때. 이따가 우리끼리 저녁 지어 먹고 내일 아침 올라가면 되는 거지 뭐.」

말을 끝내고 나선 아내의 반응을 아랑곳 않은 채 천천히 혼자 뒤꼍 쪽 펌프 우물께로 돌아갔다. 이젠 그 우물물에 발을 씻고 차분히 안으로 들어앉을 생각에서였다.

그런데 나는 그 뒤꼍 우물께로 돌아가다 말고 생각을 바꾸었다. 우물께의 작은 가구 창고 안쪽 벽에 바다낚싯대들이 걸려 있는 게 눈에 띄었기 때문이다. 수년 전 성가하여 대처로 나가 지내는 조카아이들이 내려왔다 간척지 들논 건너 제방에서 망둥이 낚시질을 즐기다 남기고 간 물건인 듯했다. 낚싯대 아래 아무렇게나 버려진 미끼통에는 말린 갯지렁이까지 몇 마리 남아 있었다. 아내의 말마따나 주인도 없는 빈집에서 심기가 편치 않은 사람을 상대로 시간을 보내기가 좀 뭣하던 참이었다. 나는 냉큼 그 낚싯대와 미끼통을 챙겨 들고 다시 앞마당으로 나서며 아내에게 말했다.

「마침 이게 있으니 나 저 제방 너머 개웅에서 낚시 좀 넣어보고 올게. 날이 늦어져도 형수님 오지 않으면 당신이 우리 저녁거리나 좀 찾아봐.」

「엄니 산소는 언제 가 뵈려구요?」

그런 내가 못마땅한 듯 아내가 찌뿌듯한 목소리로 물었다.

「이 양반 행방도 기다려 볼 겸 잠시 쉬었다 이따가 해 넘어가기 전에 가 뵈면 되지 뭐.」

나 역시 좀 시큰둥하게 대꾸하고 나서 이번엔 아내의 대꾸를 기다리지 않은 채 사립 밖에 세워 둔 차 트렁크에서 맥주 두어 캔과 과자 부스러기를 꺼내 낚싯대와 함께 묶어 들고 드문드문 가을걷이가 시작된 제방 쪽 벼논길로 들어섰다. 그러면서 조금 전 아내에게 일렀던 소리를 자신에게 다짐하듯 다시 한 번 뇌까렸다.

「그래, 이렇게 그냥 길을 되돌아설 수는 없지. 사정이 어떻든 이런 식으로라도 기어코 여기서 하룻밤을 지내고 가야 하니까. 여긴 아직도 노인의 집이니까. 그걸 형수에게 똑똑히 알게 해야 하니까.」

그 집을 짓게 된 내력부터가 당연히 그러했다.

윗마을의 옛집과 논밭, 조상들 선산까지 깡그리 주벽으로 팔아 없앤 가형이 결국엔 그 주벽에 씌어 아직 전도 창창한 세상까지 버리고 말았다는 소식을 듣고 노인을 찾아 내려갔을 때, 당신은 그동안 일정한 정처 없이 이곳저곳 떠돌며 헤매다 일을 당한 후 이웃 큰누이네 동네의 한 오두막, 주귀(酒鬼)에 홀린 아들이 혼자서 마지막 독주를 마시고 떠나간 움막집 거적방을 새 거처 삼아 지내고 있었다. 그동안 몸을 피해 친정살이를 하다 돌아온 30대 초년 청상 형수와 계집아이 하나까지 어린 세 조카아이들을 모아 데리고서였다. 객사와 다를 바 없는 주검에 한동네 자형이 서둘러 매장까지 끝내 버린 뒤여서 내가 따로 힘을 들일 일은 없었지만, 문제는 노인과 남은 식구들의 처지였다. 우선 움막집 꼴이 사람이 깃들여 지낼 만한 곳이 못 되었다. 노인과 어린 조카들을 그 거적방에 그냥 처박아 두고 발길을 돌릴 수가 없었다. 그렇다고 내게 무슨 해결 방도가 있을 수도 없었다. 당시엔 미혼인 처지라 따로 곁에 딸린 부담은 없었지만, 나이 서른 가까이까지 변변한 직장을 얻지 못한 채 이곳저곳 글 동네 변두리나 떠돌며 지내던 나로선 아무래도 마땅한 해결책을 찾을 수가 없었다. 하다못해 나와 함께 서울로 나가 잘 수도 없었고, 아니면 아예 거기 함께 주저앉아 버릴 수도 없었다.

사정이 그렇다 보니 우선 임기응변 식 처방을 내릴 수밖에 없었다. 그 식구들을 두고 떠나던 날 아침에 나는 노인에게 외상 선심을 깔았다.

「여기서 당분간만 더 고생하고 계세요. 제가 조금만 힘이 모아지면 형수랑 아이들이랑 함께 지낼 만한 거처를 따로 마련해 드릴게요.」

그리고 그 외상 선심에 대한 노인의 희망에 힘을 실어 드리기 위해 짐짓 당신에게 물었다.

「집을 새로 지어 드린다면 어머닌 어디를 원하세요. 그냥 이곳 누님네 동네가 좋겠어요, 아니면 장터거리쯤이 낫겠어요? 장터거리는 나중에 집값도 좋아질 텐데요.」

그런데 그때 노인의 반응이 내겐 전혀 예상 밖이었다.

「글쎄다. 그런 날이 와준다면 얼마나 좋겠냐만 아직은 네 한 몸 지내기도 힘에 부칠 처지에 우리한테 언제 그런 좋은 날이 올 수 있을라더냐.」

아들의 속내나 능력을 통 못 미더워하는 응대였다. 하고 보니 나는 그 노인의 예단이 다행스럽기보다 제물에 공연히 화가 났다. 그래 다시 다짐을 주듯 새 집터에 대한 노인의 희망을 몇 번씩 채근해 물었고, 노인은 그제야 마지못한 듯 한숨기 섞인 몇 마디를 덧붙였다.

「이제 와서 더 무슨 좋은 꼴 보자고 사람 눈길 번잡스러운 장터거리냐. 네 형 그런 꼴로 간 이 동네도 그렇고. 정작에 그럴 만한 날이 온다믄 조상들 선산 밑 동네로나 다시 가믄 모를까. 인제 나도 남은 세상이 길지 못한 늙은이 처지에 선산 밑 가까이 가 지내다 때가 오믄 조상들 보러 갈 길이 쉬워야 않겄냐. 그래야 지금껏 버려둔 조상 산소 길도 익힐 겸 나중에 느그들이 더러 나를 보러 오기도 편하겠고…….」

그 역시 내게는 뜻밖의 소리로, 노인이 별로 가망 없어 하면서도 그 집을 소망한 것은 당신과 조카아이들이 한데 모여 지낼 거처뿐만 아니라, 당신이 미구에 저승의 조상들을 만나러 떠나갈 마지막 길목을 마련하기 위해서였다. 그리고 또한 뒷날 당신과 조상들의 음덕 바라기를 겸해 당신의 자손들이 찾아 모일 마음의 의지처를 마련하기 위함이었다. 하고 보니 노인은 우선 발길부터 돌이켜 보려던 내 임시방편 격 선심을 어쩔 수 없는 빚 꾸러미로 뒤바꿔 놓은 것이었다.

나는 그렇게 노인을 떠나 서울로 돌아와서도 두고두고 그 빚 꾸러미를 벗을 수가 없었다. 내 무능한 주변머리에도 불구하고 그것을 잊기는커녕 갈수록 무게만 더해 가는 꼴이었다. 하지만 실상 그 빚 꾸러미의 내용은 노인 자신도 별 가망 없어 한 까마득한 꿈일 뿐이었다. 그것을 이뤄 드리고 못하고는 오직 내 능력 여하에 달린 일이었다. 그리고 좀체 그만한 여유를 마련할 처지가 못된 내게 차라리 좋은 마음의 구실이 될 수도 있었다. 하지만 나는 어차피 그럴 수가 없었다.

「글쎄다……. 우리한테 언제 그런 좋은 날이 올 수 있을라더냐.」

노인이 아들을 믿지 못하고 지레 뒷걸음질을 해버린 체념 투가 그 가망 없는 소망을 거꾸로 분명한 빚 문서로 못 박고 든 때문이었다.

「네 한 몸 지내기도 힘에 부칠 처지에 언제 우리한테 그런 좋은 날이…….」

진작에 아들의 무능력을 눈치 채고 있던 탓이기는 했겠지만, 그 몇 마디가 늘 벗어날 수 없는 빚 꾸러미의 무게로 나를 채근하고 든 때문이었다.

하여 내가 그 빚 꾸러미를 벗은 것은 30대 초반 결혼을 하고서도 10년 가까운 세월이 흐른 1970년대 후반에 이르러서였다. 혼인 전부터 빚 꾸러미의 사연을 알고 있던 아내의 이해를 얻어 그때까지 한 저축의 대부분을 털어 지고 내려가서였다. 하지만 물론 그것으로 노인의 소망을 모두 이루어 드릴 수는 없었다. 우선 집을 앉힌 자리부터가 그랬다. 이왕이면 새 의지처를 조상들 선산 근처로 바라는 노인의 생각은 여전했지만, 고래로 한번 떠나간 동네는 다시 들어가 살지 않는 구습이 있는 데다, 조상들이 묻힌 선산은 이미 형 때부터 남의 산이 되어 있어 그쪽으론 살아서건 죽어서건 다른 사람이 깃들일 곳을 마련할 수 없는 형편이었다. 그래 아예 한갓지게 마을에서 길을 멀리 내려와 이 해변 간척지 농장 길목에 새 집터를 마련해 몇 달 만에 세 칸짜리 아담한 한옥을 지어 앉힌 다음, 내친김에 멀찌감치 뒷산 기슭 중턱께에 서너 마지기짜리 산밭도 한 자락 마련해 드렸다. 식구들의 가용 야채갈이도 위할 겸 선산을 앗겨 버린 노인의 유사시에 대비하기 위해서였다.

물론 노인에겐 그만 정도로 더할 수 없이 만족이었다. 새집은 늘 안팎이 말끔하게 가다듬어지고 앞뒤 마당에는 감나무며 대추나무, 유자나무 따위가 빽빽하게 우거져 갔다. 뿐만 아니라 노인은 봄가을 계절이나 때를 가리지 않고 뒷산 기슭 뙈기밭 길을 쉴 새 없이 오르내리며 그 밭이랑 사이에서 길지 않은 여생을 보내다시피 했다. 처음엔 더할 수 없이 생생한 즐거움과 맑은 정신 속에, 나중 말년엔 갈수록 괴롭고 까마득한 의식의 함몰 상태 속에. 그리고 그것으로 당신이 돌아가실 내세의 집터 값을 치르고 길을 다 익히신 듯 어느 해 이른 봄, 마침내 이승의 모든 짐을 벗고 마지막 산밭 길을 올라가 새 유택을 지어 누으시고 만 것이다.

그 노인의 발길이 오가던 길목, 아직도 당신의 혼백이 오가고 있을 곳, 그래서 우리가 두고두고 새 선산 터 삼아 당신을 만나러 다닐 이 길목 집은 아직도 당신의 집이어야 했다. 그것을 어물어물 형수에게 넘겨주고 말 수는 없었다.

제방까지 올라서 보니 바로 눈앞에 바닷물이 펼쳐졌지만 썰물 때라 갈대밭 사이로 뻗어 들어온 수로 밖에는 달리 낚시를 넣어 볼 만한 곳이 없었다. 하지만 어차피 낚시질이 목적이 아니었다. 전에도 늘상 그랬듯이 망둥이 입질 손맛이라도 심심치 않다면 그것으로 시간을 보낼 구실은 충분했다.

나는 이윽고 수로 가에 펀펀한 갯돌 하나를 깔고 앉아 미끼 상자 속의 마른 갯지렁이 하나를 낚시에 꿰어 힘껏 물결 속으로 던져 넣었다. 그러곤 다시 근처의 작은 돌멩이들을 주워다 낚싯대를 일정한 높이로 고정시킨 뒤 천천히 손을 털고 일어나 담배 한 대를 빼어 물었다.

그렇듯 담뱃불을 붙여 물고 등 뒤쪽 멀리 농장 건너 뒷산 자락을 올려다보았을 때였다. 나는 일순 그 산밭 자락 사이에서 옛날 노인의 모습을 다시 본 것 같은 착각에 사로잡혔다.

「나 엄니하고 늘 함께 지낸께 심심하거나 무서운 줄 모른디라우. 엄니하고 밭도 같이 매고 도란도란 이야기도 나누고. 엄니도 거기 혼자 누워 계시기가 적적하신지 밭에만 올라가믄 그렇게 반기고 나오신다니께요.」

언젠가 늦도록 밭일을 하고 내려오는 형수에게 내가 짐짓 숲 자락 어둠 속에 노인의 혼기(魂氣)가 무섭지 않았느냐고 어깃 장 투로 말하자 속뜻을 알아차린 형수 또한 천연덕스럽게 되받 아 온 소리였다. 형수의 실없는 농담 투가 그런대로 제법 머릿속에 남아 있던 탓인지 이후부터 나는 바닷가에 나와서도 자주 그 산밭 쪽을 올려다보며 옛날 생시처럼 밭이랑 사이에서 노인의 모습을 찾곤 했었다. 하지만 그때마다 노인의 모습은 물론 흔적도 찾을 수 없었고, 밭 귀퉁이에 납작한 당신의 묘지뿐이었다. 그런데 이번엔 가을걷이가 시작된 황갈색 밭 자락 한쪽의 거뭇거뭇한 콩단 무더기 사이에 예전에 볼 수 없었던 웬 사람의 흔적이 아른아른 떠올랐다. 그것도 밭이랑 가운데께서가 아니라 노인 묘소의 바로 옆 벌 안 부근에서였다.

물론 노인의 모습일 리가 없었다. 아까는 보이지 않던 사람의 흔적이 나타난 탓에 내 마음이 아마 그런 착각을 빚은 모양이었다. 어디서 어떻게 나타났는지 모르지만 그것은 필시 형수의 모습임에 분명했다. 형수가 이날도 밭일을 나간 것이었다. 그리고 뒤꼍 감나무와 유자나무들에 가려 형수가 여태도 집 담벼락 앞에 세워 둔 우리 차나 사람을 알아보지 못하고 있음이었다.

하고 보니 나는 새삼 슬그머니 쓴웃음이 나왔다. 그리고 그때 얼핏 낚싯대 끝이 흔들리는 기미에 다시 허겁지겁 자리를 고쳐 앉았지만 그렇듯 씁쓸한 생각은 좀체 머리에서 사라지지 않았다.

좀 전엔 어째 눈에 띄지 않았는지 모르지만, 형수가 방금 어

디서 그 밭으로 날아들지 않았다면 그걸 찾아내지 못한 것은
굳이 그 형수를 찾고 싶어 하지 않은 내 방심스러운 심사나 눈
길 탓임에 분명했다. 그게 만일 노인의 일이었다면 어쨌을 것
인가. 노인의 일이었다면 보이지 않더라도 필시 밭길까지 쫓아
올라갔을 것이다. 노인은 들밭 일이 없는 늦가을이나 겨울철에
도 이따금 그 산밭을 찾아 올라가 우두커니 혼자서 따스한 해
바라기를 하고 앉아 있을 적이 많았으니까. 산밭 쪽만이 아니
었다. 노인에게 나중 차츰 치매기가 시작되었을 땐 이곳저곳
가리지 않고 어디론가 집을 떠나 사라진 일까지 잦았으므로,
당신을 찾아왔다 집이 비어 있을 때면 동서남북 먼 윗동네까지
산길 들길 사방 줄달음질하고 다니기 예사였다. 하지만 나는
굳이 형수를 찾으려 하지 않았고, 이제는 스스로 모습을 드러
낸 형수를 서둘러 보러 올라갈 생각도 하지 않고 있었다. 씁쓸
한 느낌을 넘어 허망스러운 감회마저 금할 수 없는 일이었다.
그간의 이런저런 서운한 사단들은 형수의 견실치 못한 심성 탓
이었는지 모르지만, 실은 형수의 안타까운 변모도 노인의 무상
한 늙음과 종생의 과정이 부른 무고한 세월의 업보일 뿐일 수
있었기 때문이다.

돌이켜 보면 새집을 지어 옮기고 나서 한동안 노인과 형수
사이는 더 바랄 바 없이 의가 좋았다. 형수는 노인에게 집안일

을 맡기고 노인과 아이들을 거두기 위해 10리 밖 장터거리까지 갯것 장사를 나다녔고, 노인 또한 그 고단한 청상 며느리를 위해 낮이면 산밭 일로 저녁이면 손주들 끼니 마련 일로 능력껏 서로를 위하며 지냈다. 어둠이 깊도록 형수의 귀가가 늦은 날엔 노인이 그 며느리의 어두운 밤길을 걱정하여 먼 농장 길 산기슭 굽이까지 마중을 나가기도 하였다. 한번은 내가 당신을 뵈러 갔던 길에 이미 여든 길로 접어든 노인의 하루하루가 너무 힘겨워 보여 떠보기 삼아, 나하고 함께 서울로 올라가 지내면 어떻겠느냐 물었더니 당신의 대꾸가 짐작한 대로였다.

「이 늙은 한 몸 편하자고 내가 여길 훌쩍 떠나고 보믄 저 어린것들하고 니 형수 혼자 어떻게 살라고야. 난 조금도 힘들거나 어려울 것 없다.」

그러곤 내가 행여 마음을 놓지 못해 채근하고 들 것을 막아서듯 다시 못을 박고 들었다.

「네가 나하고 니 형수 간의 일을 잘 몰라서 그런다. 내 꼭 한 가지만…… 이런 이야기 좀 들어 볼래냐?」

그러면서 전날부터 마음속 깊이 담아 온 일인 듯 노인이 내게 다짐 삼아 형수의 귀를 피해 털어놓은 사연은 이랬다.

그날따라 형수의 밤 귀갓길이 유난히 늦었다. 그러다 보니 노인의 어둠 속 길마중도 여느 때의 산모퉁이께를 훨씬 지나고 있었다. 하지만 노인은 피곤한 몸을 이끌고 어두운 밤길을 혼자 터벅터벅 고적하게 돌아오고 있을 며느리를 생각해 여전히 한 걸음 한 걸음 앞으로 나아가고 있었다. 그런데 어느 순간 저만큼 까마득한 어둠 속에서 보이지 않는 노인을 향해「엄니, 지금 어디 계시오?」짐짓 무서움기를 떨치려는 형수의 부름 소리가 들려왔다. 이어「오냐. 나 여기 있다! 인제 맘 놓고 천천히 오거라」노인의 반가운 응답이 이어지고, 잠시 후 두 사람은 어둠 속에서 서로 만났다. 그런데 그렇게 지쳐 돌아오는 며느리의 갯것 광주리를 빼앗듯이 받아 인 노인이 앞장을 서고 마지못해 머릿짐을 넘겨준 며느리가 뒤에 선 채 남은 밤길을 돌아오던 참이었다.

「엄니…….」

가쁜 숨을 고르느라 한동안 말없이 어둠 속을 뒤따르던 며느리가 다시 노인을 불렀다. 그리고 잠시 뒤 뒷말이 이어졌다.

「엄니, 이젠 더 나이도 묵지 말고 늙지도 마시오 이?」

「그러니 너도 그런 니 형수 맘 알겠지야?」

노인은 그때 그 이야기를 이렇게 끝맺었다.

「나도 그런 니 형수가 하도 안쓰러워 나 혼자 이렇게 대답해 주었지야. '그래, 내 자석아. 나 인자부턴 나이도 더 묵지 않고 늙지도 않으마. 늙지도 죽지도 않고 언제까지나 니 곁에 함께 있어 주고 말고야. 그러니 이렇게 너랑 나랑 언제까지나 한꾸네 살자꾸나.' 목이 메고 눈시울이 뜨거워서…… 말은 못하고 혼자 속다짐뿐이었다만, 니 형수도 왜 그 말을 못 들었겠냐. 어둠 속에 아무 대꾸를 못하고 발걸음만 재촉해 간 이 늙은이의 가슴속 소리를…….」

머릿짐을 맡기고 뒤따라가던 형수가 노인의 근력을 오래 빌리자는 게 아니었을 터에, 그 형수가 정녕 노인의 맘속을 몰랐을 리 없었다. 비록 노인이 그 이야기 끝에 형수를 위해 다시 내게 한마디 이런 당부까지 남겼대도(그리고 나 또한 여태까지 그런 노인의 뜻에 따라 모른 척 입을 다물고 지내 왔지만) 말이다.

「하지만 이런 소리 느이 형수한테는 알게 하지 마라. 니 형수가 공연히 이 늙은이 심약해진 줄 알고 마음 상해할라.」

줄여 말해 그 무렵 노인과 형수 사이는 그렇듯 서로 믿고 아껴 주며 좋이 애틋한 소망과 아픔을 함께해 간 것이었다.

하지만 세월을 멈춰 세워 나이를 먹지 않고 늙지 않을 사람은 없었다. 노인은 흐르는 세월 앞에 자신의 약속을 길게 지킬 수가 없었다. 이미 80대 고령 길에 들어선 노인의 기력은 이후 10여 년 동안 급속히 쇠진해 갔고, 나중엔 서서히 정신까지 흐려졌다. 일손을 놓지 못해 산밭에 올라갔다 넘어져 옷가지를 온통 버리거나 몸을 다쳐 길을 내려오지 못하는 일이 생기기 시작했고, 그게 오히려 일거리를 만든다며 형수에게 금족령까지 당하기에 이르렀다. 이웃 마을 누이네나 고향 동네를 다녀온 친지들을 통해 노인에 대한 그런 난감한 소식들은 끊이지 않고 이어졌다. 이후로 노인은 집에 갇혀 앉아서도 일 나간 며느리를 위해 멀쩡한 옷가지들을 내어다 빨래통에 담가 놓거나, 해가 지면 아랫목 밥통을 잊은 채 새 밥을 한 솥 가득 지어 놓는 식으로 끊임없이 며느리의 애를 먹인다고 했다. 게다가 그 무렵부턴 웬일인지 노인의 식욕이 갈수록 늘고 기력이 왕성해져 곁에선 섣불리 당신의 거동을 막을 수도 없다는 것이었다. 그리고 종내는 그런저런 소식 속에 형수가 참다 못해 「두고 보라지. 저 노인네가 틀림없이 나보다 더 오래 사실 텐께. 저 잡숫는 거하고 펄펄한 기력 좀 봐여」 어쩌고 하는 투의 불공스러운 원망의 소리까지 섞여들기 시작했다.

「내가 못 살아! 저 노인네 땀시 내가 먼저 속이 보타 죽어…….」

하기야 자신도 이미 회갑을 눈앞에 둔 덧없는 황혼기에 그 시들 줄 모르는 노인의 기력과 말썽이 원망스럽고 지겹지 않을 리 없었다. 그래 나 역시도 그걸 특별히 서운해하거나 괘념치 않으려 했고, 때로 노인을 보러 갔다가 당신이 새삼 멀쩡한 정신으로 며느리에 대한 섭섭한 원정과 함께 일찍부터 혼자 맘속에 묻어 온 흉허물들(노인이 그 덧없는 세월 앞에 전날의 다짐을 지킬 수가 없었으니 전사엔들 어찌 그런 일이 없었으랴만, 나는 짐짓 늘 그걸 모른 척, 못 들은 척해 왔으니까)을 은근히 꺼내 놓으려 했을 때도 외려 노인을 윽박지르듯 초장부터 입을 막아 버리곤 했으니까.

「여태까지처럼 그냥 아무 말씀 마시고 모른 척하고 지내세요. 저 형수도 이젠 노인살이를 할 나이인데, 요즘 같은 세상에 그런 며느리 정제꾼 심부름으로 따뜻하게 잡숫고 따뜻하게 주무시는 것을 고맙게 여기시구요. 그러지 못하시겠거든 오늘이라도 저를 따라 서울로 가시든지요.」

그래도 노인이 정 말을 못 참아 할 기색이면 나는 당장 자리를 박차고 다시 사립을 나서 버릴 시늉까지 해 보이며 당신을 억눌렀고, 그러면 노인 역시 결국엔 한숨 섞인 몇 마디 속에 체념을 하곤 했으니까.

「하기사 젊은 자식 앞세운 늙은이 처지에 누구한테 무슨 며느리 원정이 당하겠으며, 여길 두고 떠나면 어디로 떠나겠냐. 다 부질없는 일이다. 내 속 아파 낳은 자식인들 어찌 이 늙은이 속을 다 헤아리겠냐만, 네 말대로 인자 더 말 않을 테니 너나 맘 놓고 쉬었다 가거라…….」

세월이란 그렇듯 참으로 가차 없고 잔인한 것이었다. 하지만 내겐 그 잔혹한 세월의 해악이 답답한 심사를 좋이 달래고 넘어갈 미덕이기도 하였다. 노인은 아예 그 체념성 다짐마저 지킬 수 없을 만큼 이후로 더 급속히 정신력이 떨어지고 말았으니까. 그리고 무엇보다 그 육신과 정신 간의 균형이 무너져 가는 노인 앞에 형수 또한 마지막 자제력을 잃고 말았으니까.

나는 마침내 노인의 무너짐을 받아들이고, 형수의 패악도 그럭저럭 이해할 수 있게 된 것이었다. 노인의 끼니 양을 크게 줄여 버린 것도 잦은 배변의 괴로움을 덜어 주기 위한 형수의 불가피한 처사로 이해했고, 하루 종일 노인을 방 안에 가두고 문고리를 채워 놓는 것도 바깥일을 대신해 줄 이 없는 형수의 단손 처지뿐 아니라 노인 자신의 안위를 위해서도 어쩔 수 없는 조처로 받아들였다. 형수가 전에 없이 늘 노인 앞에서 큰 목소리를 내는 것도 그 어두운 청력과 망각증 탓으로 여겼으며, 그 며느리 앞에서 노인이 까닭 없이 자주 겁을 먹는 것도 앞뒤 사정 못 가린 채 일상으로 저질러지는 당신의 실수를 줄이기 위해서는 오히려 다행이라는 생각까지 하게 되었다. 그리고 노인은 끝내 그런 식으로 세월의 해악 이외엔 누구에게도 딱히 허물을 물을 수 없는 노년기의 불화 속에 더 이상 말썽 없이 조용히 당신의 종생을 맞아 가신 셈이었다.

그러니 노인 사후 그 형수의 불가사의한 행신만 줄을 잇지 않았다면 우리(나와 아내)와 형수 간엔 더 이상 불필요한 의구심이나 불화의 감정이 부풀려지거나 새삼 싹이 터 오를 일이 없었을 터였다. 그리고 그것으로 노인의 집 일도 형수에게 맡겨지고 잊혀져 노인의 기일 이외에는 서서히 발길이 멀어져 갔을 터였다. 그 집은 원래가 노인의 집이었지만, 어찌 생각하면 나와 아내에게는 노인이나 형수의 일과 함께 두고두고 그 집이 우리의 빚 꾸러미 같은 것이기도 했으니까. 언제부턴지 나는 이제 그만 알게 모르게 그 빚 꾸러미의 무게에서 벗어나 해방되고 싶었으니까.

하지만 형수의 처신이 전혀 뜻밖이었다. 노인이 돌아가시고 난 뒤 형수의 처신이 좀체 이해되질 않았다. 그것이 바로 내게 계속 그 집을 노인의 집으로 지키러 다니게 만든 사단이었다…….

물 건너 서향 산모롱이 쪽으로 해가 훌쩍 기울어들면서 새삼 바람기가 차가워지기 시작했다. 그새 서서히 차오르기 시작한 들물살 속에서도 낚싯줄은 여전히 팽팽한 수직을 유지한 채 전혀 움직임이 없었다. 전날엔 그리 흔하던 망둥이류도 다시는 입질다운 입질이 없었다. 하긴 그새 무슨 기미가 스쳐 간 걸 무심히 지나치고 말았는지도 몰랐다. 등 뒤쪽 들판 건너 먼 산밭

가운데에서 가물가물 인적을 확인하고부터 나는 낚싯대보다
자꾸 그 형수 쪽 기미에 신경을 쓰고 있었다. 그리고 매번 산밭
을 올려다볼 때마다 그 거뭇한 인적이 한순간씩 형수가 아닌
옛날의 노인으로 착각이 들곤 했으니까. 나도 모르게 몇 번씩
다시 그 산밭을 올려다보아도 그런 착각이 매번 지워지지 않았
으니까. 왜 이런 당찮은 느낌이 들곤 하는가……. 나는 다시
한 번 쓸쓸한 느낌과 함께 그 형수를 향한 알 수 없는 노기마저
치솟았다. 나는 우선 그 착각을 바로잡아야 했다. 형수가 노인
의 모습을 대신할 수는 없었다. 하고 보면 이제 그 당찮은 착각
을 바로잡을 길은 한 가지밖에 없었다. 가까이서 그걸 직접 확
인하는 길뿐이었다. 이날 안으로 노인의 묘소에 올라가 보기로
한 것도 이젠 더 미룰 수 없는 시각이었다.

　나는 서둘러 낚싯대를 거두고 자리에서 일어섰다. 그리고 아
직 뚜껑도 따지 않은 맥주 깡통과 미끼통을 한데 꾸려 메고 다
시 제방을 넘어 들판길을 돌아오기 시작했다. 그러면서 아직
스스로도 뜻이 아리송한 혼잣소리를 되씹고 있었다.

　「안 되지. 이렇게 될 수는 없는 일이지…….」

　노인이 돌아가신 걸로 그동안 마음속에 억눌러 온 형수에 대
한 불편한 마음이 사라지고 발길도 차츰 끊어지게 되리라던 생
각은 노인의 초상 당일부터 달라지기 시작했다. 그 뜻하지 않

은 형수의 도저한 호곡 때문이었다.

　노인의 임종 소식을 듣고 부랴부랴 아내와 치상 준비를 갖춰 내려와 보니 형수는 예상과 달리 주체할 수 없는 슬픔과 애곡 속에 우리를 맞았다.

　「아이고 아재, 아이고 아재, 이 일을 어쩔게라요. 엄니가 이렇게 허망하게 돌아가실 줄은 내 몰랐소. 아이고 아재…….」

　처음 우리를 맞을 때뿐만이 아니었다. 형수는 이후 내내 노인의 장례가 끝날 때까지 아침저녁 상식 차림과 소렴, 대렴, 출상 절차 고비마다 몸을 가누기 어려울 정도로 절통스러운 호곡을 토해 내곤 했다. 그리고 그 형수의 애끓는 곡성은 노인을 뒷산밭에 묻고 돌아온 다음의 초혼제와 사흘 뒤의 삼우제 날 저녁녘에 절정을 이루었다.

　「아이고 엄니, 아이고 우리 엄니, 인제부터 엄니 없이 나 혼자 어떻게 살라고 그리 훌쩍 무정하게 가시었소. 의지 없어 못 살겠소, 힘없어 못 살겠소…….」

　그런 형수의 곡성을 두고 곁에서들은 더러 아이들까지 모두 집을 떠나 사는 처지에 이제는 노인도 없이 혼자 살아갈 일이 막막하여 자기 설움에 겨워 그런다느니, 그보단 원래 태어난 호곡꾼이 되어서 소리가 그리 구성질 뿐이라거니 쑥덕거린 사람들도 있었지만, 대개는 그 절통스러운 심회를 진심으로 애틋하고 가상해하는 편이었다.

「그렇겠제. 알콩달콩 괴로운 일은 많았어도 긴 세월 서로가 미운 정 고운 정 다 들었을 처지라, 노인을 보내고 난 마음이 얼마나 허망하고 쓰릴라고.」

하지만 나는 도대체 그 형수의 슬픔과 호곡을 이해할 수가 없었다. 이해를 못하다기보다는 기이하고 불가사의하기조차 했다. 노인의 죽음은 형수에게 그렇듯 아쉽고 애통스러운 일일 수가 없었다. 일이 있기 한 달쯤 전이었다. 노인이 위중한 것 같다는 소식에 급히 달려 내려와 보니 아닌 게 아니라 노인은 여명이 며칠 남아 보이지 않을 만큼 반혼수 상태에 기력이 극도로 쇠진해 있었다. 그런데도 노인은 상태가 그만한 정도로 하루하루를 무사히 넘겨 갔다. 아내와 나는 물론 상경을 단념한 채 당신의 기력과 섭생을 돌보며 계속 노인 곁을 지켰다. 그런데 그렇게 며칠을 지내다 보니 형수의 눈치가 눈에 띄게 달라져 갔다. 형수는 우리가 그만 서울로 돌아가 주기를 바라는 속내를 숨기려 하지 않았다.

「이번에도 엄니는 쉽게 돌아가시지 않을 양이구먼요. 때마다 알리질 않아서 그렇제, 전에도 엄니는 저러시다가 다시 언제 그랬더냐는 드키 훌훌 자리를 털고 일어나시곤 했으니께요. 그러니 바쁜 사람들 무한정 이러고 있지 말고 인제는 올라가 보시는 게 낫겠구먼이라. 엄니는 인자부터 내 혼자 돌봐 드려도 될성부른께요. 갑자기 또 무슨 일이 생기면 바로 연락을 드릴 거구요…….」

그뿐만이 아니었다. 전부터도 은근히 눈치가 뵈어 온 일이었지만, 그렇게 상경을 주문했음에도 우리가 계속 노인 곁에 눌러 머무를 낌새가 완연하자 형수는 아예 그 노인의 섭생을 간섭하고 들기 시작했다.

「소변도 못 가리시는 양반, 물을 그리 많이 드리면 어쩔라구요.」

「엄니는 진지를 드시고도 금세 잊어 먹고 또 배고프다 밥상을 보채시는디, 그렇게 자꾸 달래실 때마다 드리면 안 된다니께요.」

그러다 나중엔 그런 우리를 아예 노골적으로 쫓으려 들기까지 하였다.

「아들이 그렇게 잘 돌봐 드리면 엄니는 아직 백 년은 더 사실 거구먼요. 그러니 이제부턴 아재네가 아여 이 집에서 엄니 돌봐 드림서 천년만년 함께 사시제 그래요. 난 인자부터 아재네한티 엄니 일 맡겨 두고 여기저기 돌아댕김서 좀 맘 편히 살아 볼란께요.」

어떻게 더 비키고 버텨 나갈 구실이나 여지가 없었다. 그럴

수록 형수에 대한 우리의 불신감만 드러나고, 그만큼 노인의 처지가 어렵게 될 형세였다. 우리는 마침내 상경을 결심할 수밖에 없었다.

하지만 마지막으로 한 가지 노인과 나 자신을 위한 마음의 도리를 마련하지 않을 수 없었다. 나는 떠나기 전 아내와 함께 장터거리 약국으로 나가 몇 가지 응급 약제와 함께 청심환 몇 알을 구해 왔다. 그리고 그날 밤 형수가 부엌에 나가 있는 동안 눈치를 보아 가며 그 청심환 한 알을 노인에게 갈아 먹였다. 하지만 사실은 그도 차라리 안 함만 못한 노릇이었다. 약물을 다 흘려 넣어 드리고 입에 남은 약 냄새를 지우기 위해 물을 몇 숟갈 더 떠 넣어 드리던 참이었다. 말을 못하면서도 노인이 붉은 혀를 내두르며 너무도 간절히 그 물기를 갈구하고 드는 바람에 차마 물 숟갈질을 거두지 못하고 있던 참인데, 형수가 어느새 기미를 알아채고 방 안으로 뛰어들며 심히 듣기 사나운 푸념을 쏟아 냈다.

「그래, 보약도 드리고 산삼, 녹용, 천두 복송, 불로초까지 귀한 약들 모다 구해다 드리시제. 그래서 백 살 천 살 늙지 말고 아프지도 말고 불로장생하시라구요.」

형수의 비정하고 모진 푸념 속에 어쩔 수 없이 결국 숟가락을 거두고 물러서야 했을 때 노인의 그 애타게 간절한 혀 놀림,

그것은 두고두고 보지 않음만 못한 일이었고, 기억 자체만으로도 내겐 좀처럼 지울 수 없는 잔인한 형벌이 아닐 수 없었다.

그러던 형수의 마음이 돌변한 것 같은 서러움과 도저한 호곡은 내게 도대체 이해가 불가능한 기이하고 불가사의한 수수께끼일 수밖에 없었다. 아니, 그건 차라리 우스꽝스럽고 간특한 연극기(울음소리까지도 곡조를 지어 호곡하는 우리네 갸륵한 정서 관리 양식!)로까지 느껴졌다. 하지만 진짜 문제는 그것이 아니었다. 그런 형수가 내게 정작 더 막막한 노여움 같은 것을 참을 수 없게 한 것이 따로 있었다. 형수의 슬픔이 진심이고 아니고는 문제가 아니었다. 그 마음이 변했고 아니고도 상관없는 일이었다. 문제는, 이제 형수가 무엇이든 자신을 맘껏 드러내 주장할 수 있음에 반해, 돌아가신 노인은 그것을 일방적으로 받아들여야 할 뿐 입을 열어 수긍하거나 부인할 길이 없는 처지라는 데 있었다. 생자와 사자 사이의 말, 그것은 어디까지나 일방적일 수밖에 없었고, 그 점에서 사자는 자신을 위한 아무런 방편도 마련할 수가 없었다.

「당신을 보고 갈 때마다 어느 양지 쪽 마른땅에 혼 벗은 육신을 꼭꼭 묻어 드리고 가는 게 차라리 맘이 편할 것 같더니, 그런 엄니를 보내 드리고 나니 내 꼭 한 가지 씻을 수 없는 한이 남네.」

전날부터 이따금 노인을 보러 찾아다니곤 했다는 건너 동네 누이도 그 형수의 요란스러운 호곡 앞엔 같은 생각이던 모양이었다. 이웃 골 가까이서 친정 동생의 누추한 마지막과 노인의 괴로움을 함께 겪고 지냈던 누님이 내 앞에 그 형수의 호곡을 두고 노인의 처지를 새삼 안타까워하였다.

「당신 몸을 빌려 세상에 난 자식으로 내게라도 한 번쯤 당신 속에 품고 참아 온 그 많은 한 덩어리 한 가지나마 속 시원히 털어놓고 가시게 할 것을. 그런 내색을 보일 때마다 나도 자네처럼 나이 든 며느리한테 끼니 얻어 잡수시는 것만도 큰 다행으로 아시고 아무 말씀 마시라 입을 막고 종주먹만 대고 들었으니. 이제 와서 누가 무슨 말을 어떻게 한들 당신은 이렇다 저렇다 속을 내보이실 길이 있겠는가. 그렇게 끝끝내 당신의 원정 덩어리를 혼자 그대로 가슴에 묻고 가시게 한 것이 이렇게 후회가 되네. 남은 사람은 입이 있어 저렇게 하고 싶은 대로 말을 하고 설움도 풀어내는디…….」

그런 누님의 때늦은 회한과 어깃장이 바로 나의 그것에 다름 아니었다. 형수의 돌변과 요란스러운 호곡이 내게 새삼스레 일깨워 온 숨은 불화의 곡절이었다. 그리고 우리가 그 집을 계속 노인의 것으로 지켜 가기로 한 은밀한 작심의 연유였다.

'저 형수의 설움과 울음을 노인이 과연 진심으로 받아들일 수

있을까…….'

노인의 뜻이 그게 아니라면 나 역시 그것을 곧이듣거나 받아들일 수 없었고, 실은 그러고 싶지도 않은 심정이 될 수밖에 없었다. 당신의 뜻이 진정 그게 아니라면 지하에서 말을 잃은 노인의 심사는 얼마나 황당하고 노여울 노릇인가……. 노인의 생각이 분명해질 때까지 그 집은 여전히 노인의 것으로 지켜져야만 하였다.

형수와 집에 대한 그런 가파른 심사는 1년 뒤 사세부득이 소상과 대상을 건너뛴 채 막바로 탈상제를 치르면서 다소간 누그러들 법한 계기를 맞기는 하였다. 노인의 제사상이 너무도 정성스럽고 규모 있게 꾸며진 때문이었다. 형수는 한사코 탈복을 앞당겨 서둘러 댄 것과는 달리 어디선지 온갖 제물을 구해다 노인의 제사상을 정성껏 솜씨 있게 꾸며 놓았다. 그리고 이번에도 그 제사상 앞에서 복받치는 슬픔과 곡성을 억제하지 못했다. 하지만 형수의 호곡은 이제 새삼 괘념할 일이 못 되었다. 뿐더러 그 귀 익은 곡소리에 비해 정성과 솜씨를 다해 진설한 노인의 제사상은 한동안 내 마음을 너그럽고 훈훈하게 해왔다.

하지만 그도 잠시뿐, 나는 이내 그 노인을 위한 성찬 앞에 당신 생전의 궁상스러운 끼니 상 모습이 떠올랐다. 시울 낮은 밥그릇에 우거짓국 사발 하나. 그게 언젠가 아들이 찾아올 줄 모르고 당신 혼자 앞에 하고 앉았던 끼니 상 모습이었다. 알고 보니 노인은 거기 주눅이 들어 이후 아들과 함께하는 끼니 상 자리에서도 당신 앞의 밥그릇과 국그릇 이외의 다른 찬그릇에는 머뭇머뭇 전혀 손길을 뻗지 못하는 낌새였다.

나는 그 호곡 소리에서처럼 이내 또 형수에게 속은 느낌이었다. 이제 와서 형수 쪽에서 굳이 그런 일로 나를 속여야 할 바도 없었지만, 하더라도 그건 전혀 노인을 위한 정성이나 추모의 정리에서가 아닌 것으로 여겨졌다. 잘해야 자기 솜씨와 성취감에 이끌린 감상적 자위행위이기가 쉬웠다. 그리고 그런 형수에 대한 곱지 않은 감정은 바로 탈상 이후 그럴듯한 증거를 찾아낸 셈이었다. 탈복 제차를 끝내자마자 형수가 서둘러 그 탈복물을 어디론지 흔적도 없이 치워 없애고 말았을 때. 그리고 온 집 안에서 노인의 흔적을 샅샅이 쓸어 내고 그 집을 오롯이 자신의 거소로 새로 꾸미기 시작했을 때. 그런 형수에게 내가 홀려 넘어가서는 안 되었다. 입이 없어 말을 못한들 노인의 혼령이 그걸 용납할 리 없었다…….

낚싯대부터 들여놓으려 사립을 들어서니 집 안팎이 아까보다 말끔하게 치워져 있었다. 아내는 그사이 어지러운 집 안을 개운하게 정리해 놓고 이것저것 부엌 구석을 뒤져 가며 정말로 저녁 준비까지 서두르고 있었다.

「늦게라도 형님이 돌아오면 피곤한 몸에 우리 때문에 새로 저녁거리 서두를 일이 미안해서요. 밥통에 식은 밥덩이가 조금 남아 있는 걸 보면 형님 혼자선 그걸로 그럭저럭 끼니를 때우고 지내시는 모양인데 말이에요.」

아내는 아무래도 마음이 쉬 여려질 수밖에 없는 같은 여자라 형수가 그렇듯 고적하고 궁상스럽게 지내는 형편을 보니 평소와 달리 속이 훨씬 누그러든 모양이었다. 아니, 그녀는 평소에도 이따금 그 보이지 않는 형수의 모습을 상상하곤 지레 걱정을 하고 들 때가 없지 않았다.

「형님 혼자서 끼니나 제대로 챙겨 드시는지 모르겠네요. 그 나이에 형님도 들밭 일손을 놓을 때가 됐는데, 아직 그러질 못하니 공연히 기력만 더 축나고…….」

이날도 막상 어수선하고 궁색스러운 집 안 꼴 앞에 어느새 마음이 달라진 낌새였다.

「그래 대충 집 안부터 치우고 저녁이라도 지어 놓으려는데 부엌이 도대체 텅텅 비어 있는 꼴이잖아요. 하긴 자식들 다 내보내고 어머님까지 가신 마당에 자기 한 몸 위해 무슨 집 안일 단속을 하고 시시때때 끼니를 온전히 갖춰 먹을 생각이 나려구요.」

나는 아내가 어쩐지 노인이나 누군가를 배반하고 있는 것 같은 껄끄러운 기분 속에 더 이상 입을 다물고 있을 수가 없었다.

「아까는 못 봤는데 지금 돌아오면서 보니 그 양반 아마 산밭에 있는 것 같던데…… 우리 온 것도 알릴 겸 노인 산소에나 좀 올라갔다 올게.」

어느 쪽을 보러 가겠다는 건지 애매한 한마디를 남기고 서둘러 사립을 빠져나오고 말았다. 원래는 그렇듯 가벼울 수가 없는 발걸음이었지만, 형수에 대한 아내의 너그러움이 부지중 나를 떠밀어 댄 셈이었다. 간척지 들길을 되돌아오다 보니 산밭의 인적은 더 가까이 올라가 보나 마나 형수가 분명했다. 그걸 알아보러 새삼 거기까지 힘든 발걸음을 할 필요는 없었다. 하지만 이 몇 년 길을 내려오면 도착 당일로 산소까지 올라가 보는 것이 의당한 행보였다. 이날도 물론 그게 내 마지막 남은 과제였다. 그런데 막상 산밭의 형수를 보고 나니 그것이 형수를 보러 가는 노릇처럼 선뜻 내켜 오지가 않아 마음을 미적미적 망설이고 있던 참인데, 아내의 달갑잖은 마음 씀이 그런 내 등짝을 떠밀어 댄 것이었다.

그러니 사립을 나서고서도 나는 산밭 길을 오르는 발길이 가벼울 수가 없었다. 게다가 길을 오를수록 형수의 모습이 점점 확연해지는데도 그쪽에선 아직 이쪽 일을 알아차리지 못한 낌새였다. 이제는 해가 거의 기울어 산그늘이 서서히 밭고랑을 덮어 내려오는데도 형수는 언제부턴지 노인의 묘소 곁에 커다란 콩단을 꾸려 놓고 거기 등을 기대어 앉은 채 아무 움직임이 없었다. 우리가 와 있는 아래편 집 쪽에 대한 관심의 기미는 물론 밭일을 끝내고 내려올 낌새가 전혀 없었다.

「저 노친네가 이번에도 술타령을 하고 앉았나?」

나는 또 언젠가 그 형수가 혼자 밭일을 올라갔다 웬 술기를 흘리며 내려와 주절대던 소리가 떠올랐다.

「나 밭에 갔다 엄니하고 한잔하고 왔소.」

산밭에서 대낮에 혼자 무슨 술이냐는 내 은근한 힐책 투에 형수는 천연덕스럽게 대꾸해 왔었다.

「나도 이잔 나이를 먹고 보니 조금만 일을 해도 사지가 쑤시고 풀려 내려 애기들이 찾아와 먹다가 남기고 간 술병이 있으면 밭으로 가지고 올라가 한 잔씩 술기운을 빌리곤 하는디, 엄니를 놔두고 어찌케 나 혼자만 하겠습디여. 엄니 한 잔 나 한 잔, 그러고 또 엄니 한 잔…… 고부간에 도란도란 지난 세월 이야기 속에 권커니 잣거니 한 잔씩 하다 보면 시간 가는 줄 모르고 이런 날도 생기게 마련이지라우, 흐훗.」

「무덤 속 어머니가 밖으로 나와서요? 그리고 당신도 형수님 술잔을 그리 반가워하십디까. 지난 세월 이야기도 듣기 좋아하시구요?」

속이 뻔한 내 비소 섞인 채근에도 형수는 우정 더 정색스러운 농 투 속에 전혀 거리낌이 없었다.

「그러시다마다요. 나만 올라가면 엄니가 기다렸다는 드키 먼첨 호미를 들고 반겨 나오신단께요. 그래 서로 앞서거니 뒤서거니 김밭도 함께 매고 이야기도 나누고…… 아재는 이런 소리 아직 곧이들리지 않지라우? 하지만 아재도 좀 더 나이를 먹어 가면 차차 알게 될 것이고만이라우.」

노인과의 지난날 일들을 기억하고 있는지 어떤지도 알 수 없어 보이는 형수는 그렇듯 나를 향한 은근한 공박과 함께 나이 타박까지 늘어놓았었다. 하지만 나는 아내의 말마따나 그 형수도 이젠 들밭 손일을 놓아야 할 나이가 되었나 보다 싶었을 뿐, 그 얼렁뚱땅 주정 투 넋두리를 더 이상 가래거나 괘념하려 들지 않았었다.

「무어, 노인하고 함께 도란도란 밭을 매고 지난 세월 이야기를 해? 그걸 나더러 곧이들으라?」

엉뚱한 나이 타령도 타령이었지만, 어딘지 모를 형수의 둘러치기 식 변명투가 오히려 가당찮고 역겨웠기 때문이기도 하였다.

이날도 형수는 아마 그런 꼴로 술기에 젖어 늘어져 있을지

몰랐다. 그런 생각이 들자, 나는 그 형수를 마주하는 것이 마뜩
찮아 발길이 다시 무거워졌다. 그렇다고 거기서 다시 발길을
돌이킬 수는 없는 일이었다. 나는 될수록 노인을 보러 다니던
전날의 생각을 되새기면서, 노인이 거기서 여전히 나를 기다리
는 듯싶은 창연한 느낌 속에 계속 발길을 이끌어 올라갔다.
　그런데 그러는 나를 형수는 짐작과 달리 훨씬 진작부터 알아
본 모양이었다.
　「아재였소? 내 아까부터 우리 집 앞 들판길을 건너 개웅까지
나갔다 오는 사람이 암만해도 그런 것 같길래 좀 내려가 보
려다 엄니 땜시 여태 이러고 있었더니 아재가 먼첨 올라오시
네요.」
　이윽고 내가 밭 자락 가까이까지 올라가자 큰 콩단 앞에 그
대로 사지를 내뻗고 앉은 채 지친 모습을 하고 있던 형수가 먼
저 알은체 소리를 건네 왔다. 그런데 다른 사정은 대강 짐작할
수 있었지만, 노인 때문에 형수가 집으로 내려오지 못하고 그
러고 앉아 있다는 뒷말이 좀 이상했다.
　「예, 그동안 별일 없이 지내셨어요? 아까 참에 왔다가 집이
비어 있길래 개웅까지 좀 건너갔다 왔지요.」
　나는 의례적으로 먼저 안부 인사를 건네며 혹시 형수가 또
술기에라도 젖어 있지 않은지 묘소 앞을 살피다 다시 한마디를

물었다.

「아까 집 앞에서 올려다볼 땐 어디 계시는지 안 보이더니, 오늘은 또 어머니 혼령하고 함께 숨어 콩밭 걷이를 하고 계셨어요? 어머니 때문에 밭을 못 내려오고 계셨다니요?」

그 소리에 형수는 왠지 피식 웃었다. 그리고 주위엔 술병 같은 것의 흔적이 없는데도 마치 술기를 머금은 사람처럼 밭이랑 사이에 드문드문 말려 묶어 놓은 큼지막한 콩단들을 가리키며 천연덕스럽게 말했다.

「그랬지라우. 나는 콩대를 베고 엄니는 뒤에서 저렇게 말린 콩단을 묶고. 그러다 보니 엄니가 너무 피곤하신 것 같길래 아까 잠시 저 엄니 집 지붕 뒤에 기대고 앉아 쉬었더니, 그 지붕에 가려서 아래서는 못 본 모양이네요.」

「어머니 집 지붕이라뇨?」

나는 대충 짐작이 가면서도 재우쳐 묻지 않을 수 없었고, 형수는 노인의 묏봉우리 한쪽 자기 머리맡께의 콩단을 툭툭 건드리며 대꾸를 이어 갔다.

「아, 이 엄니 묏봉 말이오. 이 묏봉 옆구리 햇볕이 따뜻해서 여기다 함께 등을 기대고 쉬었다니께요. 그런디 인잔 집에 사람도 온 듯싶고 날도 저물어 그만 밭을 내려가려는디 엄니가 좀체 이 콩단을 이어 줘야 말이지라.」

「어머니가 콩단을 이어 드려요?」

「그렇지라우. 엄니가 뒤에서 함께 불끈 밀어 이어 줘야 이고 가제, 이 무거운 콩짐을 어뜨케 나 혼자 이고 일어서겄어요. 것도 엄니 생시부터서 항상 그래 온 일인디요.」

「…….」

「그런디 엄니는 돌아가셔서 저승 나이까지 늙어 가시는지, 전에는 불끈불끈 잘도 이어 주시더니 근자 들어선 통 힘을 못 쓰신다니께요. 아무리 힘을 좀 더 써 밀어 달라고 해도 영 힘이 태이질 않으니……. 그래 지금도 한참 실랭이만 치다가 서로 기력이 파해 이렇게 넋을 놓고 퍼질러 앉아 있지 않았겄소이.」

형수는 노인 생시의 옛날 일, 그것도 치매기가 시작되기 이전 정의롭던 시절의 이야기를 되새기듯 하고 있었다. 언젠가 밭일 중에 노인의 묘소에서 당신과 함께 술잔을 나눴다고 했듯이 형수로선 어쩌면 노인 치매기 이후나 사후에도 계속 그런 심사 속에 노인과 일손을 함께하고 있었는지도 몰랐다. 그리고 자신의 나이 먹음과 기력 떨어짐을 노인의 허물처럼 말하고 있는 것을 보면 그때부터 그렇듯 노인의 늙음과 무너짐이 아쉬워 상심해 왔는지도 몰랐다. 어쨌거나 형수 또한 콩단 한 짐을 혼자 들어 이지 못하고 죽살이를 치다 애꿎게 무덤 속의 노인을 허

물하고 드는 걸 보면 그 몸도 마음도 그만큼 의지를 잃고 늙어

가고 있음이 분명했다.

나는 더 이상 물을 말도 할 말도 없었다.

「두고 보래라. 저는 늙을 날이 없을라더냐. 지도 나이 들어

늙어 보믄 언젠가는 이 늙은이 맘속을 알고 지가 오늘 나한

티 한 노릇을 알게 될 것이다. 이 시에미가 죽어 없는 날에라

도 언젠가는…….」

언젠가 내가 노인을 앞장서 형수를 허물하고 들었을 때 그날

따라 노인이 짐짓 나를 말리고 들던 소리가 떠올라 올 뿐이었

다. 노인의 만류가 진심이었든 아니었든 이제 그 당신의 예언

만은 어긋나지 않은 셈이었다.

그러니 나는 왠지 이젠 소주를 함께 나눴다는 소리를 들었을

때와는 달리 형수의 넋두리가 마냥 시답잖거나 역겨울 수만은

없었다. 여태까지와는 다르게 형수가 그새 어딘지 노인의 말년

때처럼 무기력해 보여 측은한 생각이 들기까지 했다.

하지만 형수는 그런 내 당찮은 속내 따윈 아랑곳하지 않았

다. 한동안 말없이 황혼 녘 하늘만 쳐다보고 서 있는 내게 형수

가 뒤늦게 재촉을 해왔다.

「그럼 인자 아재도 올라오고 날도 어두워지니 그만 내려가

봐야지라이! 그러고 서 있지 말고 이리 좀 오시오. 엄니가 저

러고 힘을 못 쓰고 계시니 엄니 대신 오늘은 아재가 이 콩단
을 좀 들어 이어 줘야 안 쓰겄소.」

하긴 그도 그럴 일이었다. 나는 곧 부질없는 머릿속 상념을
털어 내고 어정어정 형수 쪽으로 다가갔다. 그리고 미리 콩단
중두막에 머리를 들이대고 기다리고 있는 형수의 뒤쪽으로 돌
아가 그 무거운 머릿짐을 힘껏 밀어 올렸다. 아닌 게 아니라 죽
어 누운 혼백의 부추김을 받는다 해도 어언 환갑을 넘어 늙어
가는 형수 혼자의 힘으로는 좀체 들어 이고 일어서기가 어려운
무게였다. 형수는 비척비척 그걸 이고 일어서서도 한동안 중심
을 제대로 잡지 못해 앞뒤로 몸이 휘어 내둘릴 정도였다. 그것
도 콩단 깊숙이 머리가 들어박혀 눈앞도 제대로 살필 수 없는
형세 속에.

형수는 그렇듯 겨우 자세를 바로잡고 나서, 이미 어둠이 쌓이
기 시작한 내리막 밭둑길을 조심조심 앞장서 걷기 시작했다.
하지만 나는 그 위태위태해 보이는 형수를 뒤따르면서도 이젠
그 모습에서 될수록 눈길을 비키려 하고 있었다. 좀 전에 짐을
들어 이어 주면서도 잠깐 눈에 스친 일이었지만, 반 넘어 걷어
올린 치마폭 아래로 얼핏얼핏 드러나는 형수의 깡마른 종아리
께가 자꾸 또 마음을 건드리고 든 때문이었다. 그 형수의 아래
종아리께는 마치 나무젓가락 짝처럼 살집이라곤 찾아볼 수 없

50

을 만큼 앙상하게 졸아붙어 버린 것이 영락없이 옛날 노인 한 가지였다. 「두고 보래라. 저는 늙을 날이 없을라더냐……」하던 노인의 말 그대로 형수 자신이 이젠 쇠락한 기력 이상으로 무참하게 무너져 가는 노년의 모습을 하고 있었다. 분명 노인처럼 그 산밭 길을 오르내리면서였을 터였다. 나는 순간순간 다시 그 형수의 뒷모습에 옛날 노인을 보는 것처럼 마음이 안쓰럽고 측은해 왔다. 하지만 그건 물론 노인이 아니었다. 그것은 노인의 모습이 아닐뿐더러, 무엇보다 노인은 이미 말을 할 입이 없는 처지였다. 모든 것은 형수의 일방적인 넋두리 탓일 수 있었다. 말이 있을 수 없는 노인의 속내를 알기 전엔 노인을 위해서도 내가 섣불리 감상에 젖어들 수 없었다. 나는 될수록 형수에게서 눈길을 외면하며 생각을 다잡아 나갔다.

그런데 한동안 발길을 살펴 나가는 데만 마음을 쓰는 듯싶던 형수가 뒤늦게 생각이 떠오른 듯 등 뒤로 불쑥 한마디 물어 왔다.

「그런디 참, 동서도 이참에 같이 왔을 것인디, 지금 집에서 혼자 기다리고 있지라이?」

「아마 저녁을 짓고 있을 거예요.」

내 대답에 형수는 무슨 생각을 하는지 잠시 말을 끊고 있다가 혼잣소리처럼 다시 자탄기 섞인 소리를 흘렸다.

「내가 아무래도 늙질 말아야 할 것인디…… 엄니도 안 계신 집 이렇게 늘 잊지 않고 찾아 주는 사람들이 있는디, 나라도 이대로 더 늙어 가질 말아야 할 것인디…….」

한숨기 속에 말을 뜸뜸이 이어 가는 형수의 푸념 투는 듣다 보니 언젠가 노인에게서 들은 적이 있는 소리였다. 늦은 밤길을 돌아오는 며느리를 맞아 어둠 속을 앞장서 걸으며 당신 혼자 며느리 모르게 참아 삼키고 있었다는 그 소망의 다짐 소리, 그리고 형수가 노인의 심약해진 기미를 속상해할까 봐 내게도 모른 척 넘기라 당부를 잊지 않았던 노인의 소리였다. 아닌 게 아니라 노인의 생각처럼 형수도 그때 그 노인의 마음속 말을 듣고 있었던 것인가. 그래서 여태까지 그걸 마음속에 잊지 않고 지녀 온 것일까. 아니면 형수에게도 늙을 날이 없겠더냐던 또 다른 예언처럼 세월이나 늙음이 그것을 형수 스스로 깨우쳐 배우게 한 것인가. 어쨌거나 형수는 그 노인의 속말을 그대로 되풀이하고 있는 격이었다. 아니, 이제 그것은 내게 형수의 소리가 아니라 어느 저녁 어둠 속을 앞장서 가던 노인의 소리를 노인의 입으로 다시 듣고 있는 느낌이었다.

「한 해 두 해 나이 들어 갈수록 이렇게 부쩍 기력이 떨어지고 마음속까지 비어 가니 이 노릇을 어째야 할지…… 아재네가 이렇게 찾아와 하루라도 마음 놓고 쉬어 가게 할라면 두고두

고 내가 늙지 말고 이대로 집을 지키고 있어야 할 것인
디…… 우리 집을 언제까지나 이대로 지키고 앉아 있어야 할
것인디…….」

하다 보니 나는 문득 노인을 오랜만에 다시 어둠 속에 앞장세
우고 뒤따라가고 있는 기분이었다. 그리고 비로소 자신도 모르
게 노인에게 말하듯 형수의 힘겨운 노구를 향해 불쑥 한마디 내
던졌다.

「그러게 우리가 늘 뭐랬어요. 이젠 제발 들밭 일 그만두고,
마음 편히 집이나 좀 지키고 지내시라잖았어요.」

형수라도 이젠 더 늙지 말라고 싶은 옛날 당신의 말은 목구
멍 속에 그냥 꿀꺽 삼켜 둔 채였다.

오마니!

어렸을 적 어디선가 젖품내를 맡게 되면 으레 제 어머니가 떠오르게 마련이다. 성장하여 아이들을 거둬 기른 뒤에는 어머니 대신 그 아이의 유아기 적 일을 돌이키게 된다. 그러나 더러는 제 아이를 얻어 기른 뒤에도 계속 그 어릴 적 어머니의 품 냄새(설마 우유로 자란 경우래도 소 젖가슴을 떠올릴 사람은 없을 테니까)를 잊지 못하는 사람도 있다. 제 아이의 것으로 바뀐 새 유향(乳香)에도 불구하고 옛 어머니의 품에 묻어 둔 수유기(受乳期) 적 기억이 두고두고 지워지지 않은 경우일 것으로, 이 역시 크게 민망스럽거나 허물이 될 일이 아니다. 젖품내의 기억은 누구에게나 어머니에의 그리움이요, 자기 존재에의 향수(鄕愁)이므로.

그런데 매우 드문 일이기는 하지만 우리 주위엔 그 유향의 기억 속에 자신의 어머니나 유년 시절 혹은 아이들의 유아기 적 일 이외에 전혀 다른 사단을 잠재워 두고 있는 경우 또한 없지 않다. 결혼을 해서 아이를 낳아 길러 보지 않은 이가 남의 아기 몸에 밴 유향을 알지 못할 것은 물론이지만, 어릴 적 친모가 아닌 유모의 젖을 먹고 자란 사람에겐 그 수유의 기억에 담긴 어머니의 모습이 많이 헷갈릴 것은 당연지사. 그런 사람에겐 어머니의 자리에 전혀 다른 사람의 모습, 혹은 다른 모습의 어머니가 자리 잡고 있을 공산이 크다. 비근한 사례로 내 경우만 해도 유아 적 어머니의 유량이 부족해 그 무렵 이따금 집을 찾아들던 도붓장수 아낙의 불은 젖을 얻어먹은 일이 많아 철이 든 다음까지 그 아낙의 들린 콧구멍을 빗댄 '청승개비 방물장수 아들'이라는 주위의 놀림 소리를 자주 듣고 자란 터여서, 나중까지도 어디서 젖내를 접하거나 수유 이야기가 나오면 어머니보다 그 기억에도 없는 도붓장수 아낙의 들린 콧구멍이 먼저 떠오르곤 했으니까.

하지만 돌이켜 보면 누가 누구에게 젖을 물려 먹이든 여인들의 젖 먹임은 성스러운 모습일 수밖에 없다. 모든 여인의 삶에는 우리 생명의 젖이 불어 오르는 사랑의 한 시절이 있게 마련인바, 그 모든 여인의 젖 먹임에는 그러므로 저 생명 창조의 신

화와 구원(久遠)의 어머니상이 함께 깃들어 있기 때문이다. 그리고 내 과문의 소치인지 모르지만 그렇듯 성스럽고 거룩한 수유상 가운데서도 존 스타인벡의 1920년대 미국 공황기 사회소설 《분노의 포도》에 나오는 한 젊은 여인의 모습이야말로 우리 인류 문예사의 한 압권이 아닌가 싶다. 자본주의 산업화 과정에서 불의한 사회 환경이 빚은 대량 실업과 기아의 참화 속에서 무고하게 갓난아기를 잃은 여인이 지치고 힘든 유랑길에 역시 막다른 굶주림과 절망감에 쓰러져 사경을 헤매는 한 사내를 발견하고, 그 낯선 남자에게 제 임자를 잃고 불어 오른 젖을 물리는 모습은 어떤 고난이나 비극도 넘어서고 어떤 종교의 설교보다 강렬한 힘을 지닌 숭엄한 모성상, 성스러운 구원의 어머니상이 아닐 수 없음으로 해서다.

사실을 고백하자면, 그래 나는 명색이 소설을 써온 처지에다 그 젖품내와 여자와 모성 간의 일들을 늘 마음에 두고 있으면서도 그런 이야기를 한 번도 쓰지 못한 아쉬움을 지니고 있었다. 더러 이야깃거리가 없었던 건 아니지만, 바란 만큼 마음에 드는 경우가 드물었고, 무엇보다 그 스타인벡의 불후의 금석문 앞에 섣불리 붓을 들 엄두가 날 수 없었던 탓이다.

그런데 여기 새삼 이런 이야기를 꺼내는 것은 스타인벡의 젖 먹임과는 비교가 안될지 모르지만, 내 나름대로는 쉽게 덮고 넘어갈 수 없는 썩 특이한 경우를 만나게 된 때문이다. 그리고 모처럼 가슴에 박혀든 이야기를 한 편의 깔끔한 소설 형식으로 다듬어 내지 않고 이렇듯 늘어져 빠진 산문 투로 가는 소이도, 기회가 닿으면 뒤에 다시 밝히게 되겠지만, 이야기를 접했을 때의 내 충격과 울림이 실은 그만큼 유별나고 깊었던 때문이다. 소설의 형식과 그로 인한 이야기의 자의적 변조가 그 충격과 감동을 오히려 부자연스럽게 왜곡하거나 손상시키지 않을까, 하는 염려의 마음에 차라리 그 데데한 소설에의 욕심보다 가감 없는 이야기의 소개 정도가 내 도리나 분수에 더 합당하리라는 나름대로의 조심성에서 말이다.

당찮은 객설이 길어진 듯싶어 이제 곧바로 그 이야기를 소개하는 것이 좋겠다. 다름 아니라 그것은, 아직도 그를 기억하고 알아볼 사람이 있을지 모르지만, 우리 영화 동네의 만년 단역 배우 문예조 씨의 정한 깊은 젖품내 회향담(回鄕譚)쯤 된다 할까. 하지만 짐작하다시피 이 이야기는 내가 그 젖내나 '어머니 소설' 따위를 염두에 두고 그를 부러 찾아 만나 취재해 낸 것이 아니라, 어찌 보면 좀 우연찮은 인연으로 운 좋게 스쳐 들어 지니게 된 사연이라, 잠시 그 경위부터 밝히자면 전후가 이러하다.

두어 해 전 가을께, 방화계의 노장 Y 감독이 '어머니의 생애'를 테마로 한 가족 영화를 찍을 때였다. 나는 그 영화 대본의 원소재 제공자로 필요한 세부 삽화(挿話)의 조언을 위해 촬영장 주변을 한 달 가까이 배회하고 지낸 일이 있었다. 그런데 영화 촬영 과정 막판 무렵쯤 꽤 중요한 대목에서 쉽게 풀려 나가지 않는 매듭이 한 곳 나타났다. 어머니의 한 생애나 모습이 어느 때보다 가슴 저리게 떠오를 압축적인 그림 한 장이 필요해진 것이었다. '태생적 비하감이나 부끄러움 때문에 머리 센 자식의 절 받기를 한사코 사양하시는 노친네' 따위 그럴듯한 삽화나 사모곡은 시나리오에 이미 이런저런 형식으로 여러 대목 마련되어 있었다. 하지만 Y 감독은 그것으로 만족하지 못했다. 그런저런 모든 어머니의 그림들을 한 가닥으로 꿰뚫어 받쳐 줄 결정적인 새 그림 한 장을 간절히 원했다. 그 한 장의 그림을 위해 긴 시간 혼자 고심하고 여러 사람을 괴롭혔다.

「어디 정말로 억장이 콱 무너질 진한 그림거리가 없겠소?」

혼자 고심하다 불쑥 시나리오를 쓴 M 씨를 다그치고 드는가 하면, 머릿속 목록이 이미 바닥나 그 대목에선 슬그머니 국외자로 물러서려는 내 속내를 은근히 여투고 들기도 하였다. 그런 가운데서 누구보다 끈질기게 자주 물고 늘어지는 것이 환갑 늙은이 단역 배우 문예조 씨였다.

「문 선배는 그래, 그 나이를 살아오면서 제대로 된 어머니 그림 한 장을 못 새겨 지녔단 말씀이오? 그것도 근 반세기 가까이나 소식이 끊겨 지내 온 고향 어머니 일을 두고?」

틈이 날 때마다 반농담기 섞어 다그치고 드는 Y 감독의 채근인즉, 그 예조 씨의 높은 연치나 6·25 월남민의 아픈 심회를 빌리려 해서만이 아니었다. 예조 씨는 알고 보니 동란기의 단신 월남자 처지일 뿐 아니라, 남쪽으로 와서도 그 나이에 이르도록 작배(作配)와 성가(成家)로 주위를 거느리지 않고 생홀아비로 외롭게 늙어 가는 중이었다. 본인의 말이 없으니 속사연을 알 수가 없었고 굳이 알아야 할 일도 없었지만, 작배나 성가의 경험이 없었으니 이를테면 그 아이들의 생젖내가 고향 어머니의 기억을 대신하고 들 일도 없었을 게 분명한 위인이었다. 마음속에 긴 세월 어머니만을 품어 왔고, 그리움도 그만큼 사무쳤을 사람이었다. 그걸 그런 식으로 들추고 나설 일은 못 되었지만, Y 감독의 주문은 내심 예조 씨의 그런 사정을 염두에 둔 것임이 분명했다.

그런데 알 수 없는 것이 예조 씨의 반응이었다. 영화에 대한 본인의 꿈이나 자부심이 어쨌든 그는 좋게 말해 이날토록 한 번도 영화계나 세인의 주목을 못 받고 늙어 온 성공하지 못한 반퇴물 배우였다. 그런 그에게 Y 감독이 이따금 단역 출연의 기회나마 잊지 않고 배려해 온 처지라 주위에선 Y 감독의 숨은 도량을 짐작하지 못할 사람이 없었다. 하지만 예조 씨는 그런 감독의 우의와 배려를 전혀 마음에 두는 사람 같지가 않았다. 감독의 절박한 주문을 아예 모른 척하고 넘어가거나, 그때마다 무슨 수심기라도 숨긴 듯한 어정쩡한 안색 끝에「우리 노인넨 원래 인자한 구석이 없으셔서……」따위로 마지못해 한마디쯤 흘려 넘기는 소리가 옛 고향 고을 노친네의 허물이나 들추는 식이어서 이쪽을 오히려 민망하고 의아스럽게 할 뿐이었다. 어머니에 대한 그럴듯한 그림은 고사하고 말대꾸조차 제대로 응해 준 일이 없었다. 호칭도 어머니 대신 늘 남의 부모 자 부르듯 '우리 노인네'로 일관했다. 그야 애당초 그에게 그렇듯이 애틋하고 선연한 어머니의 그림이 남아 있지 않은 탓일 수도 있었다. 하지만 어딘지 늘 심상찮은 자기 방어의 기미가 느껴지곤 하는 예조 씨의 그 회피적인 태도엔 Y 감독도 간단히 덮고 넘어가려 하질 않았다. 평소에도 은근히 장난기를 즐기는 편인 Y 감독은 계속 그 풀리지 않는 영화의 매듭을 핑계 삼아 갈수록 짓궂은 호기심을 참지 못해 했다.

「이거 참 낭팰세그려. 이런 대목은 아무래도 문 선배같이 긴 세월 인간사 단맛 쓴맛 다 겪어 본 인생 고참이 쉽게 매듭을 풀어 줘야 하는 건데. 그러고 보니 문 선밴 이날 입때 세상을 영 헛살아 온 거 아니오?」

「어머닐 북에 두고 그 나이까지 혼자 고아 처지로 살아오면
서도 어머니의 일이 통 가슴에 없었다니…… 게다가 자식에
게 별 인자한 구석이 없으셨던 노친네라니. 그 어른 혹시 계
모가 아니셨소?」

Y 감독의 그런 시비 투는 이미 그의 영화 일이나 장난기 호
기심을 넘어선 심한 공박에 가까웠다.

하지만 예조 씨의 반응은 여전했다. 예의 「인자한 구석……」
운운 외에 고향 노친네 일엔 그만 입을 다문 채 씁쓸한 웃음기
를 흘려 넘기고 말거나, 아니면 아예 오불관언 식으로 멀찌감
치 자리를 피해 나돌기 일쑤였다.

하지만 그도 끝내는 한계에 다다른 것 같았다.

「거, 나이깨나 드신 양반이 남의 부모 말하듯 그 노인네란 소
리 좀 가려 해보시우. 옆엣사람 듣기 좋게라도 한 번쯤 어머
니로 불러 드릴 수 없겠소?」

어느 날 Y 감독의 거듭된 공박에 예조 씨는 전에 없이 아픈
데를 찔린 사람처럼 돌연 얼굴색이 발개졌다. 그리고 더 이상
참을 수가 없어진 듯 노기 섞어 내뱉었다.

「노인네든 노친네든 공연히 남의 속사정은 알지도 못하면서
들! 그도 하마 오래전에 저세상 사람이 되셨을 노인네의 일

을 가지고. 노인네 이승 나이가 올해로 꼭 백수(白壽)란 말이여, 백수…… 게다가 부모 자식 간 정리가 사람마다 다 같을 수는 없는 일 아녀!」

그러니까 그게 이를테면 Y 감독이 예조 씨에게 ‘어머니의 그림’은 물론 그 짓궂은 호기심과 공박 투를 그만 접게 된 계기였달까. 긴말 필요 없이 그쯤만 해서도 그에겐 어느 구석엔지 설불리 털어놓고 싶지 않은 사연이 있어 보였고, 갑자기 정색을 하고 나선 그 완강한 힐난 투 앞에 굳이 그걸 캐고 들어야 할 일도 없었기 때문이다. 아흔아홉 백수에 이른 노친네의 고령으로 보아 그 모친 나이 이미 30대 후반께의 반늙은이 늦둥이로 태어나 그나마 일찌감치 당신의 품을 떠나 생사마저 알 수 없는 긴 세월을 보내다 보니, 아닌 게 아니라 예조 씨에겐 알뜰살뜰 살가운 자모(慈母)의 기억이 생생하기도 어려웠고, 그런 만큼 남달리 애틋한 정회가 깊을 수도 없었을지 모른다. 게다가 그는 그 ‘인자한 구석이 없는 노인네’와 한 맥락에서 부모 자식 간 정리가 다 같을 수 없다는 식으로 모종의 불편한 불화감까지 드러내고 있었다. 그리고 누구도 예상 못했던 어정쩡한 변명투에서 그 짐작은 더욱 확실해졌다.

「노인넨 당신 자식들 일을…… 그 큰자식 일만 해도 늘상 며느리를 잘못 들인 허물이듯 눈 밖에 나 하신 양반인데……!」

자신의 돌연한 질책기가 좀 심했다 싶었던지 예조 씨는 잠시 뒤 제풀에 화를 삭인 목소리로 그렇듯 몇 마디 나름대로의 해명을 덧붙였다. 그리고 그 바람에 다시 호기심이 되살아난 Y 감독이 그 요령부득의 뒷소리를 한동안 이리저리 더 짓궂게 캐들다 보니, 그건 다름 아닌 그의 고향 노친네와 젊은 과수댁 며느리 간의 살갑지 못한 고부 관계 이야기였다.

「일제 말기 우리 북쪽 고향집엔 졸지에 아버님이 돌아가신 바람에…… 대처에서 중학을 다니다 돌아온 맏형님이…… 뒤이어 그 도회지 웃학생들에게 불어 닥친 일본군 강제 지원 바람을 피해 그대로 그냥 집 안에 눌러앉아 지내고 계셨구먼…….」

마지못해 띄엄띄엄, 모처럼 만에 털어놓은 예조 씨의 사연인즉, 알기 쉽게 풀어 부연하면 대충 이러했다.

……그 맏형은 결국 일제 패망 직전에 이르러 이번에는 지원병이 아닌 강제 징집령에 위태위태 쫓기는 처지가 되었다. 그리고 그 시절 나름으론 큰 밥술거리 걱정이 없던 과수댁 어머니의 일방적인 설득과 주선으로, 갓 스물인 자신보다 두 살이나 나이가 많은 이웃 동네의 한 만만한 집안 처자를 급히 신부로 맞아들여 며칠간의 짧고도 경황없는 신혼 꿈 끝에 종내는 더 다른 여책 없이 싸움터로 끌려가고 말았다……. 그런데 그

맏형이 떠나간 지 한 달이 채 못 되어 전쟁은 끝났건만 그 형만
은 돌아올 수가 없었다. 그사이 이미 중국 땅 깊은 곳까지 끌려
들어간 형님의 거짓말 같은 전사, 유골도 곡절도 찾아 가릴 수
없는 그 '장렬한 산화' 운운의 가당찮은 흉보가 종전을 겨우 며
칠 앞둔 그해 8월 초순께 어느 날 불쑥 마을로 날아든 것이다.
그리고 그건 누구도 처음엔 믿으려 하지 않았지만, 지나고 보
니 아무도 다시 돌이켜 놓을 수 없는 박정한 사실이었다. 누구
보다 그것을 믿고 싶지 않았을 어머니, 심지어 졸지에 생과부
신세가 되고 만 새 며느리보다 더 믿고 싶지 않았을 그의 어머
니에게도 그것은 끝내 돌이킬 수 없는 현실이 되어 갔다. 한데
다 속마음이 썩 매몰차고 결단성까지 남다른 그의 어머니는 그
런 슬픔 가운데에도 내심에선 일찌감치 그 아들에 새 며느리
일까지 한 타작 매질에 다 견뎌 넘기고 말 요량이었던지, 비보
가 있은 지 한 달 남짓 지나고부터는 갑자기 태도가 달라지기
시작했다.

　— 아가, 우리 마음이 무너져서는 안 된다. 사람의 일이 설마
하면 이렇듯 맹랑하겠느냐. 심지를 단단히 하고 좀 다른 소
식을 기다려 보자!

자신의 슬픔을 삼키며 그렇듯 새 며느리부터 달래던 비보 당
시의 시어미 말투 속에 달포가 지나도록 전혀 사정이 달라질

기미가 안 보이자 문득 그 며느리에 대한 엉뚱한 허물기가 담기기 시작한 것이다.

「아무래도 집안에 사람을 잘못 들인 게야…….」

처음엔 그런 식의 은근한 탄식에서부터, 나중에는 아예, 「인제 보니 공연히 산 애물단지만 불러들인 격이지 뭐냐. 시어미에 며느리에 과부 내림을 못해설랑……」 하는 따위의 노골적인 원망까지, 혼잣소리 가운데에도 심히 뼈아픈 공박기가 섞이곤 했다. 그리고 그 시모의 언동이나 분위기는 그대로 며느리에게로 전해져 둘 사이엔 날이 갈수록 서먹서먹하고 가파른 냉기가 감돌았다.

하지만 시어미는 결국 며느리를 내치지 못했다. 무슨 이유에선지 몇 달째 혼자 숨겨 온 며느리의 비밀이 뒤늦게 드러난 때문이었다. 신통하게도 그사이 소중한 태기를 품어 온 며느리의 아랫배가 서서히 모습을 드러내고 나선 것이다. 그리고 그것으로 며느리에 대한 시어미의 매몰스러운 태도도 슬그머니 서슬이 가시기 시작했다. 하긴 출정 전 성례를 서두른 목적이 애초 그랬으니, 어찌 보면 아들의 비보를 접한 시모가 며느리에게 서로 심지를 단단히 하고 좀 더 다른 소식을 기다려 보자 한 것도 실은 이미 죽은 자식 일이 아니라 뒤에 남은 며느리의 태기를 두고 한 소리였는지 모른다. 그리고 혹 그동안엔 며느리에

게 그런 낌새가 안 보이자 그녀의 창창한 전정을 위해 일찌감
치 그런 식으로 내칠 준비를 서두르고 나섰는지도. 그런데 그
며느리의 몸에 누구보다 소중하고 귀한 핏줄이 깃들였으니 그
기쁨과 고마움이 어떠했을지는 말이 더 필요 없을 터이다. 당
연히 시모와 며느리 간엔 다시 화기가 감돌고, 한동안이나마
그런대로 서로 평탄한 한 시절을 보내게 된 것이다.

  하지만 괴이하게도 그 고부간의 편찮은 관계는 그것으로 다
끝난 게 아니었다. 며느리가 드디어 귀여운 손자를 낳고, 그 아
이가 차츰 젖나이를 넘어서면서부터 시어미가 다시 며느리를
못 미더워하고 불안해한 때문이었다. 아이가 이제는 웬만큼 자
랐으니 그 어미가 언젠가는 새 인생을 찾아 제 길을 떠나게 될
지 모른다, 시어미가 지레 의구심에 부대끼기 시작한 것이다.
그런 불안기를 그녀의 시동생 앞에서까지 함부로 드러내어, 어
린 조카아이를 친자식처럼 맡아 기를 각오를 미리부터 해두라
은밀스레 다짐하기도 하였다. 눈치를 모를 리 없는 며느리가
그런 일은 없으리라, 아비 없는 어린 자식을 두고 어찌 감히 그
런 마음을 품겠느냐, 부러 다짐을 하고 안심을 시키려 해도 별
소용이 없었다. 그럴 때면 시어미는 터놓고 묵은 허물을 꺼내
어 며느리를 공박했다.

  「너는 애초 저 아일 낳기조차 주저했던 사람이다. 그러지 않

았다면 그 아일 배 속에 지니고도 어째 몇 달이나 깜깜 숨기
고 지냈더냐. 그 속셈이 대체 무엇이더냐. 이제라도 그 곡절
을 좀 들어 보자…….」

시어미의 그런 다그침은 때로 젊은 과수 며느리가 못 미더워
서라기보다, 어찌 보면 이젠 큰자식 핏줄까지 얻었으니 너는
차라리 더 늦기 전에 네 갈 길을 가라는 지레 체념의 매정스러
운 종주먹질처럼도 보였다. 그런 데다 며느리마저 그 시모의
다그침에는 도대체 일언반구 대꾸가 없었다. 그때마다 그녀는
더 할 말을 잃은 듯 입을 꾹 다문 채 힘없이 고개를 떨구고 말
뿐이었다. 시인도 부인도 아니었다. 시모가 그 며느리를 못 미
더워하는 게 당연해 보일 수도 있었다.

시동생 예조 씨도 그녀의 그런 깊은 속은 알 수 없었다. 하지
만 예조 씨는 그 형수가 전에 태기를 감춘 것이나 그 일에 분명
한 대답을 못하는 것이 무슨 이유에서인진 알지 못했지만, 그렇
다고 그녀가 쉽사리 집을 나가리라곤 생각되지 않았다. 그 완강
한 형수의 침묵 속에, 더러는 시모 대신 손아래 시동생을 향해
오는 말 없는 눈길 속에서 그는 형수의 모진 결의를 분명히 읽
을 수 있었다. 그리고 더하여 그런 형수에게서 어떤 부당한 피
해자, 억울한 희생자의 괴로운 모습을 목도하곤 했다……. 당
시로선 열여섯 어린 소년 티를 벗지 못한 예조 씨는 어머니 아

닌 형수 쪽의 심정적 동조자 격이 된 셈이었다. 그리고 알게 모르게 자신까지 사이에 낀 고부간의 불가사의한 갈등을 몇 년이나 더 겪은 끝에, 예조 씨는 저 예상치 않은 6·25 전란을 맞아 이번에는 자신이 그 어머니의 냉엄한 성화에 떠밀려 허둥지둥 경황없이 단신 남하를 감행해 온 것이었다.

이쯤 일별해 보면 예조 씨는 그러니까 고향 어머니에 대한 기억 속에 가슴을 저미고 들 만한 대목이 없었던 게 사실이었을지 모른다. 그에겐 쓸 만한 어머니의 그림이 있을 것 같지가 않았다. 사연을 대충 건네 들은 Y 감독의 표정이 그랬고, 그걸 곁에서 넘겨들은 나의 생각도 그랬다. 그런 쪽 짐작 속엔 물론 좀 석연찮은 대목이 없지도 않았다. 무엇보다 기억 속의 고향 어머니에 대한 예조 씨의 삭막하고 부조화한 정서는 자신과 어머니 간의 직접적인 관계에서가 아니라 어머니와 과수댁 형수 사이에서 비롯된 것이었다. 게다가 그 어머니의 며느리에 대한 행티엔 상식적으로 수긍할 만한 대목이 없지 않았고, 친자식인 예조 씨가 그걸 몰랐을 리도 없었다. 그런데도 두 여인에 대한 예조 씨의 심정적 경사는 지나치게 형수 쪽으로 치우친 느낌이었다. 반대로 친자식으로서 어머니에 대한 눈길은 정도 이상으로 인색하고 냉랭했다. 그것도 이제는 긴 세월의 흐름과 노모

의 고령을 핑계 삼아 모든 기억 자체를 피안의 저쪽 일로 잊어
가고 있는 중이었다. 그에게 또 어떤 다른 곡절이 있었을진(알
고 보니 사실이 그랬다) 모르지만, 여느 사람의 상식으론 쉽게
납득하기 어려운 행티였다.

　하지만 그건 이미 Y 감독이나 우리의 관심사가 아니었다. 사
무치게 아프고 고운 어머니의 그림을 지니지 못한 그의 일에 우
리는 더 이상 관심을 붙들어 매둘 틈이 없었기 때문이다. 더욱
이 미구엔 예조 씨나 누구에게서도 별 쓸 만한 그림을 얻어 내
지 못한 Y 감독이 자신의 머릿속 그림으로 그럭저럭 어려운 매
듭을 풀고 넘어가 버린 때문이다. 다행이라 해야 할지 어쩔지,
Y 감독 자신이 실은 고령으로 정신이 많이 흐린 노모를 모셔 온
처지로, 결국엔 그 덕을 볼 수밖에 없게 된 셈이었다. Y 감독은
한동안 그런 노친네를 모시다 보니 언제부턴가는 자주 흐트러
지기 쉬운 당신의 낭자머리 단속이 적잖이 번거로워 종내는 별
깊은 생각 없이 간편하게 긴 머리채를 시원스레 잘라 드렸댔다.
그런데 이후로도 노친네는 종종 그 낭자머리가 없어진 사실을
잊어버리고 빈 낭자 자국을 찾아 더듬더듬 빈 손질을 일삼곤
하였는데, 그 헛손질 끝에 문득 진상을 깨닫고는 손길을 내리
지 못한 채 한참씩 적막스럽게 앉아 계신 모습이 그렇듯 아프
고 허망스러울 수가 없었다고. Y 감독 혼자 은밀히 머릿속에

비장해 온 어머니의 숨은 그림이었다. 감독은 아쉬운 대로 그 자신의 비장의 그림으로 서둘러 필름 일을 마무리 지어 버린 것이다.

그러니 거기서 더 다른 일이 없었다면, 예조 씨와 Y 감독 간의 그 소득 없는 말 놀음은 그쯤으로 오래잖아 잊혀지고 말았을 터이다. 그리고 새삼 여기서 이런 이야기를 꺼내고 나설 일도 없었을 것이다.

그런데 차츰 사세가 다시 예상치 않은 곳으로 흘러갔다. 이번에도 Y 감독의 질긴 여망이 사단이었다. Y 감독 자신의 노모를 밑그림 삼은 그 마지막 '어머니의 그림'을 고비로 별다른 어려움 없이 촬영 일을 다 끝낸 제작진은 그런대로 다들 필름의 화면에 만족해했고, Y 감독의 마지막 어머니 그림에 대해서도 노장다운 솜씨를 과장 없이 치하해 마지않았다. 그런데 Y 감독은 일의 고비를 그렇듯 에돌아 넘은 것이 아무래도 마음에 걸린 듯 여전히 아쉬움을 씻지 못했다.

「그거 참, 허 그것 참!」

촬영을 끝냈을 때는 물론, 필름 편집이나 녹음 과정을 거치면서도 그 마지막 어머니 그림 대목만 나오면 혼자서 늘상 입술을 빨고 혀를 차며 중얼거리곤 했다.

「허, 아무래도 그 대목이 참!」

게다가 또 알 수 없는 건 예조 씨의 태도였다. 그 감독의 마지막 그림에 대해선 왠지 예조 씨도 같은 생각이던 모양이었다. 어떤 식이 되었든 일차 자기 어머니의 일을 털어놓은 뒤끝이 되어 그런지, 예조 씨는 제작진 사람들이나 다른 배우들과는 달리 그 감독 자신의 어머니 그림에 대해 그다지 감복해하는 빛이 없었다. 두고두고 계속 미진스러워하는 감독에게 듣기 좋은 위안의 말 한마디 건넨 일이 없었다. 그 역시 마음속에 어떤 아쉬움을 숨긴 사람처럼 찌뿌듯한 침묵 속에 방관만 하고 지내는 식이었다. 하던 그가 어느 날 그 석연치 못한 대목을 더 덮어 둘 수가 없어진 듯 Y 감독에게 불쑥 한마디 내던졌다.

「어머니라면 글쎄…… 우선 그 품내가 좀 풍겨야 하는 거 아닐까 몰러.」

그리고 그간 혼자 생각 끝에 미리 마련해 지니고 있었던 듯 안주머니 속에서 작은 녹음테이프 하나를 꺼내 건네주며 어딘지 좀 어색한 말투 속에서도 대수롭잖게 덧붙였다.

「그 뭣이냐…… 경우가 좀 색다르긴 하지만, 어디 조용한 데서 이거라도 한번 들어 보면 도움이 될지 모르겠구먼. 어머니 품내는 누구나 겪은 일이라 듣다 보면 그런 데서도 쓸 만한 그림이 떠오를지 모르니.」

어머니의 그림이라면 무엇보다 그 젖품내가 밴 사연 가운데

에서 찾아보라는 모처럼 만의 거달음이었다. 그리고 그가 건네
준 테이프의 사연 속엔 과연 우리가 이때까지 상상하지 못한
한 여인의 유다른 젖품내가 짙게 스며 있었다. 뿐더러 그 기이
하고 야릇한 젖내 속에서 우리는 뜻밖에 한 늙은 사내의 창연
하기 그지없는 망향가와 사모곡을 만나게 된 것이다.

이날따라 일을 좀 일찍 끝낸 감독이 서둘러 조용한 주석을
마련해 테이프를 들은 자리에는 시나리오를 쓴 M 씨와 나, 그
리고 몇 차례씩 동석을 사양하던 예조 씨까지 종당엔 의당한
조언자로 술잔을 함께하고 있었다. 그런데 우리는 첫 술잔과
함께 그 테이프의 사연이 흘러나오기 시작하자 이내 약속이나
한 듯이 차례차례 입을 다물고 말았다. 불시에 옆구리를 쥐어
박힌 듯한 묵중한 침묵 속에 서로 제 술잔만 매만지며 무연히
테이프의 소리를 좇고 있었다.

「어머님, 그동안 어찌 지내고 계신지요. 저 문상조, 어머님의
둘째 아들 불효자 상조는 지금부터 43년 전, 그 1950년 12월
초순, 고향 마을 평안남도…….」

테이프의 내용은 문상조라는 이름의 한 전란기 이산가족 노
인이 북에 두고 온 고향 가족의 생사와 안부를 묻는 라디오 전
파용 육성 녹음이었다. 방송 날짜가 2년 가까이 지난 사실로
보아 이미 한차례 전파를 탄 사연을 예조 씨가 지금껏 녹음으

로 지녀 왔을 듯싶은 것으로, 방송 진행자의 양편 상황 소개에 이은 편지의 서두가 그렇게 시작되고 있었다.

하지만 우리가 사연의 서두부터 무겁게 입을 다물고 만 것은 그 이산 노인의 목소리뿐만 아니라 이름까지도(예조 씨의 본이름이 상조라는 것이나 문예조는 뒤에 영화 동네에서 지어 써온 그의 예명이라는 사실을 두고 Y 감독이 종종 '그 이름이 늘그막에라도 결국 큰 배우가 되고 말 영감'이라, 격의 없는 농 투를 건넨 일이 있었다) 바로 예조 씨 자신의 것이라는 사실, 그 사연 자체가 다름 아닌 예조 씨 자신의 일이라는 사실 때문만이 아니었다. 북에 두고 온 고향 가족을 찾을 때면 대개 그렇듯이 예조 씨가 거기서 모처럼 그의 노모를 '노인네' 아닌 '어머니'로 부른 새삼스러운 사실 때문도 아니었다. 그보다는 어머니 호칭 뒤에 그의 어머니에 겹쳐, 어쩌면 노모보다 더욱 분명하게 떠오른 그의 형수의 모습 때문이었다. 그러고 보면 그때 Y 감독이나 방안의 다른 사람들 또한 어느새 그 어머니에 대한 예조 씨의 평소 언동에 슬그머니 길이 들어 있었는지 모른다. 북의 고향 어머니를 늘 노인네, 노인네 하면서 그간의 세월과 당신의 고령을 들어 이미 저세상 혼백쯤으로 기억에서조차 아득히 멀리해오던 그의 평소 행티. 그런데 예조 씨의 간절하고도 각별히 현실적인 목소리에서 우리는 문득 그 백수의 노모보다 그의 손위 형수를 향한 생생한 울림을 느끼기 시작한 것이다. 그리고 그런 예조 씨의 사연이 깊어 감에 따라 그 형수의 모습도 점점 더 선명한 색조를 드러내 갔다.

「어머님, 그동안 소자는 어머님의 고령은 물론, 그사이에 혹시 망극한 일이라도 계셨다면 그 엄혹한 세상에 어머님까지 여의고 홀로 남으신 형수님과 장조카 종진이의 뒷일 또한 큰 근심거리가 아닐 수 없었습니다…….」

어머니의 호칭으로 대신 형수를 부르고 있음이 분명한 예조 씨의 떨리는 듯한 목소리가 슬그머니 형수네의 뒷일을 들추어 가기 시작했다.

「어머님, 그 형수님이 우리에게 누구였습니까. 게다가 장조카 종진이는 어떻게 태어나 어떻게 자란 아이였습니까. 형수님은 우리 가문을 위해 지아비를 잃은 유복자를 혼자 낳으시고 끝끝내 우리 가문 사람으로 남아 주신 분입니다. 그리고 조카아이 종진이는 제 아비도 못 보고 태어난 처지에 형수님의 젖줄까지 쉽게 터져 주지 않아 형수님과 주위 사람을 얼마나 애타게 하고 자란 아이였습니까…….」

예조 씨의 어조는 이제 막바로 그의 형수를 마주하고 드는 식이었다.

그런데 그게 실은 예조 씨가 말한 어머니 그림의 밑 색깔, 그의 깊은 가슴속 젖품내의 고백에 다름 아니었다.

우리는 갈수록 조심스러운 침묵 속에 계속 사연을 좇고 있을 수밖에 없었다. 예조 씨만이 그럴수록 더 남의 일을 구경하듯 망연스러운 눈길 속에 혼자 홀짝홀짝 술잔을 비우고 있었다.

그런 예조 씨의 심경을 대신하듯 테이프 속의 늙은 목소리가 남은 사연을 계속해 갔다.

「어머님, 어머님이나 형수님께서도 아직 역력히 기억하고 계실 줄 믿습니다만, 그때의 일은 저도 두고두고 잊을 수가 없습니다. 그때 어머님께서는 젖을 못 빨아 애처롭게 보채 대는 갓난쟁이 종진이와 형수님의 괴로운 모습을 보다 못해 열여섯 어린 저에게 형님 대신 한동안 형수님의 불은 젖문을 빨아 열게 하셨지요. 그래서 형수님과 어린 종진이, 우리 식구 모두의 시름이 차츰 사라지게 됐고요……. 그래 그런지 이후로 저는 더욱 그 종진이가 소중하고 사랑스럽기만 했습니다. 그런 만큼 형수님의 일이 더 걱정스럽기도 했고요. 죄송한 말씀이오나 그 시절에도 서로 속내를 알고 계셨을 일로, 어머님께서 형수님을 자주 눈에 나 하신 바람에 저는 어머님보다 그 형수님의 일이 늘 걱정스럽고 마음 아팠으니까요…….」

테이프의 목소리는 거기서 새삼 격해 오르는 감정을 참으려는 듯 잠시 뜸을 들였다가 다시 차근차근 계속되어 나갔다.

「어머님, 그러니 저는 이 남쪽 땅으로 온 뒤로 이날토록 어느 하루 어머님과 형수님을 반드시 다시 모시러 가겠다던 제 떠날 때의 약속 역시 잊은 적이 없습니다. 언제고 남과 북의 길이 열리면 제일 먼저 어머님과 그리운 고향집으로 달려가는 게 저의 한결같은 소원이었습니다. 오로지 그 희망 하나로 이 반백 년 긴 세월을 지내 온 저입니다. 참으로 오래고 가슴 아픈 세월이었습니다. 그러나 어머님, 그동안 너무 긴 세월이 흘렀다고, 이제는 너무 늦었다고, 행여라도 저의 이 기다림이 부질없는 노릇이라고 희망을 거두지 말아 주십시오. 어쩌면 불행히도 어머님은 이미 오늘 이 아들의 목소리조차 들을 길이 없으시다 하더라도, 그 땅엔 아직 형수님과 조카 종진이가 저를 기다리고 있지 않겠습니까. 종진이는 우리 집안의 기둥이요, 형수님은 제게 어머님을 대신하실 분이 아닙니까. 내친김에 솔직히 다 말씀드리면 ─지금 와서 무얼 더 숨기고 부끄러워하겠습니까─그 시절에도 저는 형수님에게서 어머님의 품내를 느꼈고, 지금도 이따금 형수님의 기억 속에 어머님의 모습을 떠올리곤 해왔으니까요. 그리고 새삼 송구한 말씀이지만 그 형수님의 품내가 아니었다면 그간 어쩌면 어머님 모습까지도 잃어버릴 뻔했다 할까요, 어머님 역시 제게는 그 형수님의 품내 속에 여전히 형수님과 함께 계시니까요……. 그러니 저는 어머님을 위해서도 기어코 형수님 모자를 찾아 만나야 하지 않겠습니까. 하긴 저 역시 부끄러운 나이 어언 예순 길로 들어선 처지라 이제는 소망을 안고 기다릴 날도 그리 길지가 못할 테지요. 그래 이렇듯 방송 전파로나마 뒤늦게 소식을 전해 올릴 생각을 서두르게 되었는지 모릅니다만, 그게 40여 년 동안 한결같이 가슴에 묻고 지내온 제 철석같은 약속이자 소망이었습니다. 더러는 그간의 세월이 무정스러워 차라리 모든 걸 잊고 지내고 싶기도 했지만, 그러면 그럴수록 더 가슴이 아프고 그리움만 새록새록 깊어갈 뿐이었습니다. 그러니 어머님, 제가 비록 오늘내일 당장 어머님을 만나 뵈올 수는 없다 하더라도 저의 이 사무친 마음만은 꼭 기쁘게 거두어 주십시오. 땅 위에선 이미 저의 이 소식을 거둘 수가 없으시다면, 구천의 혼령이라도 이 소원을 살피시어 그날의 제 약속을 기어코 이루게 하여 주십시오. 그것을 형수님과 종진이 조카에게도 굳게 믿게 하여 주십시오. 그래서 모쪼록 형수님이나 종진이도 희망을 버리지 않고 건강하게 지내다가 언젠가는 반드시 다시 만나게 될 날을 맞게 하여 주십시오. 아니 어쩌면 형수님 역시도 이제는 이 소식이 닿을 수 없는 다른 먼 곳에 계신지 모르겠습니다만, 어머님이나 형수님이 비록 어디에 계시든 오늘 저의 이 간절한 기원만은 하늘의 도움을 얻어서라도 반드시 어머님이나 형수님, 그리고 우리 조카 종진이에게까지 두루 함께 이르게 되기를 두 손 모아 빕니다. 남쪽의 아들 불효자 상조가 어머님께 오로지 빌고 또 빕니다. 그럼, 다시 뵙게 될 그날까지 어머님, 부디 안녕히 계십시오. 우리 어머님…….」

본명으로 방송된 예조 씨의 사연은 거기서 끝이 났다.

그리고 이 이야기도 이젠 이쯤에서 마무리를 서두르는 것이 좋을 듯싶다. 도대체 여기 더 무슨 사족을 더할 바가 있을 것인가.

「문 선배, 그러고 보니 여태까지 혼자 생홀아비로 지내 온 게 그 형수님 젖품내를 못 잊어서가 아니오?」

테이프를 다 듣고 난 Y 감독이 한참 만에 짐짓 그런 선농담을 던지고 나섰다가 그도 이내 제물에 입을 다물고 말았을 만큼 방 안 분위기가 한동안 서늘해 있던 일을 두고 말이다. 어느 누구든 거기 더 섣부른 사족을 더하려 했다간 공연히 부질없는 비약 속에 필시 그 예조 씨의 깊은 진심만 언짢게 오손시키기 십상일 터에. 그래 Y 감독도 더 이상 그 이야기를 영화의 그림과 상관 지어 볼 생각을 않은 채 그대로 별말이 없이 그냥 넘어가고 말았을 터이다. 그에 대해선 Y 감독 자신이 뒷날 진저리를 치듯이 짐짓 고개를 설레설레 내저으며 털어놓은 말도 있으니까.

「무서웠어요. 우리 영화 때문에 섣불리 그 이야기를 건드리고 들 수가 없었어요. 그런 사연을 반백 년 가슴속에 혼자 묻고 살아온 예조 씨도 무섭고, 그 가슴속에 품어 온 어머니나 형수의 모습도 무섭고…… 이야기 속을 자칫 한 겹만 잘못 들추고 들었다간 그대로 하늘과 땅이 뒤바뀌어 버릴 것 같기도 하고…… 그러니 그 형수라도 아직 생존해 주어서 예조 씨의 사연이 허공을 향해 띄우는 것이 되지 않았기를 바랄 뿐.」

하지만 Y 감독의 그런 상상 속엔 받아들이기에 따라 다소 애매한 대목이 없지 않을 뿐 아니라, 그것이 내가 이 이야기를 쓰게 된 한 계기이기도 한 터이라, 그가 그 예조 씨의 어머니 그림을 진심으로 사양한 사유에 대해선 이야말로 진짜 사족이 될지 모르는 해명의 말 몇 마디를 덧붙여 둬야 할 듯싶다. 왜냐하면 Y 감독이 진저리가 날 만큼 무서웠다고 했던바, 예조 씨의 테이프엔 어머니의 이름 뒤에 완연히 그 형수의 그림을 그려 담고 있었으니까. 예조 씨 자신도 그러길 바라거나 가당한 일로 여겨서가 아니었겠고 감독 또한 그걸 굳이 드러내 말한 일이 없었지만, 그 역시도 애초에 Y 감독이 바란 어머니의 밑그림은 아니었으니까.

예조 씨의 사연은 누가 들어도 그의 형수를 실제의 수신자로 상정하고 있음이 분명했다. 그가 이미 저세상 사람으로 치부하면서도 그의 노모의 이름으로 사연을 띄운 것은 자식의 도리도 도리지만, 그 형수에 대한 자신의 속마음이 그만큼 절절한 탓일 수도 있었다. 그것을 스스로 가눠 넘어가기 위해 형수 대신 노모를 내세우다 보니 말이 자주 중언부언 지리멸렬해지고 때로는 상대마저 헷갈리고 있다는 느낌이 적지 않았지만, 그런데도 거기에 담긴 내용이나 예조 씨의 심경은 구석구석 형수를 향하고 있었다. 그것은 어머니를 상대로 한 간원의 내용뿐 아니라 사연 말미의 다짐, 부디 희망과 믿음을 잃지 말고 건강히 지내다 반드시 다시 만나자는, 뒷날에 대한 지극히 현실적인 다짐에서도 더욱 확연해지고 있었다.

그런 모습의 어머니 그림, 사실상 형수의 그림 역시 당연히 Y 감독의 마음을 움직일 여지가 없었다. 그러나 다시 한 번 생각해 보면, Y 감독이 감히 그 예조 씨의 사연을 끌어들일 엄두조차 못 낸 것은 그것이 그의 형수의 그림인 때문만은 아니었을 것 또한 사실이 아닐까. 이미 짐작하다시피 그날 밤 Y 감독을 비롯해 우리 방 안 사람들은 모두 예조 씨의 심중에 오랜 세월 숨겨져 온 새 어머니의 대물림을 역력히 목격할 수 있었으니 말이다.

　한마디로 예조 씨가 사연의 마지막 하직 인사에서 ‘어머님’에
이어 거푸 다시 ‘우리 어머님’을 절규했을 때, 우리는 분명 그
부름 소리를 그의 노모가 아닌 형수 쪽으로 들었으니까. 그리
고 그때 망연히 자신의 술잔만 들여다보고 앉아 있던 예조 씨
의 어깨가 가늘게 들먹여지며 깊은 탄식을 깨물듯 조용히 잇새
로 흘러나온 ‘오마니!’ 소리 역시 그의 형수의 다른 이름으로
들렸으니까. 그리 자상하고 긴 언급은 없었지만, 테이프의 목
소리에 젖어 맴도는 그 형수의 아련한 젖품내와 그것이 긴 세
월 어머니의 품내로 삭아 빚어진 순연한 모성의 그림, 가슴을
저며 오듯 애틋한 그 어머니의 상념 속에 우리는 새삼 서로 진
저리 치듯 망연해하고들 있었으니까. Y 감독이 무서워하고 상
처를 내고 싶지 않은 것은 그러니까 아마 오히려 예조 씨의 그
런 ‘어머니’ 쪽이었을 것이다. 그리고 고향의 노친네와 그의 형
수와 장조카 종진까지 한데 아우르고 있는 그 음영 깊은 어머
니의 모습 때문에 그는 더욱 그것을 다치려 들 엄두가 안 났을
터이다. 그의 말대로 그것을 한 겹이라도 잘못 건드리고 들었
다간 예조 씨의 지난 세월이나 그 어머니의 모습에서 일순간에
모든 꿈과 향기가 사라져 버릴 수도 있으니까.
　Y 감독이 그의 영화에 그 마지막 어머니의 그림을 단념하게
된 진짜 이유이자, 내가 그것을 글로 대신 써보고자 나선 처지

에도 한 편의 짜임새 있는 소설의 틀을 사양하고 이런 식의 얼개 글 정도로 만족해하지 않을 수 없게 된 사유다. 나 역시 그 젖품내나 어머니의 모습을 섣불리 다치고 들어서는 안 된다는 생각이고, 그러자면 좀 엉성한 대로 이런 식의 소실(素實)하고 담담한 소개의 글밖에는 다른 마땅한 방법이 없겠기 때문이다.

들꽃 씨앗 하나

1

무서운 전란이 나라를 온통 가난과 굶주림에 떨게 만들어 버린 1950년대의 어느 해 봄. 먼 남녘 고을의 한 벽지 소년 진성은 제 병약한 홀어머니와 어린 누이동생으로부터 그 지긋지긋한 가난의 굴레를 벗겨 주려 결심하고, 초등학교를 졸업하자 그의 정든 식구들과 남루한 오막살이집을 떠나 맨손으로 3백여 리 상거의 K시로 올라갔다. 그는 그곳에서 어떤 어려움과 고생을 무릅쓰고서라도 3년 과정의 중학교를 졸업하고 돌아와 고향 초등학교의 선생님이나 면사무소 직원으로 취직해 떳떳하게 식구들을 보살필 작정이었다. 그것이 그가 고향집을 떠나면서 그 홀어머니와 누이동생에게 남긴 굳은 약속이었다.

진성은 결심대로 그 3년 동안 줄곧 신문 배달이나 상점 심부름꾼 따위 일을 해가며, 또한 궁색한 자취방과 사설 학원 사이를 쉴 새 없이 오가며 자신이 소원하던 중학교 과정을 모두 공부할 수 있었다. 그리고 그 3년이 지나고 난 해 이른 봄엔 중학교 과정의 검정고시도 통과하고, 시 변두리의 한 신설 상업 고등학교 입학시험에도 합격해 그의 꿈을 절반쯤은 이룰 수 있었다.

하지만 그는 대신 처음의 결심이나 약속대로 곧 고향으론 돌아갈 수가 없었다. 중학 과정의 검정 시험 합격이나 고등학교 입학 자격 학력으론 아직 초등학교 선생님이나 면 직원이 될 수 없었기 때문이다. 다만 그에겐 그동안 바쁜 시간 때문에 한 번도 내려가 보지 못한 고향집을 모처럼 만에 찾아갈 기회가 생긴 것뿐이었다.

「어떻게든지 고등학교까진 졸업을 해야 한다. 하지만 넌 그 많은 입학금을 한몫에 마련하기가 힘들지 않겠느냐. 내 다행히 그 고등학교 교감 선생님을 알고 있다. 입학 등록금 면제나 분납 혜택을 사정해 볼 테니 서둘러 시골집엘 한번 다녀오거라. 면사무소엘 가서 너의 집 재산세 증명서를 떼어 오면 아마 큰 도움이 될 수 있을 게다. 느네 집은 아마 재산세를 내지 않는 무과세 기록이 나올 테니까.」

그의 어려운 사정을 알고 있던 학원의 담임선생님이 고맙게도 그의 일을 돕고 싶어 한 때문이었다.

「입학 등록 마감일이 내일모레 토요일 3시까지다. 오늘이 목요일이니 내일 아침 일찍 서둘러 갔다 와야겠다. 될 수 있으면 내일 오후 5시까지 해오구, 늦어도 모레 토요일 등록 마감 한 시간 전까지, 그러니까 2시까지는 여길 도착해야 한다. 내, 내일부턴 이 학원 사무실에서 널 기다릴 테니 바로 이리로 와야 한다.」

선생님의 말씀은 아닌 게 아니라 등록 마감 날까지 목돈 마련이 어려워 고등학교 입학을 거의 단념하다시피 하고 있던 진성에게 하늘이 새로 열리는 것 같은 큰 힘이 되었다.

그래 이튿날 새벽 그는 아침도 먹지 못한 채 찬 바람 속을 서둘러 그의 시골 대흥면 면소 마을까지 가는 버스 차부로 달려가 첫 번 출발하는 차를 탔다. 그리고 버스가 아직도 부연 아침 어스름 속으로 서서히 K시를 벗어나기 시작하자 비로소 후우 안도의 한숨을 내쉬며 자리를 고쳐 앉았다.

'배가 좀 고프고 춥더라도 이대로 가만히 앉아 있다 보면 점심때 조금 지나 면소까지 닿겠지. 지금서부터 여섯 시간 아니면 일곱 시간? 3년 전에도 그쯤 걸렸으니 늦어도 면사무소 문을 닫기 전에는 닿을 수 있을 거야.'

그는 배고픔과 추위를 이기기 위해 눈을 감은 채 목줄기를 잔뜩 움츠리며 자신이 이날 해야 할 일과 아침부터 저녁까지의 시간을 재보았다.

'차를 내리면 바로 면사무소로 달려가 재산세 증명서를 떼고…… 오늘은 날이 너무 저물어 돌아올 차편이 없을 테니 어둠 속으로라도 밤사이에 잠깐 어머니를 찾아가 보고 내일 아침 일찍 면소 마을로 다시 나와 첫차를 타고 돌아오면 어떻게 등록 마감 시간까지는 대어 올 수 있겠지.'

진성은 한 번 더 가슴을 쓸어내리고 나서 모처럼 주위를 천천히 둘러보았다. 기름투성이 작업복 차림의 남자 조수가 아직 꾸벅꾸벅 졸고 앉아 있는 출입문 바로 뒤쪽, 그의 자리와 운전사의 뒤쪽 몇 좌석밖에 사람이 채워지지 않은 차 안은 여전히 썰렁해 보이기만 하였다. 두꺼운 점퍼 깃을 높이 세우고 앉아 구부정한 모습으로 묵묵히 핸들을 움직여 나가는 운전사의 뒷모습 역시 추워 보이기는 마찬가지였다. 진성은 몇 사람 되지 않는 승객들을 위해 커다란 버스를 몰고 있는 그 운전사의 수고가 마치 자신의 일 때문인 것처럼 고맙고 미안했다. 한편으론 그만큼 미더운 생각도 들었다.

'어쨌든 저 아저씨가 오늘 나를 우리 면소 동네까지 데려다 줄 테니까.'

그러자 차츰 몸속의 추운 기운이 가시며 마음이 조금씩 훈훈해져 오는 느낌이었다. 그리고 모처럼 차분하고 아늑한 기분 속에서 한동안 잊고 지내 온 시골집 어머니와 누이동생 금숙을 생각하기 시작했다.

'어머니는 그새 또 몸이 크게 아프지나 않으셨는지……'

'금숙이는 학교에 무사히 잘 다니고 있는지……'

그동안 바쁘고 힘든 일 때문에 그는 한 번도 고향집까지 식구들을 찾아갈 수가 없었고, 편지 소식조차 자주 전하지 못해 온 처지였다. 하지만 일이 잘되면 이날 저녁쯤엔 오랜만에 집으로 달려가 어머니와 누이를 반갑게 만날 수 있었다. 진성은 어느새 식구들을 만날 생각으로 가슴이 뛰기까지 하였다.

하지만 그 어머니와 어린 누이에 대한 생각은 그다지 행복하고 즐거운 것만은 아니었다. 동네 한약방 의원 어른 말처럼 기력이 부족해선지 어째선지 늘 알 수 없는 신열기에 시달리던 어머니 연동댁의 부석부석한 얼굴이 크게 떠오르는가 하면, 이내 또 초등학교 5학년엘 다니고 있을 금숙의 일이 지레 걱정스러워지기도 하였다.

그는 될수록 어두운 생각들을 접고 즐겁고 반가운 일들을 떠올리려 하였다. 시골 동네에는 두 사람 일을 돌봐 줄 친척도 몇 사람 살고 있었고, 그동안 금숙의 편지에도 항상 집에는 별일

없으니 다른 마음 쓰지 말고 오빠만 건강하게 열심히 공부하여
꼭 '성공'하고 돌아오라는 당부뿐 나쁜 이야기는 한마디도 없었
으니까.

'금숙이나 어머니가 나를 보면 얼마나 기쁘고 대견해할까. 뭐
니 뭐니 해도 오늘 재산세 증명서만 떼어 가면 난 이제 어엿한
고등학생이 될 테니까…….'

그런저런 생각에 젖다 보니 버스는 한 시간여 만에 어느새
나주와 영산포를 지나 영암읍을 향해 맑은 아침 햇살 속을 신
명 나게 달리고 있었다. 면소나 읍내 같은 큰 동네를 지날 때마
다 버스는 새 손님을 태우기 위해 자주 정류소에 들르곤 했지
만, 이런 식으로만 달린다면 대흥까진 어쩌면 해 지기 훨씬 전
에 도착할 수 있을 것 같았다. 그는 이제 그것이 외려 달갑잖아
질 지경이었다. 기왕 이번 길에 식구들을 만나 보기로 마음을
정한 마당에, 차가 너무 일찍 도착하면 그걸 단념하고 서둘러
면사무소에서 세금 증명서를 떼는 대로, 그리고 다음 차편이
닿는 대로 곧장 다시 K시의 학원으로 돌아가는 게 옳은 일이기
때문이었다. 그럴 수만 있다면 어머니나 누이를 못 만나 보더
라도 그러는 게 당연했으니까.

하지만 그건 진성이 너무 찻길의 앞일을 예상하지 못한 맘

편한 생각이었다.

버스가 기세 좋게 영암 정류소까지 거치고 바야흐로 장흥 쪽으로 넘어가는 돈밧재 고갯길로 들어섰을 때였다. 이때까지와는 달리 굽이굽이 힘든 고갯길에 속력을 잔뜩 낮추어 산모퉁이 중턱을 기어오르던 버스가 느닷없이 크렁크렁 밭은기침 소리를 내더니 그만 길 한가운데에서 덜컹 멈춰 서고 말았다.

진성은 처음 그것을 크게 걱정하지 않았다.

「내다 버린 군용 헌 트럭 엔진을 주워다 철판만 새로 뒤집어 씌운 조작 차가 돼놓으니 말썽이 안 날 리 없지!」

나주를 지날 때 옆 자리를 채워 앉은 검은색 두루마기 차림의 중년 남자 어른이 불평을 늘어놓았지만, 그쯤은 으레 있어 온 대수롭잖은 일이라는 듯 「한번 내려가 봐라」 문 앞쪽 조수 청년에게 가볍게 이르고, 자신은 그냥 태평스레 운전대에 턱을 괴고 앉아 기다리는 운전사나, 「알았어요, 별일 아닐 테니 잠깐만 기다려 주세요, 소변 보실 분들 내려서 소변도 보시구요」 승객들에게 가볍게 당부를 남기고 차를 내려가는 조수 청년의 행작이 퍽 여유가 있어 보인 때문이었다. 그리고 덜커덩 보닛을 열고 이리저리 고장 난 곳을 살피던 조수 청년이 차 안의 운전사를 향해 「연료 파이프가 터져 새는데요」 가볍게 말하고는, 바로 그 처방도 알고 있다는 듯 운전석 옆 구석에서 기다란 고무호스를 꺼내 갔을 때도 그 운전사나 조수 청년의 태도가 미덥기만 하였다.

하지만 조수 청년이 차 아래쪽 연료통에 고무호스를 꽂아 입으로 붉은색 휘발유를 빨아올려 그것을 양철 탄피통에 받아다 엔진 쪽(그게 실상은 죽은 엔진 대신 보조 엔진을 살리려는 거라고, 그런 기계 속을 좀 만져 봤다는 좀 전의 검정 두루마기 어른이 아는 척을 했지만, 어쨌거나 그게 그것처럼 보였다)에 직접 부어 넣는 것을 보고는 진성도 차츰 마음이 조급해지기 시작했다. 더욱이 그런 조수의 응급조치 끝에 용케 다시 시동이 걸리고 바퀴가 움직이기 시작해 그럭저럭 한동안 산길을 기어 올라가던 버스가 산굽이를 하나 돌아서자마자 다시 맥없이 멈춰 서버리고 말았을 때는 제풀에 몸이 부르르 떨리며 뒤늦게 새삼 오줌까지 마려운 것 같았다.

하지만 진성은 아직도 모든 걸 나쁘게만 생각하려지 않았다. 버스는 이후에도 가다가 멈춰 서고 다시 멈추고 했지만, 조수 청년은 그때마다 가벼운 투덜거림 속에도 그걸 오히려 기다렸다는 듯 재빨리 차에서 뛰어내려 갔고, 예의 그 고무호스로 기름을 빨아 옮겨다 계속 다시 엔진을 살려 내어 얼마큼씩 차를 움직여 갔기 때문이다. 그리고 시간이 훨씬 길게 걸리기는 했지만, 어렵사리 버스가 돈밧재 고갯길을 올라선 다음 운전사와

조수 청년이 함께 차를 내려 차 속을 정성 들여 손질하고 나서
는 그럭저럭 탈 없이 계속 남은 길을 달릴 수 있었기 때문이
다. 하는 일 없이 그저 기다리고 앉아 있기만 한 자신에 비하
면 진성은 그 추위 속의 조수 청년과 운전사의 거듭된 수고에
오히려 마음이 송구스러울 정도였다. 그리고 두 사람이 그렇
게 애를 써준 덕에 그가 이날 안으로 일을 무사히 치를 수 있
게 된 것이 고마울 뿐이었다. 고장 사고 바람에 처음 예정보다
두 시간 가까이나 늦어져 이날 안으로 길을 되돌아오기는 어
려울 것 같았지만, 그로 하여 이제는 어머니와 누이를 만나게
될 일이 확실해진 터이고 보니 그것도 차라리 잘된 일일 수 있
었다.

　문제는 정작 버스가 남쪽 해변 고을 대흥면을 아직 7,80리쯤
남겨 둔 장흥읍에 도착하고부터였다. 버스가 그럭저럭 장흥읍
정류소에 들어선 것이 K시를 출발한 지 일곱 시간 만인 오후 1
시쯤이었으니, 거기서 더 이상 다른 변통만 생기지 않고 남은
길을 달려 준다면 공무원 퇴근 시각인 5시 이전에 대흥면 사무
소에 도착하여 증명서 일을 보는 데는 아직 충분한 시간이 남
아 있을 터였다. 그런데 버스가 정류소로 들어서자 운전사가
손님들을 모두 차에서 내리게 하였다.

　「오면서 다들 보셨겠지만 이 차, 정비소로 가지고 가서 고장

을 마저 손보고 가야겠어요. 시간이 그리 오래 걸리지 않을
테니 그동안 손님들께선 천천히 용변도 보시고 요기도 좀 하
시면서 이 근방에서 기다려 주세요.」

차장 대신 운전사가 모처럼 뒤쪽 승객들에게 직접 건네 온
당부였다. 그러니 승객들이 모두 내린 다음 운전사와 조수 청
년이 어디론지 버스를 끌고 사라져 갔을 때도 진성은 아직 마
음이 차분했다.

'어련히 차를 잘 고쳐 가지고 오려고. 남은 거리를 탈 없이 가
려면 지금 시간이 좀 지체되더라도 그편이 나을 테니까.'

게다가 이제는 더 견딜 수 없을 만큼 배가 고팠고, 오줌도 마
려웠다. 운전사 말마따나 이날은 마침 읍내 오일장이 서고 있
어 정류소 주변 길가에 오종종 늘어앉은 아주머니들의 장 광주
리에서 찐빵도 하나 사 먹고 용변 길도 다녀올 여가가 생겨 진
성은 차라리 일이 무방하게 되었다 싶기까지 하였다.

하지만 한번 사라져 간 버스는 진성이 그 자잘한 용건을 다
마치고 다시 정류소 입구를 지키기 시작한 지 한 식경이 지나
도 좀체 모습을 나타내지 않았다. 버스가 다시 돌아온 것은 좋
이 한 시간도 더 지난 2시 30분쯤이었다. 그것도 정비소에서
차를 고치는 동안 자기들끼리 어디서 차분히 점심을 먹고 온
듯 운전사는 아직도 이쑤시개를 입에 문 채 눈자위가 제법 불

그스레 취한 얼굴이었다. 하긴 두 사람의 기분이 그렇듯 느긋해 보이는 것도 앞길을 위해 그닥 나쁠 일만은 아니었다. 그런 넉넉한 기분 속에 이제라도 차를 잘 달려 준다면 아직 시간은 넉넉했다.

그런데 그 운전사나 조수는 기다리던 승객들이 서둘러 차에 오르고 나서도 좀체 출발을 서두르는 기색이 없었다. 이날이 하필 그 읍내 장날인 데다 바야흐로 파장이 가까워진 때문이었다. 장꾼들은 버스가 언제쯤 떠나리라는 것을 미리 알고 있는 듯 처음에는 별반 관심도 두지 않는 기색이더니, 운전사가 뿡뿡 한두 번 경적을 울리고 나서부터 장 보퉁이를 이고 끌고 차 문 앞으로 줄을 이어 대기 시작했다. 하지만 버스는 첫 파수 손님들을 거의 다 거둬 싣고 나서도 움직일 생각을 안 했다. 하나둘 장꾼들이 계속 손짓을 쳐가며 뒤를 이어 댔기 때문이다. 하긴 읍내 아래쪽 동네로는 하루 몇 번씩밖에 버스가 드나들지 않는 사정이라 시간이 좀 먹더라도 운전사는 그 사람들을 그냥 뒤에 내팽개치고 떠날 수가 없는 처지였다. 그래 그런지 운전사도 손님들도 별로 서두르는 기색이 없이 마냥 늑장을 피우는 식이었다. 차 안은 이제 손님들과 장바구니들로 발 디딜 틈 없이 빼곡 들어차고 말았지만, 시골 장꾼들은 몸을 비비적대며 장바구니(그 장바구니에는 별의별 것들, 심지어 비린내가 진동하는 생선이나 꽥꽥거리는 돼지 새끼까지 담겨 있었다)를 챙기는 데만 정신이 팔려 있을 뿐, 남은 뒷사람을 생각해선지 그 비좁은 찻속 사정이나 늑장기에 대해선 별다른 불평이 없었다.

「어이, 이게 사람 타는 찬지, 짐짝 찬지! 거, 운전사 양반, 이제 그만 출발하는 게 어떻소?」

푸른 군복을 입은 휴가병 청년 하나가 앞사람의 장 보따리를 피해 고개를 뒤로 잔뜩 치켜 젖힌 채 불평 섞인 소리를 내지른 게 고작이었다.

시간은 그새 오후 3시에 가까워지고 있었다. 이날로 면소 일을 보고 다시 길을 돌아가기는 이미 물 건너간 일이 되고 말았지만, 이대로 곧장 차가 출발한다 해도 이제는 증명서를 뗄 시간을 대어 가는 것조차 빠듯한 상황이었다. 한데 갈수록 태산 격으로 차 안에선 거기서도 한참이나 더 출발을 지체할 수밖에 없는 소동이 벌어졌다.

「위메, 내 돈! 어이고, 내 해우(김) 판 돈!」

통로 입구 한쪽에 간신히 몸을 껴 붙어 서 있던 한 중년 아주머니가 느닷없이 얼굴빛이 하얗게 변하며 다급한 목소리로 외쳐 댔다. 그러곤 금세 넋이 다 빠져나간 듯 자기 저고리 앞섶을 들추며 두리번두리번 주위를 향해 미친 사람처럼 울부짖었다.

「내 돈, 못 입고 못 먹고 애면글면 새끼들하고 피땀 흘려 번

내 돈! 오늘 장에서 해우 두 통 팔아 받은 목숨 같은 내 돈, 금방까지 여기 있었는디 어느 놈이 가져갔어! 어느 벼락을 맞을 놈이!」

어느 사이 차 안으로 소매치기가 섞여 들어온 모양이었다. 지난날 진성이 처음 집을 떠나 K시로 갈 때도 작은 돈을 팬티 속에 꿰매어 갔을 만큼 붐비는 차 속 소매치기는 이미 소문이 나 있는 일이었다. 미리 조심을 하지 않은 게 탈이었지만, 그렇다고 그 운 나쁜 아주머니만 몰인정하게 나무랄 수는 없었다.

「쯧쯧, 어떤 인간이 그래 해먹고 살 짓이 없어 해필 우리 겉은 촌구석 무지랭이 쌈짓돈을 다 털어 가나!」

차 안 사람들도 자신들 갈 길보다 아주머니의 처지를 더 걱정해 주었다.

「거 운전사 양반, 위인이 아직 이 차 안에 있을지 모르니, 작자가 빠져나가지 못하게 출입문 단속하고 경찰서로 끌고 갑시다.」

하지만 소매치기가 그때까지 아직 차 안에 남아 있을 리 없었다.

「돈이 없어졌으면 위인은 벌써 10리 저쪽 사람이오. 치고 튀는 게 녀석들 기술인데 여태까지 나 잡아갑쇼 하고 차 속에 남아 있겠소? 아주머니헌티는 안된 소리지만, 일이 생긴 게

이 차 속에선지 밖에선지도 확실찮고, 그새 차 문을 들고 난 사람이 몇인디…….」

운전사를 대신해 조수 청년이 시큰둥한 소리로 그걸 부질없어하였다. 아닌 게 아니라 요즘 세상에 그만 일로 손님을 가득 실은 노선버스를 경찰서까지 끌고 갈 수는 없는 노릇이었다. 경찰서까지 끌고 가봐야 범인을 잡아낸다는 보장도 없는 일이었다. 하지만 아주머니는 이제 완전히 제정신이 아니었다. 그 사이 그녀는 바득바득 사람들 사이를 비집고 차 문을 빠져나가 밖에서 안을 향해 악을 써대었다.

「다들 내려! 내가 녀석을 찾아낼 테니께 다들 차에서 좀 내려보란 말여. 오늘 내 아까운 돈 못 찾으면 이 차 해가 져도 못 떠날 테니께. 그래 금방까지 이 치맛말 밑에 얌전히 들어 있던 돈다발이 차 속이 아니면 어디서 없어졌길래. 작자가 분명 아직 차 안에 있을 테니 어서들!」

이번에는 치맛말까지 들추고 젖가슴을 온통 드러낸 채 파랗게 게거품을 물고 나서는 바람에 차 안 사람들도 어쩔 수 없이 차례차례 내릴 수밖에 없었다. 한다고 조수 총각 말마따나 소매치기가 아직 거기 섞여 남아 있을 턱이 없었다. 아주머니는 바투 차 문 앞에 지켜 서서 한 사람 한 사람 차에서 내리는 사람들의 행색과 얼굴 표정을 유심히 살폈지만, 차 안이 텅 빌 때까지도 어느 한 사람도 자신 있게 지목을 하고 나서질 못했다.
그러다 마침내 희망이 없음을 알아차린 아주머닌 그 자리에 펄
썩 주저앉아 버리며 다리를 뻗고 통곡을 터뜨리기 시작했다.
　「아이고아이고, 이 일을 어쩔거나. 이 꼴을 당하고 어떻게 집
구석을 찾아 들어가며, 불쌍한 우리 새끼들 얼굴은 또 어찌
볼 거나…… 아이고…….」
그런데 그게 그냥 억울한 푸념 넋두리가 아니었다.
　「아주머니, 일은 안됐지만 이제 어떻게 하겠어요. 우리가 경
찰에 신고는 해놓을 테니 오늘은 이만 이 차 타고 집으로 돌
아가셔야지요. 다른 손님들도 많이 기다리셨고.」
　「이 차 회사에 단단히 부탁하고 그렇게 합시다, 아주머니.」
　보다 못한 운전사와 몇몇 손님들이 달래 보려 했지만, 아주머
니는 그럴수록 새삼 더 엉뚱한 결의를 다지고 나섰다.
　「아니, 나 이대로는 못 가요. 놈을 못 찾으면 한 달이고 두 달
이고 여기서 이대로 기다릴라요. 기다려도 못 찾으면 지옥까
지라도 쫓아가 기어코 놈을 찾아 끌고 올라요, 아이고!」
　그러니 이젠 어쩔 수가 없는 일이었다. 한두 차례 더 같은 소
리를 되풀이하던 운전사와 조수도 그녀를 더 기다릴 수가 없는
듯 정류소 사무실로 데리고 가 그곳 사람들에게 맡겼다. 그러
곤 차 안 손님들에 대한 간단한 사과 말과 함께 비로소 늦어진

찻길을 서두르기 시작했다.

생각잖은 소동으로 다시 반 시간여를 허비한 3시 30분 가까운 시각이었다. 그러니 이날 안으로 면소 일을 보려면 잘해야 시간 반 남짓밖에 남지 않은 아슬아슬한 시각이었다.

2

지체한 시간을 벌충하려는 듯 이후부터 버스는 한적한 남녘 들길을 부지런히 달렸다. 하지만 중간 동네 곳곳에서 내릴 사람이 나서는 데다, 울퉁불퉁 돌자갈이 많은 시골 길이 되다 보니 한껏 속도를 내어 달렸는데도 때가 이미 늦고 있었다. 뒷자리의 나이 먹은 아저씨에게 알아보니 버스가 종착지 대흥 면소 동네에 닿은 것은 관공서 근무 시간을 훌쩍 넘긴 오후 5시 20분쯤이었다.

그러거나 말거나 진성은 차에서 내리는 길로 곧장 전부터 알고 있던 파출소 건물 옆 면사무소로 달려갔다. 그리고 지금 막 서쪽 산봉우리 뒤로 가라앉아 들어가는 황혼 녘 잔광을 부옇게 되비추어 내고 있는 면소 건물 밀창문을 황급히 열고 들어가며 마음속으로 간절히 빌었다.

'제발 아직 퇴근하지 않고 남아 있는 사람이 있었으면! 하다

못해 야간 숙직을 하는 사람이라도 있다면 그 사람한테 사정을
해보면 되련만!'

다행히 그 진성의 소망은 이루어진 셈이었다.

사무실은 이미 책상마다 주인들이 모두 퇴근을 하고 썰렁하
게 비어 있었다. 하지만 빈 사무실 중앙 쪽에 놓인 난롯가에 아
직 두 사람이 손을 비비대며 마주 앉아 있었다.

「안녕하세요.」

진성은 반가운 김에 큰 소리로 인사를 하고 곧장 그 두 사람
곁으로 가까이 다가갔다.

「무슨 일이냐?」

두 사람 중 개털 깃 점퍼 차림에 나이가 좀 많아 보이는 중년
티 어른이 그를 바라보며 느린 목소리로 물었다.

「예, 저의 집 재산세 증명서를 좀 떼러 왔는데요.」

진성은 급한 김에 냉큼 찾아온 용건부터 말했다.

하지만 개털 깃 점퍼 어른은 왠지 좀 장난스러운 웃음기를
흘리며 가볍게 그를 나무랐다.

「무어, 재산세 증명서? 그런 일 보러 온 녀석이 지금이 몇 시
라고 사람들 다 퇴근하고 없는 빈 사무실엘 찾아와?」

「지금이라도 아저씨들은 남아 계시지 않아요. 버스가 하루
종일 늑장을 부려서 시간이 늦어졌지만, 아저씨들이 그 증명

서를 떼어 주시면 되지 않아요. 그렇게 좀 해주세요. 전 사정
이 급하단 말씀이에요.」

진성은 왠지 가슴이 답답한 느낌 속에 시간이 늦어진 사연과
함께 간곡히 사정을 하고 들었다.

하지만 난롯가 어른들은 좀체 그의 말귀를 알아듣지 못했다.

「그래, 증명서는 아무나 떼어 주는 줄 아냐? 재산세 일은 재
무계 담당 직원이 보는데, 여긴 지금 재무계 일을 볼 사람이
없단 말이다.」

이번에는 개털 깃 점퍼 대신 검누런 금니를 박은 옆 사람이
말을 가로맡고 나섰다.

「봐라, 저 책상. 재무계 담당잔 벌써 퇴근을 하고 자리가 비
어 있지 않으냐. 그런데 우리가 어떻게 남의 일을 대신한단
말이냐. 그게 정 급하게 필요하다면 내일 아침 일찍 다시 오
는 수밖에 없는 일이다.」

듣고 보니 그도 그렇겠다 싶었다. 하지만 그런 사정을 알고
나니 진성은 가슴이 더욱 막막해 왔다. 그래 더 이상 말을 못하
고 망연해 있으려니 그 난감한 모습이 딱했던지 이번에는 개털
깃 점퍼 쪽이 쯧쯧 혀를 차며 다시 물었다.

「그런데 넌 대체 어느 동네 누구냐? 네 아버지가 누구시냐?
그리고 재산세 증명서는 어디에 쓰려는데 아버지가 오시잖

구 어린 네가?」

「그건 저…… 저는 저 참나뭇골 사는 배진성인데요…….」

진성은 더욱 기가 죽을 수밖에 없었다. 그는 갈수록 막막한 심사 속에도 행여나 하는 마음에 그 검정고시 과정을 거쳐 얻은 고등학교 진학 입학금 문제와 재산세 증명서의 용도를 더듬더듬 설명했다. 그리고 어른들의 연이은 물음에 5, 6년 전 난리 통에 국민방위군인가 뭔가 하는 델 끌려갔다 소식이 끊어져 버린 아버지의 일과, 이런저런 그의 사정을 알지 못하는 어머니의 처지를 조심스럽게 털어놓고, 자신이 직접 증명서를 떼어 가지 않으면 안 되는 다급한 사정을 호소했다.

「그러니까 전 지금 증명서를 떼어 놨다가 내일 아침 일찍 첫차로 올라가서 학교에 내야 해요. 그래야 입학금을 면제받거나 연기받고 고등학생이 될 수 있단 말씀이에요.」

말을 다 끝내고 나서 진성은 다시 한 번 희망을 가지고 이것저것 썩 관심을 가지고 물어 준 어른들의 표정을 살폈다.

「그래, 아버지 도움도 없이 너 혼자 고학을 해서 고등학교 입학 자격까지 땄단 말이지? 사정을 들어 보니 일이 참 급하게 되긴 했구나.」

「참나뭇골에 방위군 나갔다 돌아오지 못한 사람이 누군지 이름을 들어도 모르겠다만, 어쨌거나 아들아이 하나는 퍽 똑똑

한 녀석을 남겼구나.」

그의 사정을 듣고 난 어른들도 우선은 그를 썩 대견해하며 그의 일을 되도록이면 돕고 싶어진 눈치였다. 하지만 그건 어디까지나 그 어른들 마음뿐이었다. 그들에게도 뾰족한 방법이 없었다.

「하지만 어쩐다? 사정을 듣고 보니 네 처지가 더욱 딱하기는 하다만, 그렇다고 우리가 함부로 남의 책상을 뒤져 서류를 대신 만들어 줄 수도 없는 일이고…… 보아라, 저 재무계 책상 서랍에 자물쇠 채우고 간 거. 저 안에 그 사람 인장을 간수해 두고 갔는데, 널 도와주고 싶어도 주인이 없는 책상 서랍을 부술 순 없는 일 아니냐.」

「그러니 오늘은 참나뭇골 집으로 들어가 어머니랑 함께 지내고 내일 아침 일찍 다시 오거라. 여기 업무 시간이 아침 9시부터니까 그 사람 출근 시각에 맞춰서. 그러면 우리가 부탁해서 첫 번째로 네 서류부터 만들어 달래마.」

「그래라. 이젠 그밖에 다른 길이 없구나. 참나뭇골까지는 10리가 넘는 산길인데, 우선 여기 난롯불에 몸을 좀 녹이고.」

어른들은 서로 얼굴을 건너다보며 번갈아 걱정을 했지만, 그것은 아무래도 말이 안 되었다. 아침 9시에 증명서를 만든다면 그길로 바로 차부를 나서는 버스를 탄대도 K시까지는 죽어도 때를 맞출 수가 없었다. 내려오던 길 사정을 생각하면 아침 6시나 7시쯤 첫차를 탄대도 마음을 놓을 수 없는 판에 9시라면 희망이 전혀 없었다. 어른들은 도대체 그런 사정을 알지 못했다. 그렇다고 그걸 함부로 허물하고 들 처지도 못 되었다. 어떻게든지 이날 안으로 증명서부터 떼어 놓아야 했다. 하지만 진성은 이제 그 답답하고 안타까운 사정을 호소할 곳조차 없었다. 난롯가 어른들은 사정을 알고도 그를 도울 길이 없었다. 마음속 한 구석엔 그 어른들이 어딘지 자신이 알지 못하는 방법을 숨겨 두고 있는 듯 원망스러운 느낌이 들기도 했지만, 자신이 생각해도 그것은 아니었다. 무엇보다 이 일은 자신의 일이었고, 오늘 그 일이 이렇게 된 것도 다른 누가 아닌 자신의 나쁜 찻길 운수 때문이 아닌가. 하고 보니 이제 마지막 남은 길은 담당 직원이 사는 집을 찾아가 직접 한번 사정을 해보는 수밖에 없었다.

「아저씨, 그럼 그 재무계님 사시는 동네가 어디예요? 제가 지금 그 집을 찾아가 사정을 해보겠어요.」

진성은 다부지게 결심하고 개털 깃 점퍼 어른에게 물었다. 그런데 그것이 진성이 미처 알지 못하고 있던 결정적인 실수를 일깨워 주는 계기가 되었다.

「허, 그렇게 일러 줘도 그 녀석 고집하곤 참! 재무계 동네야 여기서 두어 마장쯤밖에 되지 않는 저 산정 저수지께다만, 그래 네가 지금 찾아간들 한번 퇴근해 집에 돌아가 발 씻고 들어앉은 사람이 다 늦은 이 저녁 찬 바람 속에 네 일 봐주자고 다시 옷 걸쳐 입고 나오려 하겠느냐. 아서라, 아서!」

나이가 아래뻘인 금니 쪽이 짐짓 그의 고집통을 나무라고 드는 것을 만류하고 나서며 개털 깃 점퍼 아저씨가 뒤미처 생각난 듯 진성에게 물어 왔다.

「가만! 그보다 네가 아까 차를 내려서 바로 우리 사무실로 왔다면 느네 집 호주의 도장도 없을 거 아니냐. 네가 재무계를 찾아가더라도 호주 도장이 없으면 증명서를 떼어 줄 수가 없을 테니 말이다. 그래 지금 너 호주 도장은 가져왔냐?」

그러니 그것으로 모든 게 헛수고일 뿐이었다. 그는 물론 얼굴도 알 수 없는 아버지의 인장을 지녀 왔을 리 없었고, 증명서를 떼는 데 그것이 그토록 중요한 절차라면 무엇보다 우선 참나뭇골 집으로 달려가 그 도장부터 가져오는 일이 급선무였다. 애초부터 길이 틀린 일을 두고 더 이상 애꿎은 어른들을 상대로 시간을 허비할 수가 없었다.

진성은 마침내 이날 안으론 모든 걸 단념하고 참나뭇골 집으로 어머니부터 찾아가기로 작정했다. 집에서 어머니와 하룻밤을 지내고 다음 날 아침 일찍 도장을 가지고 나와 면사무소로 오든지, 그 저수지께 동네로 재무계 사람부터 먼저 찾아가든지

할 생각이었다. 일이 좀 일찍 되든지 늦어지든지, 증명서고 차 시간이고 이제는 모든 걸 하늘의 뜻에 맡기고 일 되어 가는 대로 따를 뿐 다른 선택의 여지가 없었다. 앞뒤 순서를 알지 못한 자신의 실수로 공연히 어른들에게 긴 시간 헛수고를 시킨 것이 부끄럽고 미안할뿐더러, 뒤늦게나마 그 실수를 일깨워 준 어른들의 걱정을 덜어 주기 위해서라도 이제는 더 시간을 지체할 수가 없었다. 일을 그렇게 정하고 나니 차라리 마음이 조금 편해지기도 하였다.

그래 진성은 난로 앞 어른들에게 내일 아침 일찍 도장을 가지고 다시 오겠노라, 꾸벅 자신에 대한 다짐 겸 당부의 인사를 남기고 서둘러 면소 문을 나섰다.

「얘, 오늘은 기왕 일이 늦어졌으니 추운 밤길 여기 이 난롯불에 몸이나 더 녹이고 가거라.」

나이 든 개털 깃 점퍼가 새삼스럽게 권했지만, 이제는 이미 바깥이 어둑어둑해져 오기 시작하여 그럴 여유가 없었다.

면소 동네 장터거리에서 참나뭇골까지 10여 리 길은 잠시 뒤 버스 길이 갈라지는 데서부터 오르락내리락 좁은 산길이 대부분이었다. 그것도 길목 굽이마다 마을 사람들이 늦은 밤길을 드나들며 산짐승이나 도깨비 따위를 만나 큰 곤욕을 치렀다는 곳이 허다했다. 무엇보다 옛날부터 인근 동네에서 어린 갓난쟁이가 죽었을 때 그 시신을 땅에 묻지 않고 짚 오장치 속에 담아 높은 나뭇가지에 걸어 썩어 가게 했다는 애기봉께의 검은 소나무 숲 아랫길을 혼자 지날 때면 대낮에도 으슬으슬 오금이 저려 오곤 했다.

하지만 진성은 그 어두운 밤 산길을 가지 않을 수 없었다. 그는 면소 문을 나서자 곧장 신작로를 내달려 산길로 들어섰다. 그리고 쌩쌩 추운 산 바람기를 가르며 내처 발걸음을 재촉해 갔다. 사방은 어둠이 점점 더 짙어 갔고, 숲 속에선 솨솨 차가운 솔바람 소리만 음산했다. 몰려드는 허기와 매운 바람기 때문에 두 뺨이 얼얼해지고 찔금찔금 눈앞이 흐려 오기도 했지만, 그는 잠시도 발걸음을 멈춰 쉴 수가 없었다. 긴장되고 다급한 마음에 실상은 배고픔이나 두려움조차 느낄 틈도 없었다. 검은 숲 그림자에 이따금 저도 모르게 소스라쳐 놀라게 될 때도 있었지만, 그때마다 그는 초등학교 적 어머니와 함께 장거리를 오가며 익혀 둔 그 길의 기억을 떠올리며 자신의 두려움을 달랬다. 그는 초등학교를 면소 동네가 아닌 바닷가 회진 포구 쪽으로 다녔기 때문에 자주 오가지는 못했지만, 5일에 한 번씩 열리는 이쪽 대흥 장날이면 어머니의 갯거리나 봄동 따위 광주리를 나눠 지고 이 길을 오간 일이 많았기 때문이다. 그 어머니와 함께 오가던 길을 떠올릴 때는 어머니와의 이런저런 추억도 떠올렸고, 잠시 뒤면 만나게 될 식구들의 반가움이나 놀라움도 함께 떠올렸다. 그리고 그런저런 상상과 서두름 끝에 그는 어느새 산길을 모두 지나 드디어 그의 고향 동네 참나뭇골 초입께까지 이르렀다.

진성은 산길 아래로 마을이 시작되는 그 초입 집 사립 앞에서 비로소 걸음을 멈춰 섰다. 그리고 잠시 가쁜 숨결을 가라앉히며 희미한 불빛이 새어 나오는 그 집 안방 창지문을 넘겨다보았다. 힘든 산길을 벗어나 낯익은 마을 길로 들어서고 보니 그새 몸을 조여 오던 긴장기가 풀리며 피로감이 몰려들 뿐 아니라, 그 집 창지문 불빛이 유달리 반가웠기 때문이다.

종배 아재, 권종배 아재……. 젊은 시절 무논 쟁기질을 하다가 보습 날에 발을 찍혀 늘 걸음을 절뚝이고 다니던 종배 아재는 원래 어머니가 진성네 가문이라서 집안이 그리 벌족하지 못한 진성네에게는 성씨가 다른 척간치고 퍽 마음에 가까운 어른이었다. 그 집이 바로 그 종배 아재네 집이었다. 게다가 진성이 3년 전 어머니와 K행 차를 타러 아침 일찍 그 집 앞 길목을 지나갈 때, 그 종배 아재가 어느새 기척을 알아채고 불편한 몸에 절뚝절뚝 사립 밖으로 쫓아 나와 예상찮은 노잣돈까지 쥐여 주던 고마운 기억이 남아 있었다.

「이거 몇 푼 안된다마는 큰돈으로 알고 차비에 보태거라. 그리고 기왕에 작정을 하고 나서는 길, 고생이 되더라도 열심히 공부해라. 그러다 보면 언젠가는 다시 네 어머니랑 금숙이랑 오순도순 함께 살게 될 날이 올 게다.」

진성은 아직도 호롱불 빛이 물든 창지문 안에서 종배 아재의 따스한 목소리가 들려 나오는 것만 같았다. 게다가 종배 아재는 늘 불편스러운 걸음걸이 때문에 바깥 나들이가 많은 농사일 대신 집 안에 들어앉아 이런저런 손재간질을 많이 익혀, 평소엔 마을 사람들 이발사 노릇을 해오면서도 더러는 급한 사람 도장 새겨 주는 일까지 대신해 왔던 게 생각났다. 그러고 보니 어머니가 어디 쓸 일이 있어 여태 그 종무소식이 된 아버지의 도장을 온전히 간수해 왔는지 알 수 없었다. 집 안에서 만약 그걸 쉽게 찾아낼 수 없다면, 그 역시 종배 아재의 신세를 져야 할 일이었다. 그래 진성은 누이 금숙의 편지를 받고서도 늘 미심쩍게 여겨지던 어머니나 집안 사정도 미리 알아 갈 겸, 사립문을 밀고 그 아재네 집부터 인사를 여쭈러 들어갔다.

그런데 그쯤에서 진성이 종배 아재의 일을 떠올리고 집을 찾아 들어간 것은 어려운 여정 중에 생각보다 잘한 일이었다.

「아니, 너 우리 진성이 아니냐? 네가 웬일이냐. 이 어두운 밤 중에!」

진성의 바깥 기척에 방문을 열고 나온 종배 아재는 예상치 못한 그의 출현에 무척 놀라면서도 그를 반갑게 맞아 주었다. 하지만 진성을 방 안으로 데리고 들어가 따뜻한 아랫목에 자리를 잡아 앉히고 나서 그간의 자초지종을 듣고 난 아재는 차츰 얼굴빛이 흐려지기 시작했다.

「허, 그 참 장하고 고마운 일이구나. 그건 그렇고. 그런디 이 일을 어쩐다? 네 식구들이 지금 아무도 집에 없을 테니 말이다.」

그 아재가 마른 입술을 빨아 가며 일러 준 사연인즉, 금숙은 진작 학교를 그만두고 장터거리 음식 가게에서 먹고 자며 심부름 일을 하고 있고, 어머니는 지난해 겨울께부터 동네 여자들과 완도 쪽 섬 마을로 들어가 여태껏 굴 까는 일에 매달려 지내고 있다는 것이었다.

「살림들이 워낙 쪼들리는 형편이다 보니 어른이고 아이들이고 제집 일거리 없다고 그냥 손발 개고 앉아만 있을 수 없어 온 동네가 다 그 모양이구나. 네 누이 금숙이 일은 그나마 마른자리 일이라 견딜 만한가 보더라만, 네 어머니뿐 아니라 이 동네 여자들 그 매운 해변 바람 추위 속에 무슨 고생들이냐. 봐라, 나도 지금 네 아짐을 딸려 보내고 혼자서 이리 생홀아비 꼴로 지내고 있구나.」

탄식기 섞인 말투 속에서도 아재는 어딘지 그를 안심시키고 싶은 듯 당신 자신의 궁색한 형편을 포함해 온 동네 사정을 싸잡아 털어놨다. 그러곤 진성이 채 부탁을 꺼내기도 전에 자신이 먼저 도장 일을 맡고 나서 주었다.

「그러니 네가 곧장 집으로 가지 않고 우리 집엘 들어온 것은 그나마 다행 아니냐. 문고리만 잠겨 있을 빈집 찾아 들어가 봐야 식구들도 만날 수 없고 도장도 찾을 수 없을 테고. 그러니 오늘 밤엔 여기서 나하고 함께 지내고 내일 아침 일찍 길을 되짚어 나서도록 하거라. 내 걸음걸이가 불편하지 않으면 널 데려다 주면 좋으련만, 이 몸으론 너를 쫓아가기도 힘들어 그리는 할 수 없고. 내 그 대신 오늘 밤 안으로 네 아버지 인장은 새겨 놓을 게니 그 일은 안심하고.」

진성은 고맙고 다행스럽지 않을 수 없었다. 사정이 그리된 판에 어머니나 금숙을 만날 수 없는 서운함 따위는 문제가 아니었다. 그 무엇보다 도장 일이 우선 급했다. 다른 일은 도장 일과 재산세 증명서 일이 제대로 처리되고 나서 틈이 좀 생기거나 다른 기회에 생각해도 될 것이었다. 당신 말마따나 종배 아재를 먼저 찾은 것이 천만다행이었다. 그런 사정을 모르고 아무도 없는 빈집을 찾아들었다 얼마나 혼자 놀라고 앞일이 난감했을 것인가……

「그런디 너 아직 어디서 저녁도 못 얻어먹었겠구나.」

말을 하지 않아도 종배 아재는 미리 알아서 진성에게 손수 간단한 저녁 요기까지 시켜 주었다.

그리고 진성이 굴을 넣은 더운 매생이 국 한 사발에 식은 고구마 밥덩이를 맛있게 먹는 동안 자신은 조그만 탁자 서랍에서 헌 도장을 찾아내어 원래의 이름을 깎아 내고 당신이 알고 있는 아버지의 새 이름을 새겨 넣기 시작했다.

「밥상은 그냥 거기 윗목에 밀쳐 두고 그냥 좀 누워 쉬거라. 내가 이따가 알아서 치우마.」

저녁을 먹고 나선 아재의 당부대로 방 한쪽 구석에다 상을 밀쳐 둔 채 아랫목 이불자락 밑으로 발을 밀어 넣고 드러누웠다. 그러곤 희미한 호롱불 아래 새 도장을 새기고 있는 종배 아재를 바라보며 혼자 생각에 잠겼다.

'이 동네 사람들은 마음들만 착했지 어째 이렇게 가난하고 못 사는가. K시 같은 도회지 사람들은 저렇게 아등바등 기를 쓰지 않아도 잘 먹고 잘 입고 큰소리치며 사는데. 그럴수록 나는 어서 고등학교라도 나와서 우리 식구들을 도와야 하는데…… 우리 식구만이 아니라 저 인자스러운 종배 아재, 이 추운 날씨에 어머니랑 함께 섬 마을까지 굴을 까러 간 아짐이랑 동네 여자들 모두를 위해……'

문득 이제라도 아랫동네께 그의 집을 한번 둘러보고 올까 싶은 생각이 들기도 했다. 하지만 어머니도 금숙도 없는 썰렁한 빈집 꼴을 떠올리곤 이내 그것을 단념하고 말았다. 자신이 무슨 부끄러운 허물을 지고 들어온 듯 어두운 골목길을 오가다 행여 동네 아는 사람이라도 마주치게 될 일이 공연히 마음을 무겁게 하기도 하였다. 하지만 뭐니 뭐니 해도 우선 도장 일에 마음을 놓게 된 데다 늦은 저녁 요기 끝이라 노곤한 식곤증까지 몰려들어 새삼 몸을 움직이고 나설 엄두가 안 났다.

'내일 새벽부터 서둘러야 하니까 오늘 밤은 그냥 눈을 붙여 두는 게 좋겠지…….'

그런 생각조차 채 끝나기 전에 그는 어느 결엔지 까마득한 잠 속으로 파묻히고 만 것이었다.

3

이튿날 새벽, 진성은 어둠 속에서 제풀에 깜짝 놀라 일찍 잠이 깨었다. 잠을 깨고서도 곤히 잠들어 있는 종배 아재가 어려워 한동안 그대로 날이 밝기만 기다렸다. 종배 아재네도 시계가 없으니 지금이 몇 시쯤 되었는지 시간을 알아볼 수도 없었다. 그런데 어느 결에 알았던지 종배 아재도 곧 잠이 깨어 누운 채로 알은척을 해왔다.

「곤할 텐디 좀 더 자지 않고 그러냐. 내 날이 새면 늦지 않게 깨워 줄 건데.」

하지만 기왕 잠이 달아나 버린 진성은 무작정 그러고 날이 밝기를 기다리고 있을 수가 없었다.

「아니에요. 이젠 됐어요.」

그는 아예 자리에서 벌떡 일어나 어둠 속으로 종배 아재를 살폈다.

「지금 몇 시쯤 됐을까요. 곧 날이 샐 것 같으면 지금 일어나 갔으면 좋겠어요. 면사무소 문 열리기를 기다리려면 차 시간이 너무 늦어질 테니, 방죽께 동네로 재무계님을 직접 찾아가 보게요.」

「아니, 아침 요기도 좀 하지 않고 이 어둠 속을 빈속으로 말이냐? 새벽닭이 이미 두 파수나 울었으니 조금만 기다리면 곧 날이 샐 텐데.」

진성의 결심을 알아차린 종배 아재도 이젠 그대로 자리에서 일어나 앉으며 부스럭부스럭 호롱불을 찾아 밝혔다. 그러곤 이른 요기거리라도 덥혀 들여오려는 듯 방문을 열고 나서려는 그를 진성이 다시 불러 세웠다.

「아재, 도장은 다 만들어 두셨어요? 그것만 주시면 전 지금 그냥…….」

반 애원에 가까운 그의 목소리에 종배 아재는 다시 문을 닫고 들어와 탁자 서랍에서 새로 새긴 도장을 꺼내 건네주었다.

「여기 있다. 잘 새기진 못했다만, 언제 또 소용될지 모르니 오늘 쓰고 그냥 네가 간직하고 가거라. 하지만 이 어둠 속을 어떻게 어린것이 혼자 나선다고…….」

도장을 건네주고 나서도 아재는 제물에 난감해져 입술을 빨고 있었다.

「괜찮아요. 어젯밤에도 저 혼자 들어온 길인걸요. 그리고 오늘은 조금만 가다 보면 날이 샐 거구요.」

「그래, 알았다. 네 각오가 정 그렇다면 내 이 뒷산 고갯길까지만 함께 따라가 주마. 아마 거기쯤 가다 보면 날도 제법 밝기 시작할 테니까.」

그러면서 이번에는 아재 자신이 먼저 이것저것 옷가지들을 챙겨 입기 시작했다.

「괜찮아요, 아재. 저 혼자 갈 테니 아재는 다리도 불편하신데 그냥 집에 계셔요.」

다행히 도장을 일찍 얻어 지니고 가는 판에 더 바랄 게 없는 진성은 진심으로 사양했지만, 아재도 이번엔 물러서려질 않았다.

「괜찮다. 이런 네 어려운 사정을 알면서도 노자 한 푼 보탤수 없는 처지가 이렇게 가슴이 쓰린데 그마저 못해서야 내가어디 사람…….」

말끝도 미처 맺지 못한 채 기어코 길을 함께 따라나설 기세였다.

진성도 이젠 더 어쩔 수가 없었다. 그는 간밤 자리에 들면서머리맡에 벗어 놓은 저고리를 챙겨 입고 간단히 방문을 앞장서 나섰다. 그리고「하늘에 구름이 짙게 끼었다만 그런대로 오늘 아침엔 날씨라도 좀 포근해 다행이구나」혼잣소리를 흘리며 무심스레 방문을 따라나서는 아재를 향해 불쑥 작별 인사를 건넸다.

「아재, 그럼 안녕히 계셔요. 이제 제 일은 걱정하지 마시구요.」

「아니, 그럼 너……!」

불의에 아재가 놀라는 소리와 함께 그를 향해 황급히 손을휘저어 대는 것 같았지만, 진성은 그쯤 뒤도 돌아보지 않고 재빨리 사립을 빠져나와 집 뒤쪽 고갯길을 향해 어둠 속으로 감감 모습을 감춰 들어가 버렸다. 그리고 아재가 더 이상 따라올엄두가 나지 않을 만큼 산길을 한참이나 달려 올라가고 나서야진성은 아직도 사립 앞에 몸을 돌이키지 못하고 서 있음에 분명한 종배 아재의 먼 목소리를 들었다.

「그래, 진성아, 그럼 부디 어두운 산길 조심해라. 그리고 장터에서 일 잘 보고 가거라. 이제 곧 날이 밝을 게다.」

어둠 녘 새벽부터 일을 서두른 탓에 장터거리 면소에서는 다행히 예상보다 일이 일찍 끝난 편이었다.

장터거리까지 나가는 산길 중간쯤에선 깊은 구름장 속으로나마 날이 밝기 시작했고, 아닌 게 아니라 간밤과는 딴판으로 제법 남녘 고을 날씨답게 찬 바람기가 가신 길을 거기서부터는 거의 내달리다시피 하여 단숨에 면소까지 당도했다. 처음에는 바로 저수지께 동네로 재무계 직원을 찾아갈 요량이었지만, 전날 저녁 미처 그의 이름을 알아 두지 못한 데다 그 방죽께 동넨 어차피 장터거리를 지나 있어 우선 면소 사무실부터 들른 것이었다. 그 면소에 도착해 보니 사무실 벽시계가 아직 아침 7시전이었다.

한데다 이날은 그 면소에서도 일이 썩 잘 풀려 나갔다.

「아따, 그 모진 녀석, 너 정말 간밤에 그 먼 산길을 혼자 다녀온 게냐?」

행여나 하는 생각으로 면소 사무실의 잠긴 문짝을 두드리자 안에서는 다행히 전날의 개털 깃 점퍼 아저씨가 숙직으로 남아

있다, 아직 속셔츠 차림으로 뒤쪽에 붙은 좁은 샛문을 열어 주
며 몹시 놀라워했다. 그리고 어김없이 새 도장을 파 가지고 온
진성이 대견스럽고 안됐던지 속셔츠 차림 그대로 사무실로 들
어가 청하지도 않은 쪽지 한 장을 써주며 뜻밖의 선심을 베풀
었다.

「자, 지금 바로 이걸 가지고 저수지 동네로 달려가 김승수 재
무계님을 찾아 보여 드려라. 네 급한 사정을 들어 내가 특별
히 부탁을 드렸으니 그 사람 좀 일찍 나와 주실 게다. 그래도
냉큼 네 부탁을 안 들어주시거든 어제처럼 네 지독한 고집통
을 한번 들이대 보구.」

재무계 아저씨를 데리고 나올 요령까지 일러 주는 격려에 더
욱 힘을 얻은 진성은 쪽지를 받아 쥐고 쏜살같이 방죽께 마을
로 달려갔다. 그런데 그 쪽지에 무슨 말이 씌어 있었던지 어렵
잖게 찾아 만난 재무계 아저씨도 처음엔 이른 아침 느닷없이
들이닥친 그를 보고 잠시 눈살을 찌푸리는 눈치더니 이내 쪽지
의 글을 읽고 나선, 「거 사람하곤, 자기 숙직 일이나 얌전히 끝
낼 일이지 이른 아침부터 웬……」 하고 혼잣소리처럼 투덜대
면서도 천천히 방 안으로 들어가 무엇인가를 찾아 들고 나와
그에게 건네주며 은근한 생색과 함께 당부 소리를 일러 왔다.

「자, 이거 내 책상 서랍 열쇠다. 나는 아직 잠도 다 깨지 못했

으니 이걸 그 아저씨한테 갖다 주고 대신 증명서를 떼어 달
래라. 서랍 속에 서류 양식이랑 직인이 들어 있으니 그 사람
더러 알아서 찾아 해달라고. 규정대로라면 아침부터 이런 경
우에 없는 노릇 생각도 못할 일이다만, 그 아저씨 부탁도 있
고 해서 이건 특별히 네 급한 사정을 도우려는 것이니, 면소
까지 가는 길에 이 열쇠 단단히 간수해 가고.」

그가 직접 나서 주지 않고 서랍 열쇠만 내주는 걸 보고 진성
은 처음 그러다 어디서 또 일이 잘못되면 어쩌나 걱정스럽기도
했지만, 어찌 생각하면 아저씨 처지에선 그만만 해도 천만다행
고마운 배려가 아닐 수 없었다. 그가 규정대로 면소 문이 열릴
시각까지 자기 출근을 기다리라면 어쩔 뻔했는가. 아슬아슬한
일이 아닐 수 없었다. 게다가 아저씨가 직접 출근을 앞당겨 길
을 함께 나서 준대도 진성 혼자서 뛰어가는 것보단 시간이 훨
씬 늦어질 게 뻔했다. 다른 일만 생기지 않는다면 그에겐 무엇
보다 조금이라도 시간을 덜 먹는 쪽이 나았다. 그리 생각하니
아닌 게 아니라 아저씨가 사무실 규칙까지 어겨 가며 어린 진
성을 위해 서랍 열쇠를 내주고, 숙직 직원에게서 서류를 대신
만들어 가게 한 것은 참으로 잘된 일이 아닐 수 없었다.

진성은 새삼 고맙고 다행스러운 마음에 그 재무계 아저씨에
대한 인사를 끝내자마자 벅차오르는 숨결을 참으며 한달음에

면소까지 다시 뛰어갔다. 그리고 그를 기다리고 있던 개털 깃 점퍼 아저씨로부터 싱거울 정도로 간단히 증명서(그것은 담임 선생님의 예상대로 '재산세 증명서'가 아닌 '재산세 무과세 증명서' 였다)를 떼어 받았다.

재산세 무과세 증명서.
1953년부터 1955년까지 3년간 재산세 과세 및 납부 실적 없음.

개털 깃 점퍼 아저씨가 이것저것 서류를 뒤져 보고 진성에게 대신 만들어 준 서류에는 그런 내용 아래 다시 이렇게 적혀 있 었다.

재산세 부가 기준액 미달 가구.

하고 보니 진성은 이날 일이 어쩌면 생각보다 훨씬 잘 풀려 나갈 것도 같았다. 지내는 곳을 알 수 없는 누이 금숙을 찾아 볼 틈이 없는 것이 아쉽기는 했지만, 그보단 모든 일을 한 시간 정도 만에 끝내고 8시에 출발하는 버스를 탈 수 있게 된 것도 그랬고, 아심찮이 제법 포근한 날씨에 전날과는 달리 버스가

장흥 읍내까지 백 리 가까운 아침 길을 단숨에 잘 달려 준 것
도 그랬다. 차가 장흥읍 정류소에 들어선 것이 10시쯤이었으
니 앞으로 남은 K시까지는 2백여 리 거리에 다섯 시간 정도의
시간 여유가 있었다. 남은 찻길에 또 어제 같은 탈만 생기지
않고 계속 내달려 준다면, 입학 등록 사무를 마감한다는 이날
오후 3시까진 어쩌면 무사히 서류를 가져다 낼 수 있을 것 같
았다.

그런데 끝내는 원망스러운 것이 날씨였다. 밤사이에 갑자기
포근해진 날씨가 실은 화근이었다. 아니, 말썽의 단초는 차가
장흥 읍내에 가까워질 무렵부터 이미 조짐을 드러내기 시작한
셈이었다. 구름 덮인 하늘에 날씨가 썩 포근한 것이 눈이 내릴
징조였던 모양으로, 언제부턴지 차창 밖으로 희끗희끗 눈발이
스치기 시작했다. 그러다 차가 읍 성내로 들어서면서부터는 길
거리까지 하얗게 뒤덮여 가고 있었다.

하지만 진성은 그걸 보면서도 별다른 걱정을 하지 않았다.
차가 정류소로 들어서 정지해 섰을 때도 전날 오후 가슴에 숨
긴 돈주머니를 털린 아주머니가 아직도 소매치기를 찾고 있는
지 창밖으로 눈을 두리번거리고만 있었다. 그리고 아주머니는
눈에 띄지 않는 대신 새로 차에 오를 사람들이 다투어 문 앞으

로 몰려드는 것을 내다보고 앉아 그중에 혹시 전날의 소매치기가 섞여 있지 않나 싶어 주머니 속의 무과세 증명서를 한 번 더 단단히 단속했을 뿐이었다.

그런데 바로 거기서부터 사단이 터지고 말았다. 그때 정류소 사무실로부터 젊은 청년 하나가 문 앞에 몰려든 사람들 사이를 뚫고 급히 버스로 오르더니 운전사나 조수를 제치고 거두절미 일방적으로 통보했다.

「여기, 제 말씀 좀 들어 주시오 이. 다름 아니라, 이 차 당분간 출발을 못하게 됐구먼이라이. 지금 보시다시피 우리 장흥 쪽엔 눈이 그다지 심하지 않지만, 영암 월출산 쪽은 새벽에 내린 눈으로 찻길이 다 막혀 버려, 우리 차도 돈밧재 고갯길을 넘어갈 수가 없게 되었으니께요. 그러니 그리들 아시고 갈 길이 바쁜 손님은 여기서 차를 내려 다른 방도를 알아보시고, 길이 뚫리기를 기다릴 분들은 그쪽 날씨가 갤 때까지 여기서 볼일들 보시면서 천천히 기다려 주셔야겠구먼이라. 다들 아셨지라우?」

예상치 못한 간밤의 눈사태에다 이날도 그 돈밧재 고갯길이 또 말썽이었다. 이른 아침 찻길을 나섰다면 다른 사람들도 대개 마찬가지였겠지만, 진성에겐 정말 청천벽력 같은 소리였다. 아니, 정류소 청년의 갑작스러운 통보엔 진성이나 다른 승객들

뿐 아니라 핸들을 안고 앉아 느긋이 창밖의 새 손님들이 차에 오르기를 기다리고 있던 운전사까지도 전혀 뜻밖으로 믿을 수가 없는 모양이었다.

「아니, 뭐! 눈이 얼마나 내려 쌓였길래 찻길이 아예 다 막혀 버렸단 말여?」

웅성웅성, 졸지에 난감한 처지를 당한 손님들의 떠들썩한 목소리 사이로 운전사가 앞장서 큰 소리로 물었지만, 정류소 청년은 그저, 「우리가 알아요? 우리야 어떻게든 차를 내보내고 싶지만, 아까 한 시간쯤 전부터 경찰 통제가 시작되어 이럴 수밖에 없어 그러지라. 보시라고요. 지금 다른 차들도 다 같은 사정이라니께요. 그러니 기사님도 차 한쪽으로 대놓고 차분히 날씨가 좀 들어 경찰 통제가 풀리길 기다리시오 이」 하고 몇 마디를 남기곤 휑하니 먼저 차를 내려가 버렸다.

그러고 보니 과연 정류소 광장엔 다른 버스들도 손님을 다 내려 버린 채 눈발 속에 그대로 발이 묶여 서 있었다. 사람들은 아직도 그 빈 차 주위를 행여나 하고 기웃거리며 우왕좌왕하고 있었다. 그런 광경을 보니 진성은 이제 아예 할 말이 없었다.

'이젠 다 틀린 일이구나……. 이대로 곧 탈 없이 K시까지 달려가 준대도 시간이 될까 말까 하는 판에.'

지금까지의 모든 일이 결국 헛수고로 끝난다고 생각하니 진성은 새삼 눈앞이 깜깜해 오며 더 이상 아무 생각도 할 수가 없었다.

'혹시 다른 차라도 가는 편이 없을꼬?'

운전사도 조수 청년도 이미 자리를 비우고 내려가 버린 터에 다른 길이 없어진 손님들도 서둘러 차를 내려 정류소 사무실로 사정을 알아보려 달려가고들 있었지만, 진성은 그도 저도 엄두를 못 낸 채 한동안 그 자리에 넋을 놓고 앉아 있기만 하였다. 갈수록 기세를 더해 가는 창밖의 눈보라 따윈 이제 아랑곳도 하고 싶지 않은 막막한 심사 속에.

그런데 그렇게 얼마쯤 시간이 지났을까. 이제 학원 사무실로 담임선생님을 만나러 가기는 이미 틀려 버린 시각이었다. 하지만 다시 생각해 보니, 이제라도 차가 좀 일찍만 떠나 준다면, 그리고 거기서나마 운이 좀 따라 준다면, 굳이 담임선생님을 만나러 학원에 들르지 말고 차를 내리는 길로 바로 학교로 달려간다면 어찌어찌 간신히 시간을 대어 갈 수도 있을 것 같았다. 차가 언제 다시 떠날지는 알 수 없었지만, 이제는 거기밖에 희망을 걸 수가 없었다. 시간이 정 늦어지더라도 그 학교 사람들에게 그가 직접 무슨 사정(시간이 되어도 진성이 나타나지 않으면 담임선생님이 그쪽에 미리 그런 전화를 해놓을 수도 있었다)을 해보자면 지금이라도 차가 될수록 일찍 떠나 줘야 했다. 그렇듯 진성이 이제라도 다시 길이 풀려 차가 조금이라도 일찍 떠나 주기만을 간절히 빌고 있을 때였다.

「넌 이 차 내리지 않는 거냐?」

문득 그를 일깨우는 소리에 정신을 차리고 보니, 차 안은 이미 텅 비어 있는데, 차에서 내려갔던 운전사 아저씨가 옷깃의 눈을 털며 차 문을 들어서다가 그를 발견하고 묻고 있었다.

「이 차 다시 가는 거예요?」

진성은 반가운 김에 대답 대신 그것부터 물었다. 운전사 아저씨는 여태도 차를 내리지 않고 기다리던 진성의 조급스러운 물음에 그의 딱한 사정을 짐작한 듯 자기 대답부터 하였다.

「아니다. 눈이 너무 쌓이지 않게 다른 차부 안으로 옮겨다 놓으려는 거다. 그런데 넌 어린 게 어디 몹시 급한 일이 있는 게로구나. 차도 내리지 않고 계속 버티고 앉아 있는 걸 보니. 어디냐, 가는 곳이? K시까지냐?」

대답 끝에 이쪽 사정과 가는 길까지 물어 주었다.

그 목소리에 어딘지 어른다운 인정기가 묻어 있었기 때문일까. 차가 다시 떠날 가능성은 그것으로 더욱 멀어진 셈이었지만, 진성은 왠지 그 아저씨에게서 문득 어떤 어슴푸레한 한줄기 희망의 빛이 보이는 것 같았다.

「예, K시까지예요. 오늘 낮 2시까진 꼭 K시까지 가야 해요.

오늘 3시까진 무슨 일이 있어도 제 고등학교 입학 서류를 내야 하니까요.」

진성은 어딘지 미더운 느낌이 드는 운전사 앞에 황급히 자신의 사정을 털어놓았다. 생각 같아선 그의 팔을 붙잡고 한사코 애원을 하고 싶기도 했지만, 날씨가 날씨인 만큼 그쯤에서 부질없이 조급한 마음을 꾹 눌러 참아 둔 채였다.

그런데 그때, 운전사가 그런 진성의 속마음까지 읽어 낸 듯 비로소 차를 내리려 일어서려는 그에게 뜻밖의 소리를 해왔다.

「K시에 2시까지라…… 차가 지금 바로 출발한대도 그건 어렵겠는데…… 하지만 혹시 모르니 이 차 내리지 말고 좀 기다려 보거라.」

애매한 혼잣말 끝에 진성에게 일러 온 어조가 분명 새로운 희망을 가져 볼 만한 소리였다.

게다가 아저씨는 그대로 진성을 태운 채 어느 함석 지붕 건물 안으로 차를 몰고 가 세우고는 진성에게 다시 한 번 가슴을 뛰게 하는 당부를 남기고 돌아갔다.

「어디 멀리 가지 말고 이 근방에서 기다리다가 혹시 차가 다시 떠날 기미가 보이면 너도 빨리 올라타도록 해라. 누구 덕인지 모르겠다만, 이런 날씨에 넌 그래도 재수가 있는 쪽에 들지 모르니 다른 사람들 눈치 채지 못하게. 어디 따로 갈 데

없으면…….」

　운전사 아저씨의 말처럼 진성은 차를 내려 어디서 다른 방도를 알아보거나 찾아갈 데도 없었다. 확실한 데는 없었지만, 다른 사람들 눈치를 경계하는 아저씨의 아리송한 말투에 오히려 인정 어린 믿음이 느껴져 계속 그 창고 속처럼 어두컴컴한 차 칸을 지키고 앉아 있었다.

　그런데 겨우 오줌만 한 차례 누고 와서 반 시간가량 혼자 떨고 앉았다 보니, 어느 때쯤서부턴지 한 사람 한 사람 눈을 털며 창고 안으로 차를 찾아 들어오는 사람들이 있었다.

　「허, 그 녀석! 너도 참 눈치 한번 빠르구나. 넌 어디서 이 차가 간다는 소식을 알았냐?」

　맨 먼저 차로 오르는 사람이 그를 보고 감탄하는 소리를 들으니, 아닌 게 아니라 그의 희망은 헛되지 않아 차가 다시 길을 나서기는 할 것 같았다. 그리고 그새 어디선지 기미를 알아챈 사람들이 줄을 이어 계속 창고를 찾아들었다. 오가는 소리를 들으니, 더러는 좀 전 차에서 내렸다가 눈치껏 다시 찾아온 사람도 있었고, 더러는 다른 차에서 내렸거나 새로 길을 나선 사람이 운전사 아저씨나 정류소 사무실에서 특별히 은밀한 귀띔을 받고 오기도 했다. 그런 사람들이 갈수록 늘다 보니 차 안은 어느새 만원을 이루기 시작했고, 그런 가운데에 어떤 사람들은 어렵사리 차를 얻어 타게 된 행운과 고마움을 실없는 농담 속에 주고받기도 하였다.

「이 차 운전사, 오늘 혹시 지 마누라 K 시내에 해산 날 잡아 놓은 거 아녀? 이런 험한 날씨에 자기 혼자 아심찮이 차를 몰아 주겠다니 말이여.」

「아니면 어디 시앗 약속이 있거나 조상 제삿날쯤 되든지, 허허!」

그리고 그쯤에선 운전사 아저씨와 조수 청년까지 돌아와 정말로 다시 길을 나설 채비를 시작했다.

그런데 운전사는 왠지 그러고도 한참이나 차를 움직일 생각을 하지 않고 운전대에 턱을 괴고 앉아 있었다.

「운전사 양반, 이제 자리도 다 찼는데 차를 출발하지 왜 그러고 있어요?」

누군지 운전사에게 재촉을 했지만 그는 여전히 한가한 소리였다.

「조금만 더 기다리세요. 진짜 와야 할 사람이 아직 안 와서 그러니께요.」

그가 눈짓으로 가리키는 곳을 보니 사람들이 붐비는 통에 진성은 여태 모르고 있었지만, 언제부턴지 운전사 뒤쪽으로 자리를 옮겨 와 있는 그의 건너편, 조수 청년이 지켜 선 출입구에서 두 번째 '비상구'라는 붉은 글씨가 씌어 있는 유리창 아래 두 자리가 나란히 비어 있었다. 그러고 보니 운전사나 조수 청년은 차중에서 제일 안전하고 편한 그 자리를 미리 잡아 두고 누군가를 기다린 모양이었다.

「그 사람 누군디 이렇게 차를 잡아 놓고 사람들을 기다리게 만드는 거요? 이렇게 늑장을 부리는 걸 보니 길이 급한 사람도 아닌 모양인디 우리끼리 그냥 가버리면 안 되겠소?」

잠시 뒤 진성보다도 더 마음이 조급한 사람이었던지 기다리다 못해 불평 섞어 다시 재촉을 했지만, 운전사는 오히려 그러는 그를 나무라는 어조였다.

「그 양반이 안 오시면 이 차가 떠나질 못합니다. 그 어른이 누군데 그러시오. 이 눈길에 이 차가 누구 덕에 떠나게끔 되었는데요. 이게 다 그 어른이 막중한 회의 일로 K시엘 가시게 된 덕분인 줄이나 아시고 감사한 마음으로 조금만 더 기다리시오들. 모르면 몰라도 그 어른도 갈 길이 못지않게 급하실 테니 말이오.」

그가 누군지는 말하지 않았지만 연방 그 어른, 그 양반 소리를 들먹여 대는 운전사의 말을 들어 보니 고을에서 여간 지위가 높고 힘이 있는 사람이 아닌 것 같았다.

진성은 어쨌거나 그 사람이 고맙지 않을 수 없었다. 그래 누구보다 조급한 마음을 꾹 눌러 참고 기다리고 앉아 있으려니, 거기서도 10여 분이나 시간이 더 지난 다음에야 검은 지프 한 대가 차고 앞에 멈춰 섰다. 그리고 점잖은 중절모에 말끔한 양복 차림을 한 어른과 서류 가방을 들고 뒤따르는 비서인 듯한 젊은이가 차를 내려 바로 버스로 옮겨 올라왔다.

「군수 영감님이시구먼. 허긴 군수나 되니께 이런 차편을 낼 수 있었겼제.」

「그래, 덕분에 우리도 차를 탈 수 있게 됐지만, 이 눈 속에 무슨 중차대한 회의가 있길래 군수 영감님이 K시꺼지 이 어려운 길을 나서시는고?」

그를 보고 차 안 사람들이 수군거리는 소리에 진성도 비로소 그가 누구인지 알았다. 그리고 그동안 시간을 많이 허비했지만, 그 군수님이 중요한 회의를 위해 일부러 버스까지 내게 했다는 데에 얼마쯤은 마음이 놓이기도 하였다. 그렇듯 중요한 회의를 위해 일부러 차를 내었다면, 운전사 말마따나 군수님도 그만큼 시간이 바쁠 게 분명했고, 찻길도 이젠 더 늑장을 부리지 못할 터이기 때문이었다.

그런데 그건 실상 진성이 너무 쉽게 마음을 놓은 셈이었다.

알고 보니 앞길은 갈수록 첩첩 태산이었다.

버스로 올라온 군수 일행이 그 출입문 뒤쪽 둘째 번 '비상구' 창문 아래로 나란히 자리를 잡고 앉자 버스는 과연 더 지체 없이 금방 출발했다. 그리고 그로부터 한동안 계속되는 눈발 속에서도 제법 속력을 다해 달렸다. 이미 때가 많이 늦어지기는 했어도, 운전사 머리 앞쪽 차 시계가 아직 11시를 20여 분쯤 남겨 놓고 있어, 그런 식으로 계속 탈 없이 달려 준다면 이제라도 K시까진 늦지 않고 간신히 시각을 대어 갈 수도 있을 것 같았다. 군수가 뒤늦게 나타나 차가 출발할 때까지도 별 가망을 느끼지 못했던 진성에겐 그래 다시 한줄기 희망이 고개를 들기 시작했다.

그런데 그 차가 병영을 지나고 20분쯤 뒤 뽀얀 눈발 속으로 월출산 봉우리를 건너다보며 영암 쪽으로 넘어가는 전날의 애물 고개 돈밧재를 다시 앞에 하고서였다.

부르릉 덜커덕 텅—. 아닌 게 아니라 무릎을 덮을 만큼 많은 눈이 쌓인 산길을 조심조심 얼마 동안 힘겹게 올라가던 차를 끝내는 발동까지 꺼 세우고 나서 운전사가 조수 청년과 뒤쪽 손님들을 돌아보며 차례로 말했다.

「아무래도 안되겠다. 길이 너무 위험해서.」

「미안하지만 여기서부터는 모두들 차를 내려 걸어서 고개를 넘어가 주서야겠구먼요. 보시다시피 눈발이 너무 쏟아져 앞

길이 잘 안 보이는 데다 속에 묻힌 길바닥도 어디가 어딘지 분간이 안 가서 미끄러지기 쉽고요. 위험해서 그러니 차중도 좀 줄여 줄 겸 여기 군수님하고 몸이 많이 불편하신 손님 계시면 그분들은 부득불 그냥 자리에 앉아 계시고, 다른 분들은 자신의 안전을 생각해서 가급적 그렇게 해주시오 예!」

그 운전사의 말은 거의 명령에 가까웠다. 추운 날씨에 눈보라 속을 걸어 고개를 넘기는 보통 힘든 일이 아니었지만, 누구도 그의 말을 따르지 않을 수 없었다.

「자, 어차피 걸어서 넘어야 할 양이면 어서들 내립시다.」

운전사의 말대로 군수님 일행 두 사람과 나이가 많은 노인 몇 사람을 제외하곤 대부분의 승객들이 그럴수록 더 마음이 급해져 서둘러 차를 내렸다. 진성도 어른들을 앞서 일찌감치 차를 내렸음은 물론이었다.

「넌 그냥 앉아 있어도 된다.」

진성이 차를 타고 있는지 어쩐지, 읍내에서 다시 차로 돌아와서부턴 거의 알은체 한번 건네지 않던 운전사 아저씨가 차를 내리려는 그를 보고 비로소 뜻밖의 말을 해왔지만, 진성은 어른들도 다 내리는 판에 나 어린 자신이 그러긴 염치가 없었기 때문이다.

하여 사람들을 거의 다 내려놓은 버스는 군수님(차를 내게 한 군수님은 당연히 그럴 권리가 있었다) 일행과 노인 몇 사람만 덩 그러니 태운 채 그런대로 조심조심 산길을 제법 가볍게 앞장서 올라가기 시작했고, 목을 잔뜩 움츠린 사람들은 조수 청년을 선두로 세찬 눈바람을 피해 버스 뒤쪽으로 바짝 줄을 지어 붙 어 깊숙이 새로 난 두 줄기 바퀴 자국을 쫓아갔다. 그리고 일행 이 이윽고 고개를 넘어서면서부터는 차가 조금씩 속력을 내기 시작하여 사람들은 자주 미끄러지고 넘어지면서도 모두가 안 간힘을 다한 끝에 무사히 고갯길을 넘을 수 있었다. 2킬로미터 가까운 오르내림 눈길에 시간도 처음 예상보다 덜 먹은 반 시 간 남짓 만이었다.

하지만 산길을 내려와 앞에서 기다리고 있는 버스로 오르려 다 보니 진성의 몰골은 말이 아니었다. 바짓가랑이와 겉옷이 거 의 다 젖어들어 속살까지 선뜩선뜩 차가운 냉기가 느껴질 뿐 아 니라, 물기가 스며든 헌 운동화짝은 너덜너덜 흰색이라곤 찾아 볼 수 없는 걸레 꼴이 되어 있었다. 한데다 옷과 신발을 털고 차 로 올라가 보니, 운전사 뒤쪽 그의 자리에는 이미 다른 아주머 니가 먼저 올라와 앉아 있었다. 뿐인가. 아주머니는 읍내에서부 터 내내 통로에 서서 왔던지 자기 앞에 머물러 서며 「여긴 제 자 린데요」 주뼛주뼛 말하는 진성을 오히려 무참하게 나무랐다.

「넌 이 자릴 전세 내서 타고 댕기냐. 이런 버스에 니 자리 내

자리가 어덨냐. 오늘 같은 날은 먼첨 앉은 사람이 임자제. 넌 한참 다릿심도 좋을 어린 녀석이 여태 편안히 앉아 왔으니, 이젠 내가 좀 앉아 가자.」

「거 아주머니 말씀이 옳소. 서서 온 사람하고 앉아 온 사람이 먼 길에 서로 조금씩 자리를 교대해 가야 옳지러.」

자리가 없이 통로에 계속 서 가게 된 어른들까지 진성을 나무라듯 아주머니를 거들고 들었다.

그러고 보니 진성도 부끄럽고 미안했다. 시간 걱정 때문에 미처 생각지 못했던 일이지만, 그걸 알았다면 벌써 자리를 양보했어야 할 일이었다. 진성은 그러지 못한 자신이 민망하고 부끄러워 사과라도 하고 싶은 심정이었지만, 아주머니는 이미 창문 밖으로 눈길을 돌리고 앉아 있어 그럴 수도 없었다.

하지만 서서 가든 앉아 가든 이제 어쨌든 그런 건 도대체 문제도 아니었다. 중요한 것은 시간을 대어 가느냐 못 가느냐였다. 사람들이 다 올라타고 나서 버스는 이내 출발을 했지만, 잿길을 걸어 넘은 시간 때문에 운전사 앞쪽 시계가 이미 12시에 가까워져 있었다. 전날 K시에서 영암 근처까지 내려올 때 걸린 시간이 거의 세 시간 가까이 먹었던 걸 생각하면, K시까지는 시간이 아무래도 빠듯했다. 담임선생님이 기다리겠다던 학원 사무실까지라면 몰라도, 학원을 거쳐 등록 장소까지 마감 시각 오후 3시를 대어 가기는 한참이나 틀려 버린 일이었다. 3시까지는 담임선생님을 만나기에도 운이 퍽 좋아야 할 만큼 시간이 너무 모자랐다.

하지만 진성은 아직도 포기할 수 없었다. 시간이 늦으면 오늘 안으로 담임선생님이라도 만나야 했다. 그의 찻길이 여의치 않은 것을 알고 선생님이 미리 전화로 부탁하여 시간을 늦춰 놓았을 수도 있었고, 그런 단속이 없었다면 그가 사무실에 도착해서라도 그걸 서둘러야 했다. 그간 담임선생님의 생각이나 말투로 미루어 그 학교 사람들과의 사이가 이날 늦게라도 증명서를 떼어 왔으니 진성이 달려갈 때까지만 시간을 기다려 달라면 안 들어줄 일이 없을 것도 같았다. 아니 이제는 그 모든 일이 모두 늦어 버렸다 하더라도 진성으로선 최선을 다해야 하였다. 끝까지 실망을 하지 말아야 하였다. 그것이 지금까지 그의 일을 보살펴 오고 이런 기회를 마련해 준 선생님에 대한 자신의 도리요 책임일 것 같았다. 그것은 이때까지 곁에서 그의 일을 도와준 사람들, 밤을 새워 도장을 새겨 준 종배 아재나 아침 일찍 규칙을 어겨 가며 증명서를 떼어 준 면사무소 아저씨들, 그리고 이 눈길의 위험을 무릅쓰고 열심히 차를 몰아 준 운전사 아저씨와 심지어 어려운 차편을 내준 군수 어른들에 대해서도 마찬가지였다. 무엇보다 담임선생님은 지금 토요일도 잊고 내내 나를 기다리고 계실 것이 아닌가⋯⋯. 진성은 끝끝내 희망을 버리지 말고 최선을 다해야 했다.

그런저런 우여곡절 끝에 버스가 종착지 K 시내의 본사 차부에 도착한 것은 결국 2시나 3시를 모두 지난 오후 3시 30분쯤이었다. 그나마도 월출산 근방을 벗어나면서부터는 눈발이 차츰 가늘어지고 길에도 쌓이지 않아 차가 속력껏 달려 준 덕이었다. 하지만 그건 물론 학원 선생님과의 약속이나 학교 등록 마감까지 모두 지나 버린 시각이었다.

진성은 차를 내려 이제라도 바로 학교 쪽으로 달려가 볼까 잠시 망설이다 이내 단념하고 학원 쪽으로 내달렸다. 학원 선생님이 그를 위해 특별한 부탁이라도 해두지 않았다면 학교 쪽은 이미 사무 마감 시각이 너무 지나 버린 터였다. 그럴 바에야 학원 쪽 선생님부터 만나 그걸 먼저 알아봐야 하였다. 이젠 그 선생님 외에는 다른 희망이 없었다. 일이 어떻게 되어 있는지도 모르면서 더 이상 선생님을 기다리게 해서도 안 되었다.

하지만 숨을 헐떡이며 학원까지 달려가 보니 그의 생각과는 달리 선생님은 그를 기다리고 있지 않았다.

「응, 너 이제야 오는구나. 아까 12시쯤 선생님이 널 기다리시다 이 쪽지를 놓고 집으로 들어가셨다. 자, 이거 읽어 봐라.」

토요일 오후라 다른 선생님들까지 모두 퇴근해 버린 학원엔

수위 아저씨 혼자 사무실을 지키고 앉아 있다가 진성이 들어오
는 것을 보고 쪽지를 건네주었다.

그 쪽지엔 눈에 익은 선생님의 글씨체로 이렇게 적혀 있었다.

나 집안에 좀 급한 일이 생겨 더 기다리지 못하고 들어간
다. 네 등록금 면제나 연기 납부에 대한 일은 그 학교 교감
선생님께 한 번 더 전화로 부탁을 해두었으니, 재산세 증명서
해오면 곧바로 가지고 가서 그 학교 서무과에 물어 결과를
알아보고 절차를 밟도록 하여라. 등록 사무가 마감되는 3시
까지는 꼭 가야 한다. 부디 네 일이 잘되기 바란다…….

쪽지를 읽고 난 진성은 한순간 온몸에서 힘이 죽 빠져나가는
느낌이었다.

선생님이 쪽지를 써놓고 사무실을 나간 것이 12시쯤이었다
면, 선생님은 아직 진성이 버스 길이 늦어져 일이 이렇게 될 줄
몰랐을 시각이었다. 그리고 집안에 무슨 급한 일이 생겨 먼저
집으로 들어갔는지 알 수 없었지만, 진성이 그렇듯 마감 시각
에 늦을 경우에 대비해 학교 쪽에 다른 부탁을 해놓지 않은 게
분명했다. 이젠 모든 일이 끝장나고 만 것이었다.

하지만 진성은 아직도 거기 그냥 그러고 서 있을 수가 없었

다. 시간이 다 늦어 버린 지금이라도 그 학교까진 가봐야 했다. 일이 되건 안되건 그게 자신에 대한 선생님의 기대와 믿음, 여기까지 그의 일을 격려하고 보살펴 준 선생님에 대한 마땅한 도리였다. 그게 그 선생님뿐만 아니라 지금까지 직접 간접으로 그의 일을 도와 온 모든 사람들 앞에 자신이 조금이나마 떳떳해지는 길인 듯싶기도 했다. 무엇보다 그게 그가 끝까지 선생님 앞에 보여 드려야 할 자신의 일이었다. 한데다 어쩌면 선생님이 이 모든 사정을 미리 짐작하고 그 전화 부탁 가운데에서 미리 어떤 단속 말을 건네 두었는지도 모른다는 가느다란 희망이 되살아났다.

하지만 시간이 늦은 터에 진성은 별로 서두를 일이 없었다.

「안녕히 계셔요. 시간이 늦었지만 전 지금이라도 학교엘 가봐야 할까 봐요.」

진성은 수위 아저씨에게 인사를 남기고 사무실을 나와 시 동쪽 변두리께의 상업학교 쪽으로 터덜터덜 걷기 시작했다. 심한 배고픔이 머릿속까지 하얗게 비워 버린 것 같아 이제는 뛰거나 빨리 걸을 수도 없었다. 어디서 잠시 군것질 요기라도 하면서 다리를 좀 쉬어 가고 싶기도 했지만, 그럴 시간도 없거니와 피곤하고 배가 고픈 깐에 반해 입에선 전혀 식욕이 일지 않았다. 그는 내처 사람들이 붐비는 시내 거리를 지나쳐 나갔다. 그리고 다시 반 시간쯤 지나서 그 변두리 신축 상업학교 교문 앞까지 이르렀다.

예상대로 학교는 이미 사람들이 모두 돌아가고 교문까지 잠겨 있었다. 하지만 진성은 아직도 걸쇠가 열려 있는 야간 전용 옆문을 통해 무작정 학교 안으로 들어섰다. 그리고 전날 밤 내린 눈이 녹아 질척거리는 빈 운동장을 건너 맞은편 본관 건물 앞까지 들어갔다.

「무슨 일이냐? 오늘 입학 등록 사무는 벌써 다 끝나고 돌아들 갔는데, 이리 다 늦게.」

현관 앞께를 치우던 학교 수위 아저씨가 진성을 이상한 듯 멀뚱하니 쳐다보다 그가 묻기도 전에 먼저 말해 왔다.

그런데 참 알 수 없는 일이었다. 진성은 마치 거기까지 그 소리를 들으러 쫓아온 듯 마음이 차분하고 편해졌다. 그리고 이제 겨우 그가 할 일을 다한 듯 기분이 홀가분했다.

진성은 그 수위 아저씨의 말에 아무 대꾸도 하지 않았다. 그리고 그것으로 볼일을 다 보고 난 사람처럼 그대로 몸을 돌이켜 세웠다. 이제는 어느새 배 속을 얼리는 듯싶던 허기마저 사라진 채 정신이 더욱 말짱하게 맑아져 오고 있었다.

무언지 조금은 억울하고 원망스러운 느낌이 들기도 하였다. 무엇보다 이제는 선생님이나 이런저런 신세만 져온 세상 사람들 앞에 자신의 일이 보람되지 못하게 된 것이 그랬다.

'이렇게 애를 쓰고 곁엣사람들도 모두 도와주려 했는데, 일이 끝내 어째 이렇게 되고 만 거야……!'

하지만 그것도 따지고 보면 다른 누구를 원망하거나 억울해 할 일이 아니었다. 다른 사람들은 경우껏 그를 도운 셈인데, 일을 결국 그렇게 만들고 만 것은 시간을 제대로 맞추지 못한 자신의 허물 때문인 것 같았다. 그는 차라리 자신이 미안하고 부끄러웠다. 선생님에게도 미안하고 종배 아재에게도 미안하고, 면사무소 아저씨들이나 버스 운전사 아저씨, 심지어는 이 학교 수위 아저씨에게까지 미안하고 부끄러웠다. 그리고 무엇보다 그의 성공과 금의환향을 목이 빠지게 기다릴 어머니와 금숙, 이제는 아무 쓸모없게 되고 만 안주머니 속의 재산세 증명서까지도 제풀에 미안하고 부끄러웠다.

'재산세 부가 기준액 미달 가옥…… 그래, 지금 내 처지가 바로……'

하지만 그는 이제 그 부끄러움이나 미안한 마음조차 더 이어갈 수가 없었다. 질척질척한 운동장의 진흙탕 물이 그의 헌 운동화짝과 젖은 바짓가랑이 자락을 너무 흉하게 만들고 있었기 때문이다. 하릴없이 주머니 속의 재산세 증명서 조각을 매만지며 터덜터덜 젖은 운동장을 되돌아 나오던 진성은 문득 그 더러운 바짓가랑이를 보자 비로소 까닭을 알 수 없는 눈물을 참을 수 없어지고 만 것이다. 그리고 그 눈물을 참아 보려 고개를 뒤로 꺾어 먼 허공을 쳐다보려니 웬일인지 그 차갑고 파란 하늘이 서서히 까만 암흑으로 변해 가고 있었다.

문턱

나이 마흔이 넘은 늦깎이 작가로 3년 전 ㅇ 신문 신춘문예 단편 소설 부문에 당선한 반형준을 기억하는 사람은 많지 않을 것이다. 더욱이 반형준이 그렇듯 늦은 나이에 당선작 소설을 쓰게 되기까지의 뒷사연을 알거나 들은 사람은 그 자신과 나를 포함한 심사 위원 몇 사람밖에 없으리라 여겨진다. 다름 아니라 그 소설이 쓰이기까지엔 반 씨의 옛 고등학교 시절 친구의 유별난 부추김과 도움의 힘이 컸던 데다 그 기이한 소설 이야기 또한 이미 이 세상 사람이 아닌 친구의 죽음이 소재가 되고 있는바, 반형준은 시상식이 끝나고 난 뒤풀이 자리에서 스스로 그런 사실을 털어놓은 이후 아직 다른 소설을 한 편도 써낸 일이 없어 주위나 세상의 관심을 끌어 본 일이 없으니까. 하긴 그 뒤풀이 자리에서 반 씨가 자기 소설의 뒷사연을 털어놓았을 때부터 나는 그 소설을 쓴 반형준보다 작품의 주인공 모델의 기벽에 가까운 집착과 삶의 행적 쪽에 더 관심이 기운 터였지만 말이다.

「반 형 나이의 경륜이 있을 테니 늦은 출발이지만 앞으로 좋은 작품 많이 쓰세요.」

그 뒤풀이 자리에서 반 씨와 동년배 나이로 심사를 맡았던 한 친구가 건넨 의례적인 격려 말에 그는 처음부터 썩 자신이 없는 표정 속에 좀 엉뚱한 소리를 하였다.

「글쎄요. 이제 그 친구가 없는 마당에 저 혼자 소설이 쓰일지 모르겠어요…….」

얼핏 무슨 뜻인지를 몰라 이쪽에서 다시 곡절을 물으니 그가 솔직하게 털어놓은 소리가 이랬다.

「그 소설 주인공, 실제 모델이 있었거든요. 지금까지 제 소설 공부는 그 친구가 시켜 준 셈이구요. 이번 소설에서도 잠시 그런 이야기가 나오지만, 그 친구 이전에도 계속 이런저런 이야깃거리를 들고 와서 제게 작품을 재촉하곤 했거든요. 그런데 소설에서처럼 그 친군 이제 죽고 없으니까요.」

그의 소설 속에서 주인공이 죽은 뒤의 상황이 어딘지 좀 기이한 분위기다 싶더니, 필시 그 소설에 얽힌 흔찮은 곡절이 있는 것 같았다. 한데다 은근히 호기심이 일기 시작한 내가 그와 함께 자리를 따로 옮겨 들은 그 소설의 뒷사연은, 아닌 게 아니라 그의 당선작 이야기보다도 더욱 흥미롭고 괴이했다. 한마디로 당선작 소설의 모델이 된 친구 구정빈(고인에 대한 예의상 소설 속 인물의 이름을 대신한다) 씨가 반 씨에게 계속 그럴듯한 소재를 취재해 전했다는 이야기의 내용이나 조력의 과정이 어쩌면 구정빈 자신의 삶의 궤적에 다름 아닐 수 있어 보였기 때문이다. 그에 비해 그 당선작을 써내기까지의 반 씨의 관심이나 작의는 그 친구가 그에게 전하려다 뜻을 이루지 못하고 간 마지막 소재에 대한 궁금증 혹은 그 궁금증을 남긴 죽음 자체의 비의 정도에 머무르고만 격이랄까.

우선 그 구정빈의 사람됨과 반형준과의 관계를 이해하기 위해, 그 친구가 맨 처음 반 씨를 찾아와 소설거리로 일러 주고 갔다는 이야기부터 대충 내용을 소개하면 이런 식이었다.

……어느 지방 도시 검찰청에 한 초임 검사가 있었다. 어느 날 그 검사가 담당한 간통 사건 고소자 증거물 가운데에 혈압을 잴 때 쓰는 노랑 고무줄이 끼여 있었다. 간통 사건에 웬 혈압 검사 기구인가 싶어 사연을 알아보니, 송사의 피소인이 그 지방 병원의 기혼 여사무원과 사무장으로, 두 사람 간엔 좀 별

스러운 성희를 즐겨 온 처지였다. 다름 아니라 어느 하루 사무장 사내가 여자의 유별난 성감을 충족시켜 주기 위해 자신의 양물에 그 고무줄을 친친 감아 매고 일을 치른 것. 그런데 그날 밤 하필 여자 쪽 남편도 색정이 동해 밤일을 시도했는바 일을 치르던 중 양물 끝에 웬 딱딱한 이질감이 느껴져 아내 몰래 손을 넣어 보니 예의 고무줄이 끌려 나온 것이다. 사무장도 여자도 지나친 흥분 끝에 고무줄이 거기 숨은 것을 뒤에까지 알아차리지 못한 탓이었다…….

그런데 처음부터 내 흥미를 끈 것은 그 소재의 희극적인 내용보다 그런 이야기를 전해 준 구정빈이 다그치고 든 속내였다. 왜냐하면 구정빈이 그 이야기를 전해 줄 당시 반형준은 그저 평범한 20대 후반의 초등학교 교사 신분이었던 데다, 그때까지 그는 소설이고 뭐고 글을 쓸 생각을 한 번도 맘속에 지녀 본 일이 없었다니까. 하기는 그도 중·고등학교 시절엔 문학 작품 읽기를 썩 좋아했고, 그 때문에 고등학교 적 과외 활동 시간엔 소설 반 수필 반 투의 산문을 지어다 함께 읽는 자리에서 문예반 지도 선생님으로부터 몇 차례 기대 밖의 칭찬을 들은 일이 있긴 했댔다. 그리고 그때마다 글 솜씨가 썩 시원찮은 한 친구가 그를 유난히 부러워하여 자랑스러움보다는 내심으로 은근히 그를 딱하게 여겼던 적이 있었댔다.

「하지만 그거 다 지나간 어릴 적 일이었지요. 전 집안 사정
때문에 긴 공부 단념하고 교육 대학 진학을 해서, 이후부터
학교를 졸업한 뒷날까지 한동안 그 친구의 일은 물론 소설책
읽는 것조차 게을리 한 채 그럭저럭 교직 일에만 만족하고
지내 오던 참이었어요……。」

다시 그 반형준의 사연을 요약하면 이런 줄거리였다.

……하루는 수업을 끝낸 담임 반 아이들을 집으로 돌려보내
고 교무실로 돌아와 퇴근 준비를 하고 있던 참인데, 얼굴조차
기억해 내기 어려운 그 친구가 예고도 없이 학교 교무실까지
그를 찾아왔다. 그리고 반형준의 등을 떠밀다시피 하여 근처
주점으로 이끌고 간 그 구정빈의 용건인즉, 그 구정빈 자신을
위한 일이 아니라 반형준에게 새삼 소설을 한번 써보라는 엉뚱
한 주문이었다.

「난 자네가 비록 교직의 길로 들어서기는 했지만, 그런 가운
데에도 언젠가는 글을 쓰게 될 줄 알았지. 그런데 영 소식이
없더구먼. 왜 아직 글을 쓰지 않는 거야. 자넨 중·고등학교
때부터 우리 문예반 친구들의 부러움을 샀을 만큼 글 솜씨가
좋았지 않아? 그 아까운 문재를 언제까지 썩혀 둘 참이야?」

자리에 앉아 술을 한 잔씩 비우고 나자 그가 다짜고짜 옛 친구를 타박하고 들었다. 이야기가 너무 엉뚱하다 보니 반형준은 위인에게 필시 무슨 다른 꿍심이 있는 듯싶어 은근히 경계심이 일 정도였다.

「문재는, 내가 무슨…… 다 철없을 때 이야기지. 이제 와서 무슨 글씩이나…….」

그는 짐짓 실소를 머금으며 객쩍은 소리 거두시고 모처럼 술이나 한잔 편하게 들고 가라, 슬그머니 오금을 박고 들었다. 그런데 알고 보니 그 소설 일은 옛 친구의 문재가 아까워서만이 아니라 어딘지 구정빈 자신을 위한 일이기도 하다는 투였다.

「이런다고 내가 무슨 술이나 얻어먹으러 찾아온 걸론 알지 말어. 다른 사람들에 비해 썩 잘살지는 못하지만 이래 봬도 나 살 만큼은 살아. 우리 집 슈퍼가 동네 안에선 제법 소문이 나 있거든.」

뭔지 석연치 못해 하는 듯싶은 옛 친구의 낌새를 눈치 챈 그가 은근히 안심을 시키고 나서 이번엔 좀 더 솔직한 자신의 고백을 덧붙였다.

「하지만 사는 게 재미가 없어. 자넨 웃을지 모르지만, 난 원래 글을 쓰는 게 꿈이었거든. 재주가 없는 줄은 알지만. 그래서 자넬 부러워하다 못해 시기한 적도 있었지만, 내 재주 없음을 알면 알수록 더 글이 쓰고 싶어지는 거 있지.」

그는 실제로 몇 번인가 소설 비슷한 이야기를 써보기도 했댔다. 그런 가운데에 자신은 거듭거듭 자질이 모자람을 뼈아프게 받아들이지 않을 수 없었댔다. 그리고 그는 비로소 옛날의 반형준이 아직 소설가로 나서지 않았음을 기억해 내고 자신의 소설을 단념하는 대신 형준이 언젠가는 그의 숨은 문재를 발휘하고 나설 날이나 기다리기로 마음을 달래 왔다는 것이다.

「한데 아무리 기다려도 자네 등단 소식을 접할 수가 없더구먼. 그래 기다리다 못해 오늘은 내 자네의 문재를 되살려 주려 지금까지 내가 아껴 온 소설 소재들 중 쓸 만한 이야기 한두 가질 전해 주려 찾아온 거야.」

그러면서 이쪽의 의사는 아랑곳을 않은 채 일방적으로 먼저 털어놓은 이야기가 앞서의 성 만담 조였다. 초임 검사로 갓 그쪽 일을 시작한 그의 동네 한 친구에게 일부러 부탁해 얻어 낸 이야기라며, 반형준의 문재로 잘만 소화해 내면 썩 희화적인 세태 소설 한 편쯤 꾸밀 수 있지 않겠느냐는 당부까지 덧붙여서였다.

반형준은 그 엉뚱하면서도 진지하기 그지없는 옛 친구의 기대에 찬 주문 앞에 웃을 수도 울 수도 없었다. 섣불리 맞장구를 치고 들 수는 더욱 없었다.

「자네가 못 쓰는 소설 자네 안 쓰면 그만이지, 왜 그런 걸 나더러 쓰라 이러는 거지? 난 글 쓰는 거 벌써 다 잊고 지내는데.」

어쩔 수 없이 그 해괴한 이야기를 건네 듣고 난 반형준은 그 우스개 투를 실없어하는 대신 그런 식으로 완곡하게 그의 세상 물정 없음을 나무랐다. 하지만 그 반형준의 은근한 나무람 투 앞에 두 번째 이야기는 꺼낼 수조차 없게 된 구정빈의 결의에 찬 대꾸는 그에게 아예 노골적인 실소마저 금치 못하게 했다.

「자네가 쓰는 걸 봐야 내가 진짜 소설을 포기할 수 있을 테니까. 내 얘기들을 자네가 대신 써줘야 말이여.」

어쨌거나 구정빈은 처음 그 해괴한 성 만담 조와 함께 그쯤 간곡한 당부를 남기고 돌아갔다.

하지만 반형준은 물론 그 일을 길게 기억하지 않았다. 소설의 소재로 삼아 보라고 일러 준 그 이야기는 물론 그가 구정빈에게 말했듯 소설을 쓰는 일 자체에 새삼 흥미가 일 수 없었기 때문이다.

그렇게 그해가 가고 이듬해 이른 봄, 갓 새 학기가 시작된 어느 날 다시 구정빈에게서 전화가 왔다. 그리고 새해 들어 몇 차례 소식을 물으려 했지만 학교가 방학 중인 데다 형준의 집 전화번호를 알려 주려는 사람이 없어 이제야 통화가 되었다며, 이날 그가 다시 술을 한잔 사야겠으니 퇴근 후에 바로 전날의 주점으로 나오라는 주문이었다.

반형준은 그제야 지난해 그의 당부를 생각해 내고 슬그머니 귀찮은 생각부터 앞섰다. 글쓰기에 대한 그의 기대를 무심히 저버린 때문이 아니라, 여전히 일방적인 그의 술자리 약속이 어딘지 지레 부담스러웠기 때문이다. 그래 형준은 새 학기를 갓 시작한 때라 쫓기는 일이 좀 많다는 핑계로 우선 약속 날짜라도 뒤로 미뤄 보려 하였다. 가능하면 차일피일 그와의 면대 자체를 흐지부지 피해 버리고 싶은 게 솔직한 심정이었으니까. 하지만 그 또한 어림없는 노릇이었다.

「아무 소리 말고 그냥 나와. 나 6시쯤 거기 가 기다리고 있을 테니. 사실은 나 여태까지 자네 못지않게 실망하고 있는 참 이니까.」

누구에게 무슨 낙담거리가 있다는 것인지 뜻을 얼핏 알아들을 수 없는 구실을 내세우곤 역시 일방적으로 전화를 끊고 마는 것이었다. 아마도 제 주문대로 소설을 쓰지 않은 것을 두고 한 소리겠거니⋯⋯. 반형준은 그쯤 어림짐작 가운데에 더욱 달갑잖은 생각이 들었지만, 위인이 자신의 낙담스러운 심사를 내세운 데다 그렇듯 막무가내 식 통보 끝에 전화를 끊어 버린 형편이니, 형준은 내키잖은 대로 끝내 그를 피할 수만은 없었다.

하지만 자신의 약속대로 학교 근처 술집에서 기다리고 있던 위인을 찾아가 만나고 보니 반형준 자신의 오해에 앞서 구정빈은 더욱 어이없는 망상을 일삼고 있었다.

「너무 실망하지 마라. 단술에 배가 부를 수 있는 일은 없으니까.」

저 혼자 먼저 술잔을 앞에 하고 있던 위인이 자리를 마주해 앉은 형준의 잔을 채워 주며 역시 낙담스러운 어조로 건네 온 첫마디가 그랬다. 그러곤 아직도 영문을 알지 못해 어정쩡해 있는 형준에게 함께 술잔을 올려 권하며 덧붙였다.

「하지만 뭐 지나간 일은 잊어버리고 새로 시작하는 거야. 따지고 보면 전번엔 그리 변변치 못한 이야깃거리를 주워다 전한 내 허물도 적지 않았을 테니까.」

알고 보니 그의 실망과 낙담은 형준이 그가 전한 기담 조로 아직 소설을 쓰지 않고 있음에서가 아니라 소설을 쓰고서도(어떻게 그런 확신이 들었는지 모른다) 좋은 결과를 얻는 데에 실패한 걸로 단정한 오해 때문이었다. 위인은 이야기와 당부를 전하고 간 뒤부터 마치 자신의 일이나 되듯이 이제나저제나 그 이야기를 소재로 한 형준의 소설이 어느 문예지에 실려 나오기를 기다렸댔다. 하지만 매달 이 잡지 저 잡지 신인 추천 작품들

을 찾아봐도 형준의 이름을 발견할 수가 없어, 해가 기울면서
부터는 이곳저곳 이름 있는 신문사의 새해 아침 신춘문예 현상
공모 발표를 기다리기 시작했다는 것. 하지만 자신의 작품을
응모해 놓고 결과를 기다리듯 간절한 기대에도 불구하고 어느
신문에서도 친구의 이름을 발견할 수 없어 한동안 제 일처럼
혼자 낙망 속에 지냈다고. 그러다 정작 당사자인 친구의 상처
를 생각하곤 형준에 대한 위로와 재기의 계기를 마련해 보려
학교로 전화를 걸었지만, 그조차 방학 때문에 뜻을 이루지 못
하다가 이날 뒤늦게 그를 만나게 됐노라는 푸념이었다.

반형준은 그 철부지 멋대로 식 믿음에 차라리 연민과 동정이
앞설 지경이었다. 그렇더라도 차마 그 심성까지 나무랄 수 없
는 친구에게 더 이상 부질없는 망상을 빚지 않게 하려 자신은
애초 소설을 쓴 일이 없고, 쓸 생각도 없었노라 잘라 말해 주었
다. 하지만 실망이나 낙담의 문제는 이쪽이 아니라 그 구정빈
쪽 것인 게 탈이었다. 이도 저도 다 달갑잖다는 식의 형준의 내
침 소리에도 그는 전혀 곧이들을 수가 없다는 듯 막무가내로
계속 자기 생각만 늘어놓았다.

「알아, 말하지 않아도 지금 자네 가슴속은 내가 다 알아. 그
러니 이제 지난 일은 훌훌 털어 버리고 다시 시작해 보라구.
오늘 내가 다른 이야기를 하나 가져왔어. 지난번엔 내가 좀

영양가가 덜한 이야기를 가져다준 허물도 있는 듯싶어 그걸 만회할 겸 이번엔 자네도 썩 맘에 들어 할 소재로 말이야.」

한마디로 위인의 그 미워할 수 없는 밀어붙이기 식을 어떻게 피해 설 길이 없었다. 그리고 그런 식으로 한 번 더 위인에게 전해 듣게 된 '영양가 있는' 소재란 이런 이야기였다.

……월남전이 한창이던 1960년대 후반. ㅁ 부대의 한 신임 소대장이 전투 지역에 투입되어 수색 작전을 지휘하던 중 적병이 숨어 있음 직한 동굴을 발견했다. 수색대는 동굴을 신속히 제압하여 본대의 공격로를 확보해 줄 책임이 있었다. 하지만 동굴 안에 몸을 숨기고 기다리는 적병이 있다면 섣부른 공격으론 이쪽만 당하게 마련이었다. 목숨을 걸어야 하는 동굴 공격조에 선뜻 나서려는 사람이 없었다. 부하들은 말없이 신임 소대장의 눈치만 살피고 있었다. 소대장은 차라리 그게 기회라고 생각했다. 다른 부대에서 이미 경험한 일이었지만, 그런 경우 소대장이 꽁무니를 빼고 부하 사병을 내보내 희생을 빚게 되면 이후부턴 전 부대원의 신임을 잃고 작전 지휘가 어려워졌다. 초임 지휘관일수록 위험 상황 앞에선 앞장을 서야 했다. 그는 부하들에게 자신을 엄호하게 하고 수류탄과 자동 소총으로 무장, 단신으로 그 동굴 수색 공략에 나섰다. 하지만 그런 상황에

서 소대장이라고 별다른 비책이 있을 리 없었다. 그는 은밀히 동굴 입구까지 접근해 간 다음, 먼저 수류탄을 몇 발 까 던져 넣고 이어 자동 소총을 난사하며 재빨리 안으로 돌진해 들어갔다. 그리고 그는 이내 동굴 중간쯤에서 무엇인가에 발이 걸려 정신없이 나뒹굴고 말았다. 그는 이미 죽음을 각오한 터였지만 안쪽에서 무슨 응사가 있었는지, 자신이 아직 살아 있는지 어쩐지도 알 수가 없었다. 그런 꼴로 한동안 넋을 잃은 채 가만히 안쪽 기척을 기다리고 있었다. 하지만 애초 상황 판단이 빗나갔던지 동굴 안은 별다른 기척이 없이 주위가 괴괴하기만 했다. 비로소 천천히 제정신이 돌아오며 자신이 아직 살아 있다는 사실이 새삼스러워지기 시작할 때였다. 동굴 바깥쪽에서 문득 웅얼거리는 소리가 들려왔다. 「이쪽저쪽이 공평하게 같이 끝장난 모양이구먼. 혹시 위험할지 모르니 수류탄 한 발 더 까 넣고 가지. 소대장님 시체는 이따가 철수할 때 수습해 가기로 하구」 공격조를 정해야 했을 때 무거운 침묵 속에 유난히 소대장의 눈치를 살피던 고참 분대장 녀석이었다…….

「수류탄을 까 넣기 전 간발의 차이로 목숨을 건져 돌아온 제 고향 친구에게서 들은 실화라나요. 하긴 위인 말대로 이번 이야기는 전번보다는 조금 나은 편이기는 했지요. 하지만 전 역시 별 관심이 없었지요.」

반형준은 여전히 시큰둥한 어조로, 그러나 내 흥미 있는 경청 분위기에 이끌리듯 다시 이야기를 이어 갔다.

「그 무렵엔 월남전이 끝난 지도 한참이나 지나 그런 유의 무용담은 이미 빛이 바랠 대로 바랜 데다, 무엇보다 전 여전히 소설 따윈 마음에 없었으니까요.」

하지만 한동안 더 이어져 간 반형준의 이야기를 결론부터 말하면 그는 결국 반 억지 격으로 그런 소재의 소설을 한 편 써낼 수밖에 없었댔다. 이번에는 그 친구가 반형준의 처분만 기다리고 있는 것이 아니라, 때때로 그의 소설 작업 여부를 묻고 일을 다그쳐 댄 때문이었다.

반형준은 이번에도 그 일을 까맣게 잊고 지냈는데, 몇 달 뒤 하루는 위인에게서 다시 학교로 전화가 걸려 왔다. 그리고 다짜고짜 물었다.

「자네 그 이야기 소설 다 썼어?」

무슨 한가한 소리냐는 투로 역시 시큰둥한 반형준의 반응에 잠시 맥이 빠진 듯싶던 그가 다시 일방적인 다그침과 협박 투 격려를 보내 왔다.

「너무 그렇게 벼르지만 마, 이 사람아. 생각을 끌고 벼른다고 반드시 좋은 작품이 나온다는 보장은 없잖아. 시작이 정 어려우면 내 또 일간 한번 찾아가서 사기를 돋워 줄 참이니까.」

그리고 그는 정말 며칠 뒤 이번에는 직접 그 주점까지 찾아와서 그를 불러냈다.

일이 그쯤 되다 보니 반형준은 이제 위인이 귀찮다 못해 개운치 못한 의구심마저 들었다.

'이자가 혹시 내게 제 소설을 대신 써달라는 거 아닌가?'

하여 이날 반형준은 위인의 짜증스러운 다그침 앞에 농담 투로 슬그머니 그런 뜻을 내비쳐 물었다. 그런데 그게 오히려 제 덫에 걸린 격이었다.

「그래, 내 소설을 대신 써주는 셈 치고 한번 작품만 써 내놔 봐! 그런다고 그게 정말 내 소설이 될 리는 없을 테니까.」

위인이 여전히 기대를 꺾지 않은 채 오히려 정색을 하고 대꾸해 온 것이었다.

뿐만 아니었다. 위인은 이후로도 잊을 만하면 전화를 걸거나 직접 찾아와 그 소설의 소식을 묻고 조속한 집필을 독촉하곤 하였다. 더욱이 그해 늦가을 신문사들의 신춘문예 관련 광고가 시작되면서부터는 위인의 성화가 거의 끊일 새가 없었다.

반형준도 결국엔 생각이 달라질 수밖에 없었다.

'이자가 정말 제 이름의 소설을 써달라는 것인가?'

그렇다면 자신이 너무 깊이 끌려든 느낌에 위인의 주문을 끝

끝내 외면할 수 없을 것 같았다. 그는 작품이 되든 말든 위인의 까닭 모를 소원이라도 풀어 주기 겸해 한 편의 소설을 생각하기 시작했다. 물론 시일이 모자란 탓에 자신의 다른 이야기보다 위인이 두 번째로 권한 그 월남전 용사의 무용담을 소재로 해서였다. 그리고 응모 마감일 며칠 전에 그럭저럭 소설 모양의 이야기를 정리하여 위인의 이름으로 신문사로 보내 놓고 이번에는 모처럼 만에 이쪽에서 먼저 전화를 걸어 그 소식을 전했다.

소식을 들은 위인이 바로 그를 찾아와 축하와 감사(?)의 술을 샀음은 물론이었다. 그리고 자신이 전한 이야기가 어떤 식으로 씌어 누구의 이름으로 응모되었는지 따위는 알지 못한 채 그날부터 새해 아침 신문이 나올 때까지 반형준 이상으로 학수고대, 때로는 자기 수준을 어림짐작한 반형준 쪽이 새삼 거북하고 짜증스러울 정도로 간절히 당선의 낭보를 기다렸다.

하지만 반형준의 예상대로 결과는 낙방이었고, 그에 대한 실망 역시 당사자인 반형준보다 위인 쪽이 더했음은 말할 것이 없었다.

그런데 괴이한 일은 그로부터 위인보다 반형준에게 한 가지 예상치 못한 조짐이 시작된 것이다. 그가 이번엔 정말로 자신의 이야기로 자신의 소설을 한 편쯤 쓰고 싶어진 것이었다.

「장난 삼아 써낸 응모였지만, 거길 한 번 떨어지고 나니 이상한 오기가 생기더라니까요. 무슨 복수심이랄까, 자신에 대한 도전 의식이랄까…… 그 친구에 대한 체면 때문이 아니라, 위인 말마따나 제 자신의 글 솜씨를 한번 제대로 진지하게 시험해 보고 싶어지는 거예요.」

하여 그해부터 반형준은 새로 소설 공부를 시작했다. 그리고 이해 가을에는 구정빈이 새로 얻어들어다 전해 준 객담 투와 자신의 체험 가운데에서 고른 이야기를 각기 두 편의 소설로 만들어 다른 두 신문의 신춘문예에 응모했다. 구정빈의 계속된 격려와 조력 때문에서가 아니라 그저 마음 편한 대로 여전히 그의 이름을 빌려서였다.

그러나 한두 해 습작으로 금세 당선의 행운을 넘볼 수는 없었다. 이번에도 역시 예심조차 통과하지 못한 실망스러운 결과에 반형준은 오히려 담담한 심사였지만, 구정빈의 상심은 당사자인 형준이 새삼 재도전의 결의를 다져 보이며 그를 위로하고 부추겨야 했을 만큼 대단했다.

그래저래 반형준은 계속 소설을 쓰지 않을 수 없었고, 때마다 결과가 신통치 못한 바람에 이후 10여 년 동안 가을이면 연례행사처럼 여전히 구정빈의 이름으로 위인과 함께 그 신춘문예라는 열병을 앓곤 했다. 그리고 구정빈 역시 그 10여 년간 기대와 실망을 되풀이하면서 친구 반형준을 위해 끈질긴 대리 취재 활동을 계속했다. 실은 그 한두 해 동안엔 형준이 구정빈의 소재를 미뤄 두고 자기 체험과 취재 쪽을 고집해 보기도 했지만 결과가 늘 그렇고 보니 제물에 정서적 고갈을 느끼기 시작한 데다, 아무래도 구정빈 쪽 이야기가 더 신선하고 함의가 깊어 보여 그 자신 그쪽을 다시 선호하게 된 때문이었다.

그러니 어차피 그 구정빈이란 인간의 기이한 우의와 행적 쪽에 이 글의 동기가 있었고 보면 여기선 낙선으로 마감된 반형준 자신의 소재는 새삼 들출 바가 없으려니와, 이후의 구정빈의 취재분을 두어 가지만 더 소개하면 이런 이야기들이었다.

……서지학도 한 친구가 이탈리아 유학 시절 어느 날 논문 자료를 구하러 유서 깊은 도서관을 찾아갔다. 그런데 목적하고 간 일을 미처 다 끝내지 못한 채 폐관 시각을 넘겨 버린 바람에 출입문이 굳게 닫힌 서고 안에 혼자 갇힌 꼴이 되었다. 전깃불까지 나가 버린 깜깜한 어둠과 공포 속에 그는 허겁지겁 출구를 찾아 헤매다 끝내는 탈진 상태가 되고 말았는데, 때마침 어느 서가 사이로 가는 촛불 빛이 흘러나오는 게 보였다. 반가워 쫓아가 보니 웬 여자 한 사람이 역시 서고를 나가지 못하고 책

더미 사이에 갇혀 남아 있는 처지였다.

하지만 그녀가 서고를 빠져나가지 못하고 갇혔으리라는 것은 이쪽 오해였다. 「내가 왜 갇혀요?」 놀랍고 반가워 나갈 길을 함께 찾아보자는 그의 제의에 대한 그녀의 대답이 이쪽을 다시 한 번 놀라게 했다. 「나는 이 조용한 곳에서 밤샘 공부를 하기 위해 일부러 숨어 남아 있는 거예요…….」

구정빈이 30대 중반 무렵에 주워들어 온 이 도서관 동반 밤샘 일화에 이어, 다시 몇 년 뒤 40대 문턱에서 옮겨 준 다음 이야기는 혹시 늦은 권태기를 넘어선 그 구정빈 자신의 체험이 아니었는지 모른다.

……갓 중년기에 접어든 사내 하나가 그의 아내와 별 대수롭잖은 일로 자주 불화를 빚곤 했다. 그는 원래 사업 일로 국내외 가림 없이 집을 떠나 여행길엘 오르는 일이 많은 데 반해 아내는 별로 그와의 동행을 원하지 않아 두 사람의 동반 기회가 너무 드물다 보니, 아무래도 그의 잦은 여행길과 부재가 그 불화의 한 가지 원인임에 분명했다. 한데다 사태는 악화 일로, 더 이상 수습할 수 없는 파경 지경에까지 이르렀다. 그러자 사내는 아내의 마지막 결심이 터져 나오기 전에 시간의 말미를 마

련해 줄 겸 그녀에게 맘에 맞는 친구들과 동행으로 프랑스의 한 해변 여행을 다녀올 것을 권했다. 2차 대전 연합군 상륙 작전의 전사가 밴 그 프랑스 서북쪽 노르망디 해변은 그 가뭇없는 역사의 흔적 때문이 아니라 그가 가장 최근에 다녀온 곳일 뿐더러, 아득한 수평선과 잔잔한 마을 풍광이 아내와의 갈등으로 인한 그의 불편한 심사를 어느 곳보다 부드럽게 가라앉혀 준 곳이었기 때문이다. 「머리를 좀 식힐 겸 당신도 한번 그 바닷가엘 가 서봐. 내가 거기서 무엇을 생각했는지, 당신과 우리 일에 대한 내 마음이 어땠는지 아마 당신도 알게 될 거야.」

사람에 대한 믿음을 아직 잃지 않고 있어선지, 그의 아내 또한 다행히 남편의 권유를 받아들였고, 얼마 뒤 그녀는 단체 관광 팀에 끼여 그 노르망디 해변 쪽 여행을 다녀왔다. 그런데 참으로 희한한 일이었다. 남자는 여자에게 자신이 다녀온 해변의 마을 이름이나 대충의 위치 정도뿐 그가 모래사장을 걷고 바다를 바라본 장소까지는 말해 준 일이 없었다. 그런데 아내는 정확히 그가 거닐고 서 있었던 지점을 그대로 다녀온 것이었다. 하지만 그것은 더러 그럴 수도 있는 일이었다. 보다 놀라운 것은 그녀가 주워 집에까지 간직해 온 한 조각 해변 돌멩이였다. 남자는 그 많은 여행길마다 뒷날의 기억을 위해 여행지 돌멩이를 한 조각씩 주워 지녀 오는 버릇이 있었다. 그 돌멩이 조각들이 집 안 곳곳을 채우고 드는 바람에 여자가 적잖이 짜증기를 참아 온 터이기도 하였다. 하지만 남자는 그 노르망디 해변 길에선 돌멩이를 지녀 오지 않았었다. 이번에도 해변 모래톱에서 흰 줄무늬가 박힌 소라 껍질 모양의 돌멩이를 한 조각 찾아 들기는 했었다. 하지만 어딘지 아직 혼란스러운 심사 탓에 그걸 다시 모랫길에 던져두고 말았었다. 그런데 아내가 바로 그 돌 조각을 다시 주워 지니고 온 것이었다.

그 돌멩이가 아내의 여행과 마음결 모든 것을 말해 주고 있었다. 남자는 아무것도 더 물을 것이 없었다…….

그런데 그의 나이로 보아 어딘지 자기 동일시 경향이 짙어 보이는 그 이야기에 비해 다시 몇 년 뒤의 다음번 이야기엔 거의 그 자신의 직접적인 체험과 소회가 담겨 있음이 더욱 확연했다. 그 무렵 그는 한동안 집안 어른의 우환으로 밤낮없이 병원 출입이 잦은 낌새였는데, 하루는 얼굴이 많이 상한 모습을 하고 나타나서 다행히 병원 쪽 일을 무사히 넘겼노라며 형준에게 틈 있으면 어디든지 큰 병원 입원 병동의 보호자 휴게실을 한번 찾아가 보라는 것이었다.

「내 지금 설명을 해주면 느낌이 덜할 테니 자네가 직접 한번 찾아가 그 휴게실의 벽 위에 남겨진 사람들의 머리 자국을 살펴보라구. 그런 흔적은 어느 병원 휴게실이나 마찬가질 테니, 그게 다 무얼 말하는지.」

다름 아니라 이번에는 자신이 구한 소설거리를 직접 말해 주는 대신 반형준 스스로 그걸 찾아보라며 그 소재만을 일러 준 것이었다. 그의 주문대로 반형준은 물론 며칠 뒤 시간을 내어 어느 종합 병원 입원 병동 휴게실을 한 곳 찾아갔다. 그리고 금세 구정빈의 뜻을 헤아릴 수 있었다.

시각이 정규 면회 시간을 넘긴 늦은 때라서 그런지 휴게실엔 때마침 밤샘 수발을 해야 하는 한두 사람의 보호자밖에 거의 이용자가 없었다. 그런데 그 한두 사람 이외에 자리가 비어 있는 긴 걸상 뒷벽 위에 검고 둥그런 머리 땟자국이 일정하게 찍혀 있었다. 그리고 그 뚜렷한 머리 땟자국의 사연은 방금 한두 이용자가 밤이 되기 전에 잠시나마 지친 심신을 추슬러 두려는 듯 뒷벽에 머리를 기댄 채 눈을 감고 앉아 있는 모습에서 어렵잖게 읽어 낼 수 있었다. 하나같이 피곤기와 졸음과 근심을 지고 앉아 잠시 동안 마음과 육신의 짐을 덜어 보려 했을 간절한 소망과 기구의 흔적들. 그 고통스러운 삶의 질곡과 희원이 거기 그렇듯 피곤하고 누추한 땟자국으로 찍혀 남겨진 것이었다.

과연 한번 소설을 시도해 봄 직한 소재요 주제가 아닐 수 없었다.

그리고 그 몇 년 동안 이전의 소재들을 줄곧 실패로 끝내 온 것 한가지로 반형준은 그것으로 한 번 더 낙선의 고배를 마련한 격이었다.

하지만 반형준이 이제 와서 새삼 그걸 애석해할 바는 없었다. 보다는 그 이야기를 바탕으로 소설을 꾸밀 때도 그랬고 낙방의 고배를 마시고 나서도 그랬듯이, 그 구정빈 자신의 삶의 정서와 굴곡이 느껴지는 이번 소재에서 형준은 구정빈의 세상사에 대한 모종의 각성이나 성숙감보다 알 수 없는 피로감 혹은 염세적 체념의 그림자 같은 것이 감지되기 시작한 것이 새삼 더 마음에 걸릴 뿐이었다. 분명한 이유는 알 수 없었지만, 반형준에겐 이후 자꾸 그런 느낌이 짙어 갔다. 게다가 그가 권한 마지막 소잿거리가 자신의 직접 체험의 소회에서거나 적어도 자기 동일시의 냄새가 짙은 것이었고 보니, 반형준은 이전의 그의 모든 이야기들 또한 그 자신의 체험이나 동일시의 소산이 아니었던지 의심이 가기 시작했다. 그가 병원 사무장을 지낸 일이 없고 군 생활도 시종 나라 안에서 치르고 나왔다니 그의 모든 이야기가 자신의 체험일 수는 없었지만, 그 휴게실의 인간살이 풍정과 돌멩이 일화를 포함한 몇몇 소재들은 그 자신의 직접 체험이 아니더라도 일정 부분 내심의 동일화 과정을 거친 것들이었으리라는 느낌 또한 지울 수가 없었다. 그게 어느 정도 사실이라면 반형준은 그의 수많은 이야기들을 소설화하는 데에 실패한 것뿐만 아니라, 그의 삶의 의미를 통째로 망쳐 온 꼴이기도 하였다.

반형준은 이제 구정빈 앞에 그렇듯 큰 죄를 지은 사람처럼 민망하고, 그의 마지막 소재에 자신의 피로감과 체념기가 드러나기 시작한 듯한 상서롭지 못한 조짐에 적이 마음이 불편해지고 만 것이다. 그리고 불행히도 이후부터 반형준의 그런 느낌은 어느 정도 사실로 드러나기 시작했다.

구정빈도 물론 실망감이 너무 커 더 이상 반형준의 문재를 믿지 못하게 된 탓인지 모르지만, 그는 병원 휴게실 건을 마지막으로 반형준의 소설 일에 그만 관심과 조력을 거두어 버린 것이다. 더 이상 소잿거리를 얻어다 주지도 않았고, 전화를 걸어 그의 새 소설 일을 묻는 일도 없었다. 어쩌다 한 번씩 술자리 호출이 있어도 소설 이야기 따윈 짐짓 말을 참아 넘기고 마는 낌새 속에 제 엉뚱한 중년 나이 푸념이나 늘어놓다 맥없이 자리를 일어서곤 하였다. 반형준의 소설을 기다리거나 추궁하고 들기는커녕 이젠 아예 머릿속에도 남아 있지 않은 일 같았다. 그리고 끝내는 두 사람 간의 그런 만남조차도 차츰 뜸해져가고 있었다.

그런데 그건 차라리 반형준이 예상치 못한 그의 불행의 전조에 불과했다.

그리고 다시 그런 식으로 그럭저럭 1년 가까운 세월이 흐른 그 이듬해 늦여름께였다.

여름 방학이 끝나고 새 학기가 시작된 그날은 마침 교직원 간 회식이 예정되어 있던 참인데, 구정빈이 지금 그 학교 근처 주점으로 나와 있으니 오랜만에 이야기도 좀 나눌 겸 시간이 되면 퇴근길에 한번 들러 가라는 전화를 해왔다. 하지만 그날 따라 반형준은 잠시 망설인 끝에 다음 기회로 자리를 미루고 말았다. 모처럼 다시 그 술집까지 찾아와 그를 불러내는 정황으로 보아 필시 또 건네주고 싶은 이야깃거리가 생긴 듯싶긴 했지만, 학기 초의 첫 직원 회식 자리를 빠질 수 없는 터라, 이날은 웬일로 그의 부인까지(오래전 이미 비슷한 경로로 인사를 치른 적이 있었지만) 동반해 왔다는 소리를 구실 삼아서였다.

「양주께서 모처럼 주향 데이트를 즐기러 나오신 모양인데, 그런 자리에 잡인이 함부로 끼어들 수 있겠어. 오늘은 두 분이서 오붓하게 즐기시고, 우린 며칠 뒤에 따로 기회를 마련하면 어때? 실은 나, 오늘 학교에 불가피한 일이 생겨서 말이여.」

그런데 일이 공교롭게 얽히려 그랬던지, 그 소리를 들은 구정빈 역시 더 이상 그를 강요하지 않았다.

「그러지 뭐. 얼굴 볼 기회야 얼마든지 있을 테니까. 그럼 다시 연락할게.」

실은 그저 지나는 길에 이쪽 사정이나 알아볼 뿐이었다는 듯 간단히 전화를 끊고 말았다.

하지만 이날 밤 그는 밤늦게 다시 전화를 걸어 새삼 그 재회 약속을 다짐하는 분명한 자기 징표를 알려 왔다.

「나 오늘 그 술집에다 나중에 자네하고 마실 술을 미리 사 맡겨 두고 왔지. 마누라하고 먹다 남긴 술병에다 새것까지 한 병 더해서 말이야. 그러니 그 술 다른 손 타기 전에 우리가 일간 만나서 마셔 없애야겠지? 당장 날짜를 잡기 뭣하면 자네 혼자 찾아가 먼저 마셔도 좋고……..」

아직 술기가 가시지 않은 목소리였지만, 그를 만나기를 그만큼 기다린다는 증거였다. 반형준은 그 구정빈에게 뭔지 그만큼 절박하게 하고 싶은 이야기가 있는 듯싶기도 하였다.

하지만 결말부터 말하면 반형준은 끝내 그 마지막 구정빈의 이야기를 듣지 못하고 말았다.

'당장 날짜를 잡기 뭣하면 자네 혼자 찾아가 먼저 마셔도 좋고…….'

구정빈 자신도 당시엔 모르고 한 소리였겠지만, 반형준이 미처 그 다그침의 비의를 제대로 알아차리지 못한 데다, 그로 하여 그의 당부는 그 자신을 위해 가장 불행한 예언이 되고 만 것이다.

그의 심사가 다소 조급해 있는 것을 짐작하면서도 신학기의 번잡한 업무 때문에 당일은 물론 이후에도 한 이틀 마음속 작정을 못 내린 채 그의 호출 전화가 은근히 꺼려지고 있던 참이었다.

「오늘 아침 갑자기 그이가 가셨어요…… 전화를 하다가 뇌일혈을 일으켜서요.」

반형준의 예상과는 달리 이번에는 구정빈 대신 그의 아내가 이른 아침 교무실을 들어서자마자 전혀 뜻밖의 불행한 소식을 알려 왔다.

「자세한 경위는 저도 잘 모르겠어요. 하지만 다른 한 친구에게 말 못할 배신을 당한 것만은 틀림없어요.」

부랴부랴 영안실로 찾아간 반형준은 그동안 이미 심한 마음의 고초를 겪은 탓인지 생각보다 침착한 여자의 설명에 그동안 자신이 그의 일에 너무 무심해 온 데에 심한 죄의식을 느끼지 않을 수 없었다. 알고 보니 구정빈은 한 대학 동창의 권유에 따라 그동안 제법 호황을 누리던 동네 슈퍼를 팔고 그 친구의 대형 매장 사장(그 친구는 회장 명의로 뒤에 물러앉아 실질적인 경영권을 행사하고 있었으니 사실은 명목상의 대리 사장 역이었지만) 자리를 맡아 오고 있었댔다. 자신의 슈퍼를 매각한 돈을 그 매장의 규모와 자본금 확장 명목으로 투자하는 조건에서였다. 하지만 막상 일을 시작하고 보니 회사는 생각보다 영업 실적이 부진한 데다 재무 구조도 퍽 취약한 형편이었다. 그는 다시 발을 빼려 했지만 이미 엎질러진 물이었다. 자기분 투입 자금은 이미 기존의 부채 청산에 흔적도 없이 사라진 데다 시일이 흐름에 따라 그 빚 규모까지 자꾸 늘어 갔다. 그런데도 그는 회계 내용도 잘 알지 못하는 처지에 빠른 시일 안에 회사 경쟁력부터 다져 놓아야 한다는, 그래서 오래잖아 회사 경영만 정상화시켜 놓고 보면 모든 일이 잘 해결될 거라는 친구의 설득과 회계 실무자의 다짐에 따라 계속 자기 명의의 회사 수표를 발행해 사용했다. 친구의 큰소리만 믿고 종당에 가선 물정 없이 자기 집까지 담보로 제공해 가면서.

　하지만 모든 건 처음부터 그 친구가 꾸민 계략이었다. 뒤에 드러난 일이었지만, 그 회장님 친구는 시종 재정 실무선을 동원한 위장 회계 속에 회사 자금을 차근차근 뒤로 빼돌려 챙겨 온 데다, 끝내는 사장 명의 발행 수표들까지 몽땅 부도를 내고 잠적해 버린 바람에 구정빈은 졸지에 부정 수표 사범으로 채권자와 경찰에게 함께 쫓기는 알거지 도망자 신세가 되고 만 것이었다.

「그러니까 며칠 전 선생님께 전화를 드린 것도 집엘 못 들어오고 피신 상태에서였지요. 저도 바깥 전화를 받고 주위의 눈을 피해 그 주점으로 나가 두어 주일 만에야 그이 얼굴을 보았으니까요.」

하지만 그날 반형준이 오지 않을 걸 알고 혼자 망연해 있는 남편이 더욱 안돼 보여 그녀는 위험을 무릅쓰고 이런저런 구실로 그를 설득하여 집으로 데려갔다 하였다. 그리고 이미 남의 손으로 소유권이 넘어가 버린 집에서나마 모처럼 가족과 함께 하룻밤을 지내고 난 이튿날 아침 남편은 거실로 나가 여기저기 전날의 회장님 쪽 사람들과 전화 통화를 시도한 끝에 드디어 한 사람과 접속이 이루어진 낌새였댔다. 하지만 처음 1, 2분은 목소리가 너무 조용하여 부엌 쪽에선 무슨 말이 오가는지 잘 들리지가 않았고, 그녀가 똑똑히 알아들은 말은 갑자기 언성이 높아지다 뒤가 힘없이 잘려 버린 그의 마지막 호통 소리뿐이었댔다.

'그래 도대체 날 언제까지 이런 도망자 꼴로 만들 거야! 이 천하에 배신…… 어어으으…….'

「기척이 이상해 쫓아 나가 보니 그이가 정신을 잃고 쓰러져 있지 뭐예요. 그러곤 119 구급차도 도착하기 전에 그만…… 알고 계셨는지 모르지만, 그인 평소부터 혈압이 좀 안 좋았거든요.」

　장례를 치르고 나서도 그 구정빈의 죽음이 반형준의 머리에서 떠나지 않았음은 물론이었다. 소설거리에 관한 일 이외엔 그의 일에 너무 무관심해 온 자신에 대한 자책감에다, 쫓기는 처지에 있던 그의 마지막 술자리 주문을 무심히 외면하고 만 데 대한 후회, 그리고 그 술자리에서 구정빈이 그에게 털어놓고 싶었던 이야기(그것이 비록 소설거리가 아니었더라도)가 무엇이었을까 하는 궁금증 등으로 반형준의 머릿속은 늘 어수선하기만 하였다. 그런 괴로운 상념은 그가 반형준을 위해 주점에 남기고 간 술병을 생각할 때면 더욱 그를 옥죄고 들었다. 자신의 일을 미리 알고 부러 그랬을 리는 없겠지만, 그가 이승의 친구에게 마지막으로 남기고 간 술을 그냥 모른 척 버려둘 수도 없었고, 그렇다고 혼자 그걸 선뜻 마시러 나설 수도 없었기 때문이다.

　하지만 어느 날 반형준이 작심을 하고 술집을 찾아 혼자서 그 술병을 앞에 하고 앉았을 때, 그는 마치 구정빈의 보이지 않는 넋과 그 친구가 자신에게 건네주는 술잔을 앞에 한 기분이었다. 그리고 새삼 더 가슴 저리는 회한 속에 자신에게 건네진 그의 죽음의 비의 한 가지를 읽어 냈다. 그가 그 술병을 죽음 뒤에 남기고 간 것은 반형준에게 그 기이한 사연의 술잔 앞에 제 죽음의 수수께끼를 읽어 내라는 뜻만 같았다. 그 죽음의 수수께끼를 읽어 내는 일 자체가 소설이 될 수 있었다. 그가 마지막 술자리에서 반형준에게 하려던 이야기란 그 무렵 정황으로 보아 그의 소설과는 별 상관없는 자신의 삶의 정서, 어쩌면 그 동업자에 대한 배신감이나 인간살이의 부조리 혹은 바로 반형준 자신에 대한 어떤 원정(願情) 같은 것들이었는지 몰랐다. 그 날 남편이 반형준 자신에게 특별히 무슨 할 이야기가 있는 것 같았느냐는 뒷날 물음에 그의 아내가 한동안 대답을 망설였고 보면 사실은 그 어느 쪽도 아니거나 아예 예정된 이야기가 아무것도 없었을 수도 있었다. 하지만 그게 어느 쪽이든 이제 그 것은 별 상관이 없는 일이었다. 이제는 그의 죽음 자체가 소설이었다. 실패만을 거듭해 온 수많은 이야깃거리 도움 끝에 종당엔 그 자신의 죽음을 소설거리로 남겨 준 셈이었다.

「무엇보다 그의 죽음이 제게는 제 소설이 이웃 사람들이나 세상과 만나는 문으로 여겨졌으니까요. 그래 저는 몇 달 뒤 그의 죽음으로 제 문학의 문을 열어 나간다는 각오 속에 내 게 대한 그 죽음의 수수께끼와 술병의 의미를 중심으로 다시 소설을 한 편 썼지요. 이번엔 모처럼 제 자신의 이름으로 그 걸 응모했구요.」

반형준은 소설의 뒷사연을 끝내고 나서 여담처럼 덧붙였다.

「그런데 제가 그 죽음을 조금이라도 제대로 읽은 대목이 있었던지 이번엔 당선 소식이 오더군요. 그러니 하필이면 이번이냐 싶어 내심 몹시 괴이하고 민망스러운 느낌이 들기도 했지만, 그런 식으로 뒤늦게나마 그의 혼령 앞에 진심의 위로와 사죄를 바치고 싶은 제 노력이 헛되지 않은 듯싶어 조금은 위안이 되기도 했구요.」

「그럼 앞으론 어쩔 생각이세요. 이전에 소설을 썼다가 실패한 그 친구의 이야기들 말이에요. 이젠 기다리던 등단 기회를 얻었으니 앞으로 그 이야기들을 차근차근 다시 써볼 생각은 없으세요?」

이야기를 다 듣고 난 내가 구정빈의 죽음을 중심으로 그가 일러 준 전일의 소재들은 그 내용과 과정만을 간략히 소개하고 지나간 당선 작품의 구성을 떠올리며 마지막으로 한마디 물었다. 그런데 그는 내 예상과는 다른 대답이었다.

「이미 썼다가 실패한 것들인데 어떻게 그걸 다시 쓰겠어요? 이번 소설에서 대충 내용을 소개한 이야기들이기도 하구요. 여기까지 친구의 유덕을 입었으면 이제부턴 저 자신의 이야기를 써보도록 해야겠지요. 하지만 그가 가고 없는 마당에 저 혼자 그것이 가능할지 모르겠어요.」

하지만 나는 그에게 한 번 더 다짐을 주었다.

「어쩌면 그 이야기들을 다시 쓰고 싶을 수도 있을지 모르지요. 구정빈 씨의 죽음 이외에 그 일련의 이야기들에 이번 작품과는 다른 의미가 드러날 땐 말이지요. 그런 때를 위해 내 한 3년쯤 반 형을 기다려 보지요. 그 이야기 가운데에 어쩌면 내 몫으로 남는 대목이 있는 것 같기도 하니까요. 지금까지 반 형의 후일담에 나름대로 열심히 귀를 기울여 들어 드린 값으로 말이오.」

반형준은 그 구정빈의 죽음을 자기 소설이 세상과 만나는 문으로 읽고 싶었고, 그래 그의 죽음을 쓰는 일을 제 소설의 문을 열어 나가는 일로 여겼다던가. 하지만 구정빈의 죽음과 그 죽음의 수수께끼(의미)가 이야기와 관심의 핵심을 이루는 반형준의 소설을 넘어 그의 죽음을 포함한 생전의 이야깃거리 취재 내용이나 친구에 대한 그간의 소망 따위 구정빈의 삶 전체의 과정에 눈길이 이르고 보면, 구정빈 또한 이미 자신 속에 그의 이웃과 세상을 향한 만남의 문이 마련되어 있었거나, 그 의문 투성이 삶 자체가 그 문이었을 수도 있었다. 그는 왜 그런 식으로 살다 그렇게 갔는가……? 반형준도 그 일련의 이야기들에 대한 구정빈의 자기 동일시 경향을 말한 대목이 있었지만, 그는 그렇듯 그 이야기들을 직접 자신의 삶으로 살다 갔을지 모른다는 한 낯선 이웃의 여망에도 불구하고 그 마지막 의문은 여전히 해명할 길이 없는 데다, 그 알 수 없음의 화두야말로 우리 삶과 문학의 영원한 유예의 수수께끼, 숙명적 비의의 문이자 어쩌면 우리 삶 자체일지도 모르니까.

그게 어쩌면 내가 굳이 반 씨에게 그걸 묻고 다짐한 이유이자, 이런 식으로 염치없이 다시 이 이야기를 소개하게 된 연유다.

왜냐하면 앞에서 이미 말했듯 이후 몇 년 동안 반형준 씨는 자신의 우려처럼 아직 그 구정빈의 이야기를 다시 써낸 일은 물론 그가 바라던 자기 취재 이야기도 한 편 내놓은 일이 없기 때문이다.

심부름꾼은 즐겁다

「자넨 어렸을 적부터 워낙 남의 일 심부름해 주는 걸 좋아하는 성미가 아니었던가. 그래 그 회사 사장실 비서 노릇을 천직으로 알고 종생토록 잘 지낼 줄 알았더니, 웬일로 졸지에 이런 꼴이 되어 돌아왔지?」

며칠 전 용선이 서울에서 종적을 감춰 이 벽지 고향 마을로 몸을 숨겨 들어왔을 때, 그동안 방송이나 신문에서 이미 그의 처지를 알고 있던 어릴 적 친구들은 놀라움과 함께 그렇게 동정 어린 소리로 의아해들 하였다. 그때마다 용선도 맥없이 웃으며 고개를 끄덕일 수밖에 없었다. 오랜 옛 친구들까지 아직 그렇게 기억하듯, 생각해 보면 그게 사실 초등학교 적부터의 일이니 아무래도 그의 천성이었달밖에 없었다.

　초등학교가 자리하던 회진 포구까지의 등하교 길에서 자주 만난 우편배달부에 대한 부러움과 호감이 남달랐던 것부터가 그랬다. 그 시절 그는 학교를 오가는 길에 거의 매일처럼 큰 편지 가방을 걸머멘 우체부 청년을 만나게 되곤 했는데, 성미가 퍽 쾌활하여 웃기는 소리 잘하고 더러는 지나가는 엿장수를 불러 세워 갱엿까지 사주곤 하는 우체부 청년을 좋아하는 동네 아이들 가운데에서도 그는 유난히 그 누르스름한 돼지가죽 편지 가방을 부러워하며 위인을 몹시 따랐다.

　그러나 어린 용선에겐 그게 물론 조금도 이상할 데가 없는 일이었다. 학교엘 다니기 전부터도 그는 집안 식구들이나 이웃 간에 유별스레 어른들 심부름을 좋아하는 아이로 평판이 나 있었다.

「용선아, 아버지 담배가 떨어졌구나.」

　아버지의 담배 심부름 길은 으레 그의 차지였고, 들논밭 일꾼들의 새참거리 술 심부름도 늘 그의 단골 담당이었다.

「허, 우리 용선이가 때를 참 잘 맞춰 오는구나!」

　어른들은 그를 짐짓 그렇게 부추겼고, 용선은 그럴수록 기분이 우쭐해져 신바람을 내곤 했다. 더욱이 아버지는 집안에 무슨 향사를 치르거나 하여 뒤끼니 상차림이 괜찮아 보일 때면 자주 이웃 어른들을 청해다 주반을 함께 나누곤 하였는데, 그

때마다 사람을 청하러 보낸 아버지 대신 전갈을 전하러 간 용
선을 반기고 고마워하는 이웃 어른들의 기분 좋은 칭찬은 그에
게 그 심부름 일에 대한 유다른 자부심과 소명감까지 심어 길
러 준 격이었다.

「그래, 우리 용선인 항상 좋은 소식만 가지고 오는구나. 아
암, 사람이란 늘 남들이 반갑고 고마워할 노릇을 일삼고 살
아야지.」

그런 용선에게 인근 마을들을 차례차례 돌아가며 반가운 소
식을 전하고 다니는 우체부 청년의 일이 멋있고 부러워 보이는
것은 더없이 당연했다. 그리고 그의 편지를 전해 받은 사람들
이 한결같이 그를 반기고 고마워하는 것을 보면서, 용선은 가
지가지 편지로 가득한 큰 가죽 가방을 걸머멘 자신의 모습을
그려 보며 부지런히 위인을 뒤쫓아 다니곤 했다. 그런 용선에
게 위인이 더러 그의 동네 편지를 대신 전하게 해주기라도 할
때면 그는 얼마나 의기양양 자랑스럽게 골목길을 뛰어다니며
마을 사람들의 고마움과 칭찬의 말을 듣곤 했는지 모른다.

「넌 남의 심부름꾼 노릇이 그렇게 좋으냐? 저 사람 똘마니처
럼 창피하게!」

한번은 제 동네도 아닌 이웃 동네 편지 심부름까지 떠맡고
나서는 그를 보고 동네 아이들이 은근히 핀잔을 주며 우스워했

지만, 그는 혼자 그 먼 길을 돌아오면서 그 노릇이 창피하기는
커녕 뒷날 자신의 자랑스러운 모습을 바로 눈앞에 한 듯 기분
이 들떴을 뿐이었다.

그러니 그가 뒷날 서울의 한 무역 회사의 비서실 책임자 신
분으로 고향골을 찾았을 때, 이웃 어른들이나 옛 친구들의 아
리송한 축하 말 또한 조금도 서운해할 바가 아니었다.

「자넨 결국 어릴 적 꿈을 이룬 셈이구먼! 그 비서실 일이라는
것이 다름 아닌 윗사람 심부름꾼 노릇 아닌가.」

듣기에 따라선 비아냥기가 느껴질 법도 했지만, 용선은 그것
을 서운해하기보다 새삼 어떤 깊은 수긍과 성취의 자긍심이
앞설 뿐이었다. 돌이켜 보면 그것은 그 초등학교 시절의 우체
부에 대한 선망과, 선생님들의 이런저런 잔심부름 잘하기로 소
문난 중·고등학교 시절을 거쳐, 대학 공부에 이어진 조교 경력
에다 중대 서무병으로 제대증을 얻어 나온 군 복무 병력(兵歷)
까지, 참으로 오랜 기다림과 각고의 보람이자 더없이 합당한
결실인 셈이었다. 대학의 조교 일이나 군영 시절의 서무병 노
릇이란 따지고 보면 결국 학과 교수님들과 학생들 간 또는 중
대 병력 사항과 행정 관리상의 심부름꾼 노릇이 본질이었던
데다, 회사의 비서실 일이라는 것 역시 대부분이 사장과 아랫
사람들 간의, 또는 회사와 회사 간의 심부름꾼 노릇이 근본인

셈이니까.

　이를테면 그의 비서직 일은 그렇듯 장구한 세월에 걸쳐 줄기차게 '준비된' 직책인 셈이었고, 그 업무에 대한 신념과 자부심도 그만큼 확고했다는 이야기다. 비서 일에 대한 그의 깊은 신념으로 말하면, 그것은 물론 어릴 적부터 이번 사건이 있기 전 현직 시절까지 그의 전 생애에 걸쳐 부단히 체험을 쌓고 닦아 온 변함없는 지혜의 금석문이라 할 만한 것인바, 요약하면 그것은 '무릇 모든 심부름이란 정확하고 신속해야 한다. 그리고 그 심부름꾼은 거기 더해 충직스러운 소명감이 있어야 한다'는 것이었다. 더불어 여기 잠시 그 철칙들의 뿌리를 짚어 보고 가자면 소이연이 대개 이러했다.

　용선이 아직 초등학교 저학년 시절의 어느 추운 겨울날 저녁이었다.

　「용선아, 이 쌀바가지 저 당산나무께 상섭이네한테 갖다 주고 오니라. 오늘 저녁이 상섭이 아배 기제산 모양인데, 멧밥 지어 올릴 쌀이 없는가 보드라.」

　흔히 하듯 어머니가 그에게 제사 쌀 심부름을 시켰다.

　용선은 물론 신바람을 일으키며 집을 나섰다. 그런데 골목을 다 빠져나가기 전에 길을 거꾸로 들어오던 한동네 아낙을 만났다.

「이거 어디 가져가는 거냐?」

그 무렵엔 너나없이 사정이 비슷했지만, 그중에도 살림 형편이 유독 더 어렵기로 소문난 그 아낙이 용선의 쌀 심부름 바가지를 들춰 보며 물었다. 그러고는 상섭이네 제사 쌀 심부름이라는 그의 대답에 그녀는 다짜고짜 바가지를 빼앗아 가며 그를 돌려세웠다.

「그렇담 마침 잘됐다. 이 쌀바가지 나한티 맡기거라. 날씨도 이리 추운디 나도 좀 있다 그 집에 가볼 일이 있으니 그 길에 내가 대신 전해 주마.」

용선은 물론 석연치가 않았지만 그 아낙의 막무가내 식 처사에 더 이상 어쩔 수가 없었다. 그는 어름어름 길을 되돌아서는 수밖에 없었다. 그리고 그것으로 용선은 두고두고 뼈에 새겨야 할 심부름의 원칙 하나를 배웠다.

'심부름은 무엇보다 마무리를 확실히 할 것.' 왜냐하면 그날 생각 밖으로 일찍 길을 되돌아온 용선에게 자초지종을 듣고 난 어머니가 다시 두 번째 쌀바가지를 마련하여 이번에는 손수 상섭이네를 다녀와서 그를 나무란 소리가 이런 식이었으니까.

「저놈이 제법 심부름을 잘한댔더니 오늘은 남의 집 귀신 제 삿밥을 굶길 뻔했잖졌어. 하기야 산 사람 굶은 입 놔두고 죽은 귀신부터 위하자겠냐. 그 여편네 잡곡 됫박이라도 사정하러 오던 길이었던가 본디, 그 허기진 여편네 눈앞에 귀신 젯밥 쌀이 지나간 게 허물이제. 어서 가서 빈 바가지나 찾아오거라.」

그러니까 그날 아낙네에게로 그 빈 바가지를 찾으러 갔다가 어머니의 예단이 한 치의 빗나감도 없었음을 확인할 수 있었던 것이 용선에겐 이후 이날 이때까지 지워질 수 없는 부끄러운 흉터 겸 심부름꾼의 첫 번째 철칙으로 자리하게 되었달까.

하지만 물론 심부름 일은 그 확실성만으론 충분할 수 없었다. 정확성에 못지않게 중요한 것이 신속성이었다. 그리고 그 역시 용선이 어릴 적부터 일찌감치 가슴 깊이 새겨 둔 심부름꾼의 덕목이자 불변의 신조였다.

용선이 초등학교 5학년 여름 방학 때의 어느 날, 골목 이웃집 어른 한 사람이 갑자기 심한 열병으로 사경을 헤매었다. 환자를 돌보러 온 군부대 위생병력의 동네 돌팔이 의사 청년이 응급 주사약을 찾았지만, 그에게 없는 약이 가까이에 있을 리 없었고, 그 위에 약국이 있는 회진포까지 그걸 구하러 보낼 사람도 마땅치가 않았다. 그런데 때마침 집 앞 골목을 지나가던 소문난 심부름꾼 용선을 발견하고 돌팔이 씨가 그에게 10리 밖 약국까지 화급한 뜀박질 심부름 길을 쫓아 보냈다. 용선은 물론 한 사람의 생명을 구한다는 소명감을 가슴속에 새기며 쏜살같이 그 회진포 약국까지 10리 길을 달려갔다. 그리고 돌팔이 씨가 쪽지에 적어 준 응급 주사약을 사가지고 마라톤 벌의 병사처럼 단숨에 마을로 돌아왔다. 그러나 그의 도착은 애석하게 한발이 늦은 뒤였다. 그가 헐레벌떡 그 골목집 사립을 들어섰을 때는 환자가 이미 숨을 거둔 직후로, 바야흐로 온 집 안에 곡소리가 낭자하던 참이었다.

그것은 물론 그의 허물이 아니었다. 그는 최선을 다했고, 환자 사망 전에 약이 도착했더라도 그 약으로 환자의 목숨을 건졌으리라는 보장도 없었다. 하지만 용선은 두고두고 후회와 죄책감을 지울 수가 없었다.

'내가 그때 죽을힘을 다했더라면 분명히 그보다 더 빨리 뛸 수도 있었어. 내가 조금만 더 빨리 뛰었더라면!'

그런데 그런 정확성이나 신속성에 더하여, 심부름 일에는 그 두 가지 덕목을 함께 아우르면서 힘을 더욱 강화시켜 주는 중요한 철칙이 충직스러운 '소명감'을 굳게 견지하는 일이었다.

용선은 사실 한때 그 심부름 일에 대해 심한 두려움과 회의를 느끼게 된 위기의 한 시절이 있었다. 대학교 저학년 시절 사회 과학 계열의 전공과는 딴판인 우리 도자기 역사에 관한 책을 읽고서부터였다. 그 책에 이르되, 조선조 말엽 광주 지역 관요의 도자기가 성내의 관가나 양반가로 들어오는 광희문 근처 길목에선 세도가의 가렴주구를 징벌하려는 의혈한이나 도둑 떼가 횡행하여 물건을 자주 빼앗기고 더러는 목숨까지 잃게 되는 일이 많았다 했다. 그러니 도자기 운반자들은 제 목숨을 건 그 짐 심부름꾼 노릇이 달가울 리 없었다. 그렇다고 그 일을 마다하고 들 수도 없었다. 그 길을 마다하고 안 나서렸다간 이번에는 관요 쪽 벼슬 나부랭이들이 목을 베려 들었기 때문이다. 죽지 못해 어쩔 수 없는 일이 아니라, 이래도 죽고 저래도 죽을 저주스러운 심부름 길이었다.

용선은 저도 모르게 진저리를 치면서 자신의 심부름 취미를 곰곰 되새겨 보지 않을 수 없었다. 그리고 한동안 고심 찬 궁구 끝에 도달한 결론이 그 심부름꾼의 굳은 소명감이었다. 심부름꾼에게는 우선 뭐니 뭐니 해도 굳건한 소명감이 앞서야 한다는 것. 모든 심부름 길에 그 도자기 짐 운반에서와 같은 의·불의의 문제가 따를 수 없을 뿐 아니라, 그 광주 도자기 짐 심부름꾼들 또한 의·불의에 앞서 자기 소임에 대한 확고한 사명감과 굳건한 신념을 지닐 수 있었다면 그 노릇이 그렇듯 두렵거나 비극적이지 않았을 터였다. 어쩌면 그 운반꾼들 가운데에도 그런 도저한 사명감으로 그 길을 두려움 없이 오간 사람이 있었을지 모른다는 데에까지 생각이 이르자, 용선은 마침내 그 심부름꾼의 투철한 소명감이야말로 어떤 장애나 어려움에도 불구하고 자신의 소임을 가장 확실하고 신속하게 수행케 하는 제일의 덕목으로 삼게 된 것이었다.

'그래, 소명감 없는 심부름 길이 있을 수 없고, 거기에서 그 일의 의의나 보람도 태어나는 것이니까.'

이 밖에 심부름꾼의 꼭 필요한 덕목으로는 요지부동의 충직성을 들 수도 있으리라. 모든 심부름 길에는 크고 작은 불량스러운 유혹이 따르게 마련이었다. 용선도 때로 어떤 심부름 길에서 자신의 성실성과 정직성이 의심스러워질 때가 있었다. 어렸을 적 이웃 음식 심부름 길에서 보자기 속의 고소한 냄새에 자주 괴로운 시달림을 겪었던 기억이 아직도 머릿속에 생생하거니와, 그는 근래까지도 회사의 비서직 일을 하면서 금액이 적히지 않은 사장의 격려금이나 회식비 봉투 따위를 사원들에게 전할 때면, 그리고 무슨 기념일이나 명절날을 당하여 다수의 불특정 인원에 대한 선물 꾸러미 같은 걸 주문해 보낼 때면, 공연히 어떤 정체불명의 유혹기나 긴장감에 쫓기며 그 혼자 슬그머니 주먹을 부르쥐기도 했었다.

하지만 그 충직성은 어디까지나 소명감의 하위 덕목이었다. 투철한 소명감이야말로 당연히 그 충직성을 바탕 삼아야 하고, 인하여 그 충직성은 어떤 외압이나 유혹에도 그것이 꺾이지 않는 힘을 담보해 줄 한 불가결의 실천 덕목이었다. 그 점에 대해서도 용선이 새삼 어떤 각성을 얻게 된 사연을 잠시 덧붙여 두자면 경위가 이러했다.

그 군영 시절 서무병 일을 맡아 지낼 때였다. 하루는 늦도록 연대로 올려 보낼 보고 서류를 만드느라 저녁 끼니 시간을 지나서야 혼자 취사장으로 건너가는 참인데, 때마침 중대장 당번병이 고소한 냄새가 요란한 돼지고기 특식으로 윗사람의 저녁 식반을 마련해 들고 숙사 길을 나서고 있었다. 용선은 시장기가 심하던 참이라 장난삼아 당번병에게 그 돼지고기 몇 점만 덜어 주고 가라 하였다. 그런데 평소 행정반 서무병인 용선 앞에 어깨도 제대로 못 펴고 고분고분하던 졸병 녀석의 태도가 전혀 예상 밖이었다.

「이건 중대장님 식사지, 서무계님이 드실 게 아니에요.」

「새꺄, 누가 그걸 모르냐. 그러니까 조금만 덜어 주고 가라는 거 아냐!」

무슨 큰 모욕이라도 당한 듯 눈알에 힘을 주며 단호하게 거절하고 나서는 녀석이 은근히 괘씸하여 그렇게 어거누르고 들었지만 소용이 없었다.

「서무계님은 지금 제 임무를 방해하고 계신 겁니다. 아세요? 중대장님께 반듯한 저녁 식사를 마련해 드리는 것은 당번병인 제 소중한 임무란 말임다!」

그러니까 용선이 그날 중대장 당번병으로서의 녀석의 소임을 부당하게 훼손하고 방해하려 한 것은 아닌 게 아니라 사실이었다. 하지만 그가 그때 서슬 퍼런 서무계님의 소청을 깡그리 무시하고 발길을 돌려 버린 녀석을 더 이상 괴롭히지 않은 것은 그걸 깨달아서가 아니었다.

'중대장 밥 따까리 주제에 임무는 무슨 말라죽을 알량한 임무!'

한순간이나마 용선은 오히려 그렇게 뇌까리고 있었다. 하지만 그것은 잠시뿐이었다. 그는 차후에 감당해야 할지도 모르는 중대 서무계님으로부터의 어떤 불이익이나 핍박도 염두에 두지 않는 듯 그를 뒤에 남겨 둔 채 당당하고 오연한 걸음걸이로 중대장 숙사를 향해 가는 녀석의 뒷모습에서 참으로 굳건한 그의 소명 의식을 본 것이었다. 성실성이나 정직성을 넘어선, 당번병으로서의 단순한 충직성 이상의, 엄숙하리만큼 투철한 녀석의 소명감이라니!

하여 그는 이후부터 다른 심부름꾼들에 대한 충직성이나 숨은 소명감을 흠집 내는 일을 절대로 삼가 왔을 뿐 아니라, 심부름 일의 모든 덕목 가운데에서도 투철한 자기 소명감을 최고의 미덕으로 확신하여 그에 대한 연찬(錬讚)에 성심과 노력을 다해 온 것이었다.

하지만 사람들 가운데엔 더러 심부름 일에 대해 그 소명감보다 하위 세목 격인 정직성이나 성실성 정도를 앞선 덕목으로 여기는 것 또한 사실이었다. 그리고 그 점이 용선에겐 매우 미묘하면서도 은밀스러운 우월감과 행복한 자부심을 즐기게끔 했는데, 바로 이 고향 동네 사람들이 그런 식이었다.

「남의 심부름꾼 노릇을 밥벌이 삼아 지내는 비서 노릇으로 나섰다면 자신을 위해서도 성심성의껏 바른 마음을 다해야지 중도에 그렇듯 딴 맘을 먹고 나서? 그래, 기왕에 그렇게 빼돌린 돈이라도 온전히 챙겨 가지고 다니는 게여?」

용선이 처음 이 시골 마을로 들어왔을 때 배달 횡령 금액까지 소상히 알고 있던 동네 사람들은 제법 허물없는 농 투로 그렇게 심부름꾼의 충직성부터 문제 삼고 들었다. 그러곤 의당 그 돈을 지금도 지녔으리라는 추정하에 은근히 남은 금액을 알고 싶어 했다.

「하기야 그걸 온전히 다 게워 내놨으면 이렇듯 삼십육계 고생길을 헤매고 다닐라구. 처음 금액이 5천만이라던가, 6천만이라던가…… 기왕에 맘먹고 저지르고 나선 노릇, 일이 이렇게 된 마당에 알속이라도 챙기려다 보면 이만 고생쯤은 각오를 해야겠지만. 그나저나 이렇게 도피행을 하다 보면 뭐 좀 남아나는 거나 있을라나?」

하지만 위인들은 알지 못하고 있었다. 위인들은 우선 용선이 어려운 도피자 처지에 어째서 그토록 유유자적 여유가 만만한지를 짐작하지 못했다. 그 허술한 고향행 잠적 정도로 그가 어째서 아직까지 잡히지 않는지를 알지 못했고, 어째서 아직 그를 뒤쫓는 사람이 나타나지 않는지를, 용선이 그걸 크게 걱정하지 않는 이유를 알지 못했다.

뿐만이 아니었다. 위인들이 용선이나 이번 일에 대해 더욱 알지 못하고 있는 사실은 자기 소임에 대한 그의 굳은 소명감과 그에 따른 충직성이었다. 위인들은 방송이나 신문에서 보고 들은 대로 용선이 정말 그 심부름 돈을 제대로 전하지 않고 중도 횡령한 줄 믿고 있었다. 어림없는 추단(推斷)이었다. 어릴 적부터 지금까지 남의 일 심부름을 천성으로 좋아하고 남다른 소명감과 강철의 신조를 가다듬어 온 그였다. 게다가 회사에서의 비서직 일은 그의 호구 지도까지 겸한 소임이었다. 그 일을 맡아 온 지 10년 가까운 지금까지 수없이 감당해 온 비슷한 업무에서 그는 한 번도 부끄러운 착오나 실수를 저지른 적이 없었다. 회사나 사장님 비서로서 더러는 개운치 못한 유혹에 제물에 긴장을 느끼기도 했지만, 그것은 그저 지나가는 마음의 어렴풋한 그늘이었을 뿐, 그의 소임을 처결하는 데에는 한 치의 소홀함도 없었다. 회사의 한 비밀 사업을 추진하는 데에 필요한 요로 관계자에 대한 협력 자금을 전하는 과정에서 그로선 추호의 하자도 남긴 바가 없었다. 돈은 금액 그대로 정확하고 신속하고 은밀스럽게 당사자에게 직접 전해졌고, 그로 하여 이후 한동안 회사 일도 잘 풀려 나간 편이었다. 회사 일에 대한 그의 충정은 물론 그에 대한 사장의 개인적인 신임이나 회사 핵심 책임자로서의 자긍심으로 해서도 소위 배달 사고라는 중도 횡령 따위는 상상조차 할 수 없는 일이었다.

하지만 위인들이 상상도 할 수 없음은 물론, 용선 자신마저 이번 일을 통해서야 뒤늦게 깨달은 그 소명감이나 충직성의 최고의 비의는 한 걸음 더 나아가 구체적이요 절대적인 책임감에 있었다. 이 책임감은 심부름 일의 정확성이나 신속성, 충직성들의 기본 요소일 뿐 아니라, 그 소명(감)을 마지막으로 실현하고 완성시켜 주는, 그런 뜻에서 그 소명감보다도 한 차원 더 높은 핵심 덕목이랄 수 있었다. 말하자면 그의 소명감은 정직성이나 충직성 이상의 실제적이며 굳은 책임감 속에 비로소 완성이 가능하고 충직성도 온전히 빛을 발할 수 있게 하는 것이었다.

그것을 용선에게 분명히 깨닫게 해준 것은 이번 일을 뒤에서 처결한 그의 회사 사장이었다.

자초지종을 간략히 말하면, 어떤 경위로 해선지 하루는 용선이 돈 심부름을 맡았던 일이 언론 매체에 보도되었고, 뒤이어 바로 수사 기관의 조사가 시작됐다. 그런데 그 과정에서 회사 쪽에선 이내 모든 사실을 시인할 수밖에 없었음에 반해 상대 쪽은 뇌물성 금품의 수수 사실을 완강히 부인하고 나서는 상반된 주장 사이에, 그 금품 전달자로서 용선이 책임져야 할 고약한 틈새가 있었다. 그리고 용선이 실무 담당자로서 당국의 일차 조사를 받고 돌아온 날 저녁 사장이 그에게 간곡한 사정 조충언을 주었다.

「뇌물성 금품의 액수가 드러난 이상 우리 회사의 사활은 이제 그 사람들이 무사하냐 못하냐에 달렸네. 우선 그 사람들이 무사해야 우리 회사가 살아날 기회가 생길 수 있고, 그 사람들이 무사하려면 우리 회사로부터 절대로 금품을 받지 않았어야 하네. 그러니 그 사람들의 안전은 금품을 전하러 간 자네 손에 달린 셈이고, 우리 회사의 사활도 결국 자네 손에 달린 셈이 됐네. 바꿔 말해 우리 회사에서 나간 돈이 상대방에게 전해 들어가지 않았다면 그것은 배달 사고가 분명한 걸세. 그 경우엔 우리 회사 책임도 금품을 전하려다 착오가 난 공여 미수 정도에 그칠 거고…….」

하지만 용선에 대한 사장의 호소는 아직 설득력이 충분치 못했다. 상황 설명을 듣고 나서도 뭔지 아직 확신이 서지 않는 듯 석연찮은 표정을 짓고 있는 용선에게 사장이 더욱 결연스러운 어조로 말을 이었다.

「이 회사의 운명을 짊어진 비서라는 자네의 책무에 대해서 깊이 생각해 주기 바라네. 사장인 나나 자네나 우리는 이 회사와 운명을 함께해야 할 처지들이네. 그런데 이번 일로 말하면 자네가 먼저 나와 회사를 살리고, 그런 연후에 내가 다시 자네를 살리는 차례가 되고 말았네. 이것이 바로 저 혼자 죽음을 각오하면 모두가 함께 살고, 혼자 살아나려 하면 다 함께 죽게 되는 사즉생 생즉사의 이치 아니겠는가.」

「……..」

「자네가 이번에 배달 사고의 책임을 져주면 회사와 우리가 함께 살길이 열리는 것이네. 그것도 다만, 자네가 한동안 어디로 잠적해 들어가 있어 주기만 하면 이번 일은 그냥 배달 사고가 되는 거네. 그 돈에 대한 배상 책임이나 자네 도피 중의 신상 안전은 우리 모두를 위해 내가 다 책임질 테니 말이네. 내가 지금까지 사람을 잘못 보아 오지 않았다면 자네도 자기 직분에 대한 그쯤의 이해와 책임감이 없지 않을 줄 믿네.」

「……!」

「자네도 알다시피 요즈음 우리 주위에 빈발하고 있는 수많은

배달 사고가 정말로 그 심부름꾼들의 자기 직분에 대한 정직
성과 소명감이 부족해서라 여기지는 않을 걸세. 정직하고 성
실한 소명감이 모자라서가 아니라 오히려 넘쳐 난 결과지.
살신성인! 그것을 뒷받침해 준 실천적인 책임감과 결단력의
산물이지. 회사의 심부름꾼 역을 맡는 비서직의 책무는 원래
가 거기까진 게니까.」

용선이 그 심부름꾼의 소명감에 대한 새로운 각성 속에 고향
마을을 찾아들게 된 저간의 경위였다. 그리고 이후의 일들은
모두가 사장이 용선 앞에 장담한 약속 그대로였다. 뇌물 수수
사건은 공여 미수의 전달 사고로 귀결되었고, 그의 도피로는
굳이 뒤를 쫓는 사람이 없었다.

단순하고 순진한 마을 사람들은 그런 용선의 처지를 알 리가
없었다. 다만 그를 불량하고 충직스럽지 못한 중도 새치기꾼쯤
으로 여길 뿐, 그의 굳은 소명감이나 희생적 책임감에 대한 이
해는 전혀 있을 리가 없었다. 용선으로서는 답답하고 안타까운
일이었지만 그 또한 어쩔 수 없는 노릇이었다. 다만 모든 것이
제대로 알려져 그의 숨은 공로와 덕성이 함께 드러나게 될 날
을 참고 기다리는 것뿐.

'암, 그때까진 혼자 참고 지내야지. 이 백성들은 도대체 눈을
번히 뜨고도 무얼 제대로 아는 게 없으니까!'

무상하여라?

'내가 웬 허깨비 너울을 쓰고 다니나?'

애당초 나는 길을 마주 오던 사람들이 곁을 스쳐 지나가며 더러 눈길이 심상찮아지는 이유가 자신 때문이라는 생각이 없었다. 어떤 경우엔 무심히 곁을 지나치려다 뒤늦게 아는 얼굴을 스친 듯 잠시 걸음을 멈췄다 가는 사람도 있었고, 때로는 한참 앞에서부터 내 쪽을 겨냥해 다가와 앞을 막아서듯 제법 친숙한 미소를 남기고 지나치는 위인도 있었다. 하지만 이쪽에선 그 누구도 알아보거나 기억에 떠오를 만한 얼굴이 아니기에 그저 늘 무심히 길을 지나치곤 하였다. 처음 한두 번은 그저 뒤쪽의 누군가를 향한 알은체 수작이거니 여겼을 뿐이니까.

그야 출퇴근길에서나 외지 출장 중에나 바깥길만 나서면 그런 일을 자주 겪는 데다 위인들의 눈길에 그리 악의가 없어 보이는 탓에 나 또한 이따금 위인들이나 내 뒤쪽을 돌아다보게 되긴 하였다. 혹시 내가 아는 사람을 못 알아보고 무안을 주었나 싶기도 해서였다. 하지만 내가 알아볼 만한 경우란 없었다. 뒤쪽에 그럴 만한 후행자가 눈에 띈 일도 없었고, 다른 보행자가 뒤따르는 경우에도 두 사람 간의 만남이 이루어진 적은 없었다. 후행자와의 만남 대신 위인들 역시 나를 되돌아보며 한 번 더 친숙한 웃음기를 보내거나, 아니면 무언지 좀 미심쩍어 하는 표정 속에 '내가 사람을 잘못 보았나?' 식으로 짐짓 고개를 갸웃거리다 가기도 하였다.

'눈깔에 깍지들이 끼었나. 멀쩡한 대낮에 사람을 잘못 보고 다니긴.'

하지만 알고 보니 결코 그것도 아니었다. 긴소리 제하고 막바로 사실부터 말하면 내가 엉뚱하게 다른 사람 화상의 그림자를 뒤집어쓰고 다닌 탓이었다. 뿐더러 그로 인해 후일에 빚어진 여러 헛도깨비 놀음도 전혀 내 혼자만의 허물이나 책임일 수가 없었다. 그것은 애초 내 고의에서 빚어진 일이 아닐뿐더러, 언감생심 바란 일도 아니었으니까.

우연찮게도 그런 내 괴이한 궁금증이 더욱 엉뚱한 방향으로 풀리기 시작한 것은, 그러니까 내가 이 3년째 영업 일을 맡아

196

오는 우리 P 출판사 조 사장으로부터였다. 그 '어른'과 조 사장 사이의 관계를 알지 못한 내가 물색없이 그런 객소릴 지껄이고 든 게 사태 발단의 빌미가 된 셈이었다.

「아, 그러고 보니 짐작이 가네요, 하하.」

어느 날 아침 사장과 함께 회사의 신간물 보급에 관한 부서 회의를 끝낸 자리에서 내가 푸념 삼아 털어놓은 소리를 듣고 몇 년 아래 연배의 조 사장(그런 탓에 회사 윗사람 처지에서 그는 일상 내게 '님' 자 호칭을 붙이거나 경어 투를 썼다)이 뜻밖에 재미있는 일이 생겼다는 듯 새삼 의자를 당겨 앉으며 장난스럽게 웃었다.

「지금까진 그저 무심히 지나쳤는데 이야기를 듣고 보니 김 과장님 인상이 그 양반 얼굴과 참 많이 닮았어요.」

그 위인이 대체 누구냐는 물음에 조 사장은 새삼 내 얼굴과 위아래를 찬찬히 훑어 내리며 장난 투를 이어 갔다.

「나이가 쉬 읽히지 않는 동안(童顔) 인상에 조금은 고집스러 워 보이는 마늘쪽 콧날하며 삐친 듯이 양쪽으로 가늘게 처져 내린 입술 끝 모습까지…… 무슨 득 될 일 있으면 모른 척하 고 그냥 그 양반 행세를 하고 다니셔도 되겠어요. 한 160센 티 정도? 조금 작달막한 편인 그 키나 몸피까지. 무엇보다도 반백으로 세어 가는 김 과장님 머리까지도요.」

「그러니까 그 양반이 대체 어떤 위인이냐니까요?」

그쯤 했으면 그가 누군지 알아차렸을 법하건만, 제 얼굴이 어떻게 생겨 먹었는지 별로 뚜렷한 느낌이 있을 수 없는(누군들!) 나의 채근에 조 사장은 비로소 핀잔 투 섞인 어조 속에 뜻밖의 얼굴을 일깨워 왔다.

「그래, 김 과장님 그 얼굴이 누굴 닮았는지 정말 모르겠어요? 누구한테 그런 소리 들으신 적도 없구요? 하긴 나도 어디서 단체 사진 찍은 걸 받아 보면 내 얼굴이 어쩐지 낯설어 보일 때가 있지만, 그렇다고 요즘 들어 빠지는 날이 없는 그 양반 신문이나 텔레비전 사진을 보고도 한 번도 그런 생각이 안 들었다니…… 이번에 민통당(민주통일당) 총재에 당선한 JS 말이에요, JS!」

나더러 그 야당 총재 JS 어른을 닮았다는 거였다. 게다가 조 사장의 말을 그저 실없는 헛소리로 들어 넘겨 버릴 수도 없는 것이 무슨 기연이 닿아선지 그 JS와 조 사장은 선대부터 집안 간에 퍽 긴밀한 교유가 있어 온 데다 중학교와 고등학교까지 선후배 사이로 서로 지나온 사정을 훤히 꿰고 있는 처지였다.

조 사장은 잠시 그런 내력을 설명한 끝에 이렇게 단정하고 나섰다.

「그 양반 요즘은 나이 들어 보이는 게 싫어서 염색을 하고 다니지만 선대의 조백 혈통 탓에 일찍부터 머리가 하얬거든요. 연세가 김 과장님보다 한 10년쯤 연상이시니 지금 반백에 가까운 김 과장님 모습이 10년 전의 그 양반 그대로라니까요. 그러니 나이 차 때문에 김 과장님이 바로 JS 본인이라기 뭣하면 그 양반 동생이라고 하면 곧이듣지 않을 사람이 없겠어요.」

그러고 보니 실은 나 역시 한두 번 그 JS의 영상물 앞에서 그런 느낌이 든 적이 있었던 듯싶기도 했다. 그때마다 왠지 기분이 야릇해져 짐짓 고개를 돌려 버리곤 했던 기억도 겹쳤다. 조 사장의 싱거운 놀림 투에 나는 이번에도 어딘지 그 껄끄러운 느낌이 되살아난 것이다. 조 사장 말마따나 사람들이 나를 무심히 지나치지 못하는 이유를 깨닫지 못했을 뿐 나 또한 이미 JS의 모습 앞에 어딘지 좀 익숙한 느낌을 지녀 왔음이 분명했다.

늑대와 개 사이가 앙숙이요 호랑이가 제일 못 참아 하는 짐승이 고양이랬던가. 사람과 사람 간에도 자신을 닮은 얼굴엔 그다지 호감을 지니기 쉽지 않은 터. 하지만 내가 나를 닮은 얼굴에서 친연성을 지닐 수 없는 것은 다만 그런 차원에서가 아니라 나 자신의 궁색한 삶의 분위기에 대한 모종의 거부감 때문일지도 모른다. 척박하기 그지없는 벽지 시골 태생에 나이 사십 고비를 넘어선 지금까지 줄곧 삶의 변두리만 헤매다 보니 나는 늘

화색을 잃고 노리끼리한 내 얼굴 꼴새 자체가 그 남루한 삶의
궁기를 숨길 수 없는 것처럼 역겨워질 때가 많았다. 그래 늘 사
람들 앞에 말과 행동을 주뼛거리게 마련이던 내가 그 길거리 위
인들의 심상찮은 눈길 앞에 정도 이상으로 기분이 예민해지면
서도 굳이 그 '닮은 얼굴'까지는 떠올리려 하지 않은 것 역시 그
런 자신의 기분을 더치고 싶지 않아서였을지 모른다.

어쨌거나 나는 그 사장의 너스레를 오래 지니려 하지 않았음
은 물론이다. 내 외관의 인상이나 분위기가 JS 어른을 연상케
한다는 걸 시인하고 싶지 않음은 물론, 그 사실 자체를 아예 잊
고 지내려 함이었다.

「형님, 요즘 당 아랫것들이 속을 많이 썩이지요?」

그 동네 풍속은 항간의 폭력 집단에서처럼 '아랫것'들이 더러
웃어른을 '형님'으로 불러 존경과 충직성을 표할 뿐 아니라 두
사람 간에도 일찍부터 허물없이 형 아우 호칭으로 지내 왔다는
귀띔 속에 조 사장은 숫제 그렇게 놀리고 들기도 했지만, 나는
그저 모든 걸 실없는 농기로 듣는 둥 마는 둥 아랑곳을 안 해온
것이었다. 설사 내 얼굴이나 외양 어느 구석에 그 어른 비슷한
느낌을 주는 데가 있다 한들 내가 어찌 감히 그런 마음을 지닐
수 있으며, 그것이 내게 무슨 득이 될 노릇이었겠느냔 말이다.

하지만 지나다 보니 그렇게 넘기고 지날 수 있는 일이 아니었다. 야당 총재직에 오른 어른의 모습이 그즈음 들어갈수록 매스컴을 자주 타게 된 탓인지 모른다. 같은 남해안 태생이면서도 동서로 전혀 다른 내 서쪽 방언 투 억양을 들을 기회가 있을 리 없는 사람들이 여전히 나를 알아보는 듯한 낌새를 띠거나 제풀에 혼자 고개를 갸웃거리고 지나가는 일이 끊이질 않았다. 길거리에서뿐 아니라 사람 출입이 잦은 찻집이나 주점 같은 델 들렀다가도 더러 비슷한 일이 생기곤 했다.

한번은 어느 젊은 아주머니와의 전집 계약 일을 마무리 짓기 위해 분위기가 제법 차분한 한강 변의 한 찻집에 찾아 들어가 아직 나타나지 않은 상대방을 기다리며 우두커니 창밖을 내다보고 앉아 있으려니 웬일로 그곳 종업원이 시키지도 않은 커피를 가져왔다. 뿐인가. 영문을 알 수 없어 하는 내 탁자 위에 그는 서슴없이 차를 따라 권하며 정중하게 말했다.

「방금 전 한 손님이 어르신께 차 한 잔 올리고 싶다고 주문과 함께 계산을 하고 가셨습니다. 연일 노고가 많으신 어르신께서 허락하고 들어주시면 더없는 영광이겠다고요.」

정중한 말씨와 상기된 안색으로 보아 그 손님뿐 아니라 녀석까지 덩달아 착각을 한 게 분명했다. 설마하니 그 정도까지야……. 부인하고 싶긴 했지만, 당장에선 시인도 부인도 할 수 없는 난처한 입장이었다. 다시 말해 나는 그대로 공짜 커피를 홀짝이고 앉아 있을 수도, 그렇다고 그냥 자리를 일어나 찻집을 나와 버릴 수도 없는 꼴이었다. 이미 문을 나가 버린 위인이야 무슨 기분이든 상관없는 일이라 해도, 그대로 슬그머니 자리를 일어서 나오는 건 불황 중에 모처럼 만의 귀한 고객 한 사람을 제 발로 걷어찬 꼴이겠고(서둘러 잔을 비우고 나가 문밖에서 기다린다?—누구 대접을 받는 처지에 사람 못할 노릇이기는 그편이 더하지 않은가), 천연덕스럽게 그대로 공짜 커피를 마신대도 잠시 뒤면 나타날 고객과의 전집 일까지 차마 녀석 앞에서 꺼낼 수 없기는 마찬가지(녀석 앞에 이실직고 커피 값을 치르고 여자를 기다렸다 일을 마무리 지으면 되지 않겠느냐?—달갑잖은 대역 놀음일망정 그 또한 내 자신을 위해서나 어른을 위해서나 추호라도 가당한 일이랴). 그러니 그 딜레마의 틈새, 끝내는 체면이고 양심이고 계약 일이고 간에 이도 저도 다 단념한 채 서둘러 찻잔을 비운 척하고 가게 문을 나선 길로 황황히 자취를 감출 수밖에(그 점에서 내 최소한의 자존심만은 지켰달까).

영업 실적과 관계된 일이라 사장이나 누구에게도 말을 못했음은 물론, 기억조차 남기고 싶지 않은 고약한 낭패사가 아닐 수 없었다.

하지만 말썽은 거기에 그치지 않았다.

다른 한 번은 어느 더운 일요일, 몇몇 이웃과 함께 동네에서 가까운 남한산성 수림 아래에 자리를 펴고 쉬고 앉았는데, 때마침 10여 미터쯤의 맞은쪽 좌판 앞에서 막걸리를 사 마시려던 장년기 초입의 한 유명 텔런트가 주위를 지나가다 몰려든 여학생 아이들 무리에 둘러싸여 한동안 즐거운 곤욕을 치르고 있었다. 그런데 나도 이미 텔레비전 화면에서 얼굴이 익어 온 위인이 아이들에게 자신의 기념 서명을 해주는 틈틈이 자꾸만 이쪽을 흘깃거리곤 하였다. 하다 보니 나는 아무래도 낌새가 수상쩍어 슬그머니 먼저 자리를 피하려 몸을 일으키던 참이었다. 어느새 낌새를 알아차린 위인이 화들짝 아이들의 종이쪽지를 뿌리친 채 허겁지겁 이쪽으로 달려왔다. 그러곤 대뜸 내 손부터 감싸 쥐며 허물없이(조 사장이 말했던 그대로!) 건네 왔다.

「형님! 오늘은 이까지 우인 일이십니꺼?」

묻지 않아도 진작에 알조였다. 게다가 위인의 이름값에는 JS 어른과 멀지 않은 그의 남쪽 고향 사투리 억양도 한몫을 하고 있었음에랴. 하지만 고향 선후배 처지로 한두 번 면식을 나눌 기회는 있었을 법한 일이지만, 바로 코앞에서까지 사람을 잘못 알아보는 깐으로 해선 그 '형님' 호칭이 썩 자연스럽게 어울릴 처지는(그 동네 풍속을 감안한다 해도) 못 되어 보였다. 한마디로 위인은 내심 벼르고 달려온 절호의 배알 기회를 잘못 짚고 있음이었다.

하지만 당황스러운 것은 당연히 눈이 먼 위인에 앞서 졸지에 일을 당한 내 쪽이 더할밖에. 그렇다고 그 흥분기마저 역연한 위인에게 덥석 두 손을 내맡긴 처지에서 내가 당장 어떻게 해야 했을 것인가.

「내 날씨가 하도 덥어서 여까지 쬐히 바람 좀 쐬러 나왔제.」

나는 엉겁결에 우선 가타부타 가림 없이, 그러나 위인의 악의 없는 실수를 감싸 주려는 생각에 자신도 모르게 JS 어른의 방언 투를 섞어 가며 범상하게 응대해 주었다. 그리고 위인이 제 풀에 사실을 깨닫고 당황스러워하기 전에 큰 체면 상하지 않게 끔 한껏 아량을 더해 그가 모를 자초지종을 돌려 말했다.

「노형은 지금 아마 나를 어느 다른 어른으로 잘못 알고 이리 쫓아오신 모양인데…….」

이번에는 원래대로의 내 말씨로 돌아간 설명이었다.

「미안합니다만, 보시다시피 인연이라면 난 그 어른과는 조금 남다른 인연이 있는 처지일 뿐이지요. 이전에도 종종 그 어른으로 잘못 오인되어 민망스러운 경우가 생기곤 했으니까요, 허허…….」

금세로 말씨까지 달라진 내 웃음기 섞인 설명에 위인은, 그러나 함께 웃을 수가 없었다. 웃음은커녕 표정이 차츰 멍청해지면서도 위인은 여전히 손을 놓지 못한 채 긴가민가 한동안 내 게서 눈길을 떼지 못하고 있었다.

「하지만 이런 식으로나마 유명한 분을 만나 보게 됐으니 내 쪽에선 어쨌거나 반갑기 그지없구먼요. 사실 난 영화나 텔레 비전 연속극 같은 데서 노형을 누구보다 좋아해 왔으니까요. 그러니 그 어른도 형씨의 연기를 좋아하시는지 모르지만, 오 늘 우연히 그 어른의 동생쯤 만난 거라 치고 넘어가십시오, 허허.」

내가 위로하듯 다시 웃으면서 말했다.

「아, 그렇습니까. 허…… 하.」

위인이 비로소 웃는 듯 우는 듯 야릇하게 찌그러진 표정의 억지 웃음기를 흘리며 슬그머니 잡았던 손을 놓았다.

하고 보니 이제 그 어색한 국면을 어서 모면해야겠다는 듯 새삼스레 「그럼, 실례했습니다」 「반갑고 고마웠습니다」 따위 앞뒤가 잘 안 맞는 치레 소리 몇 마디를 남기고 황황히 발길을 돌이켜 가는 위인의 등 뒤에서 나는 물론 진작부터 사정을 알 아차리고 있던 우리 일행조차도 무슨 웃음은커녕 한동안 묵묵 히 입을 다물고 있었을 수밖에.

「그 양반 동생을 만난 걸로 치렀다구요? 하하, 그러고 보니

이제 우리 김 과장님한테 차츰 그쪽 이력이 붙기 시작한 셈이
네요, 하하.」

그 일을 두고 누구보다 마음 툭 터놓고 유쾌하게 웃은 것은
그러니까 이튿날 사무실에서 자초지종을 전해 들은 조 사장이
었다. 한데다 그는 한술 더 떠 내가 미처 모르고 있던 사실까지
덧붙여 지적했다.

「하지만 어쩌지요? 그 양반한텐 실상 아우가 없는데요. 그
탤런트 친군 나도 좀 알지만, 있지도 않은 동생 소리에 그 친
구 더욱 황당해했을 몰골이 눈앞에 선하네요, 하하.」

그야 그 JS 어른에게 아우가 있고 없고 따위는 조금도 마음
쓸 일이 못 됐지만, 문제는 내게 그 알량한 '이력'이 생기기 시
작했다는 조 사장의 지적이었다.

「한다고 사람들이 그렇게 쉽게 속아 넘어가나?」

조 사장 자신이 정작엔 뭔가 아직 믿기지가 않는 듯 새삼 고
개를 갸웃갸웃 미심쩍은 표정이더니 마침내 기상천외한 제의
를 들고 나선 것이었다.

「그렇담 좋아요. 우리 한번 진짜 현장 시험을 나가 보자구요.
내 그럴 만한 곳을 한 곳 소개할 테니, 바로 오늘 저녁에라도
말요.」

나를 처음 대하는 사람들이 정말로 얼마나 그 어른으로 혼동

하는지 당장 한번 현장을 봐야겠다는 거였다. 그리고 이날 밤 사무실 직원 몇 사람에다 이따금 조 사장을 찾아와 바둑을 두고 가곤 하는 그의 동년배 문객 '변 고문'(할 일 없이 회사를 자주 찾는대서 서로 그런 별칭으로 통했다)까지 동행 삼아 나를 안내해 간 곳이 당시의 강권 정부에다 시중 민심의 움직임에 어느 지역보다 민감할 수밖에 없는 남산 기슭의 한 한식당 '송죽원' 내실이었다.

「내 아까 전활 해두었는데…….」

「아, 그러세요? 이리로 오세요. 그러잖아도 지금 언니한테 시간 놓치지 말고 정중히 맞아 모시라는 당부 받고 기다리고 있었어요.」

전부터 더러 출입이 있어 온 듯 조 사장은 송죽원 현관을 들어서며 안내석에 앉아 있던 아가씨에게 짐짓 낮은 목소리로 예약 사실을 알렸고, 아가씨는 그러나 으레껏 해온 일이듯 별다른 관심이나 표정의 변화 없이 우리 일행을 조용히 2층의 한 구석방으로 안내했다.

「아까 방을 예약하면서 오늘 내가 좀 특별히 귀한 어른을 모시고 갈 테니 조용한 방으로 자리를 마련하라고 했거든요. 하지만 그 어른이 누구라는 말은 하지 않았으니 어떤 반응이 나오는지 좀 기다려 보자구요.」

옷들을 벗어 걸고 미리 깨끗하게 손보아 둔 주안상 앞에 조 사장은 나를 맨 상석으로 하여 차례차례 자리를 잡아 앉힌 다음, 한 번 더 좌중에게 당부했고, 일행은 무슨 면접관을 기다리는 수험생처럼 얼마간 멋쩍은 긴장기 속에 말없이 다음 추이를 기다렸다.

……한동안은 여전히 눈에 띌 만한 기미가 없었다. 종업원 몇 사람이 묵묵히 위아래 층을 오르내리며 음식상 꾸미는 일에만 전념할 뿐 이날 자리의 특별한 손님에 대해 관심을 갖는 눈치가 거의 없었다. 하지만 그건 어쩌면 귀한 손님에 대한 결례를 걱정한 윗사람의 단속 때문이었는지 모른다. 이윽고 아래 심부름 일이 다 끝나 갈 무렵, 드디어 주인인 듯한 여자가 깔끔한 성장 차림으로 나타나 문 앞에서 잠시 방 안을 둘러보며 아이들에게 일렀다.

「주안상 빠진 것 없이 다 됐지? 그럼 너희는 잠시 내려가 기다리거라. 일 있으면 다시 부를 테니.」

이어 그녀는 아래층에서 이미(아이들이 짐짓 모른 척한 게 사실은 알아봤다는 표시니까) 그 귀한 사람이 누군지 알고 올라온 듯 내가 앉은 상석 쪽을 향해 곧장 치맛자락을 거둬 잡고 사뿐사뿐 다가왔다. 그러곤 일부러 조금 굳은 표정을 하고 앉아 있는 옆 자리의 조 사장에 앞서 내 쪽에 먼저 정중하게 머리를 조

아렸다.

「인사 여쭙겠습니다. 제가 명색 이 송죽원 내실 일을 책임 맡은 신나연이라 합니다. 조 사장님이 오늘 좀 어려운 손님을 모시고 오신다기에 누구신가 했더니 이렇게 귀한 어른을 모시게 될 줄 미처 몰랐습니다. 누추한 곳을 일부러 찾아 주시니 영광스럽고 송구할 뿐입니다.」

그리고 새삼 조 사장이 동행의 신분을 알리지 않은 뜻을 헤아리겠다는 듯 방 안을 다시 한 바퀴 둘러보고 나선, 「조 사장님 어조에 짐작이 가는 데가 있어 저희 집에선 그중 조용한 이 2층 방을 치우고 주위도 미리 단속해 뒀으니 누추하지만 다른 신경 쓰지 마시고 오늘은 맘 편히 쉬었다 가십시오」 하고 지레 다짐 끝에 마련해 둔 상 위의 양주병을 따 들고 술잔을 권해 왔다.

「그럼, 모처럼 귀한 어른을 모신 기념으로 외람되오나 제가 총재님께 첫 잔을 올리고 싶사온데 허락해 주시겠습니까?」

하지만 그 '총재님'은 애초 말을 될수록 아끼기로 한 데다 짓궂은 호기심을 참고 있는 일당들 눈길 앞에 마땅히 대꾸할 말도 없었다.

「그래, 자네도 오늘 막상 우리 형님 보고 놀랐제?」

「그야 나도 신 마담이 이렇게 다 알아서 잘 모셔 줄 줄 알고 형님을 이리로 모시고 왔으니 알아서 하라구. 그러잖아도 요

즘 우리 형님 당무로 몹시 피곤해지신 심신을 좀 풀고 가셔
야 할 테니.」

나를 제치고 조 사장이 중간중간 적당히 그 마담의 말을 받
아 나갔을 뿐이었다.

하지만 나 또한 언제까지 그 답답한 벙어리 노릇만 하고 앉
아 있을 수는 없었고, 그게 더 이상하게 보일 수도 있었다. 게
다가 '총재님'은 아직 한마디도 말이 없는 데 비해 조 사장은 위
태로울 정도로 너무 앞서 나가고 있었다. 아무리 지체가 높은
처지에 과묵한 성미를 지닌 어른이라 해도 마담이 따라 주는
첫 술잔에 대해서까지 아무런 치렛말이 없을 수 없었다.

「흐흠, 고맙네……..」

나는 술잔을 받으며 모처럼 한마디 건넸고, 뒤이어 잔이 채
워져 나간 조 사장 들을 기다려 첫 모금을 마신 다음 모처럼 별
러 오던 한마디를 치하 겸해 혼잣소리처럼 흘렸다.

「집이 조용해서 쉴 만하구만. 앞으로 가끔 이용해야겠어.」

그러니 마담이 반색을 한 건 둘째 치고 다시 조 사장의 맞장
구가 뒤따르지 않을 리 없었다.

「그러자면 무엇보다 이 집 식구들 입단속에 문제가 없어야겠
지요. 알아들었어, 신 마담? 지금 우리 형님 말씀 뜻?」

「염려 놓으세요. 제가 어디 이런 장사 한두 해 해본 사람이에

요? 이래 봬도 척하면 삼천리라구요.」

앞서거니 뒤서거니 서로 죽이 맞아 돌아갔다. 하지만 나는 마냥 그 꼴을 두고 볼 순 없었다.

「자, 그럼 우리 마담을 믿는다는 뜻에서 자네도 한잔하고…….」

나는 단숨에 잔을 비워 내어 마담에게 건넸고, 마담도 금세 눈치를 알아차린 듯 서둘러 그 잔을 받아 비우고 나선 「영광이에요. 그럼 전 자리를 비켜 드릴 테니 마음 놓고 천천히들 쉬었다 가십시오」 정중한 인사를 남기고 방을 나가 주었다.

우리는 비로소 숨겼던 말문을 풀고 속 편하게 취할 수 있게 된 셈이었다.

하지만 나는 이후로도 좀체 마음을 놓아 버릴 수가 없었다.

「형님, 정말 감쪽같네요. 그러니 우리 언제까지 속아 넘어가나 두고 보자구요.」

그쯤에서 내가 본색을 드러내고 싶어 하는 기미에 조 사장이 짓궂게 그 '형님' 호칭을 고집하며 여전히 장난스러운 분위기를 이어 가려 한 때문이었다.

「알고 보면 우리가 뭐 누굴 속인 게 있어요. 우린 그저 특별한 손님을 모시고 오겠다 한 것뿐인데, 지네들이 지레 형님을 알아봐 드리잖아요. 가만 계시면 오늘 형님 덕분에 공짜 술

대접까지 받게 될지 싶은데요.」

나는 그럴수록 더 마음이 불편해질밖에. 게다가 잠시 뒤부턴 조 사장이나 나는 물론 묵언도사 변 고문(때마다 그 변 고문도 함께 어울린 경우가 많았지만, 위인은 왠지 늘 있는 듯 없는 듯 나서는 일 없이 조용해 있는 탓에 굳이 따로 언급할 일이 많지 않겠지만 그런 사실만은 유념해 주기 바란다)을 비롯한 다른 사무실 식구들도 언행이 완전히 자유로울 수 없긴 마찬가지였다.

「저 실례합니다. 마담 언니가 뭐 심부름 시중들 일 없는지 여쭤 보래서 올라왔는데요.」

아래층 여종업원 아이들이 수시로 올라와 조심스러운 척 분위기를 엿보려 드는 데다 별 시중거리가 없다고 내려 보내려 해도, 년들은 이미 작심을 하고 온 듯 부득부득 바로 내 뒷자리로 다가와 술잔을 권해 오곤 한 탓이었다.

「저 어르신께 약주 한 잔 따라 올리면 안 될까요? 허락해 주시면 일생 영광이겠는데요.」

그러는 게 물론 한두 년만도 아니었다. 술잔을 따라 바치기보다 받아먹기를 바라는 눈치들이라 바로 잔을 되물려 주며 매번,

「니 혼자만 알고 있기다. 이런 자리 잘못 소문나면 주위가 시끄러버 내 이 집엘 다시 올 수 없을 끼네.」

이런저런 핑계로 입단속을 해야 함은 물론, 열 명 가까운 년

들의 술잔을 차례로 비워 내기까지엔 내 평소 주량의 방둑이 무너질 위험에 다다른 것이었다.

하지만 어찌 보면 술집이나 년들이 내게 속은 게 아니라 우리가 그쪽에 꿰미째 속아 넘어간 꼴이었는지 모른다. 줄을 서듯 계속된 년들의 공세에 나는 끝내 더 버틸 수가 없었다. 에라 모르겠다, 이게 어디 내 허물이냐, 다 네년들 부실한 눈구멍 탓이니 알아서들 놀아 보거라, 유사품은 마침내 년들 앞에 내던지듯 자신을 풀어놓기 시작했다. 그리고 근자 들어 조 사장에게 얻어들은 어른의 술자리 일화 한두 가지를 자신의 일인 양 흘려 가며 한껏 호탕한 분위기를 잡아 나갔다.

그러니 이후의 일은 더 이야기하나 마나. 유사품은 갈수록 기고만장 헛소리 호령 조를 서슴지 않았고, 끝내는 조 사장까지 위인답지 않게 그 '형님'의 꼴을 위태롭게 여긴(그가 왜 그랬는지는 시일이 한참 지나서야 짐작이 가능했다) 탓에 서둘러 자리를 수습해 나오고 말았을 정도니까.

하지만 행인지 불행인지, 년들이 끝내 '형님'의 본색을 알아보는 낌새가 없었음은 물론, 자리가 파해 나오는 기척에 득달같이 현관까지 쫓아 나온 신 마담 또한 조 사장의 기대처럼 이미 지불한 계산을 되돌려 주는 일은 없었지만 다음번 방문에 대한 부담을 외상으로 미리 탕감해 주는 친절과 '어른'에 대한 공경심을 끝까지 잃지 않았음은 가상한 일이었달밖에 없으리라.

「오늘은 정말 저희 송죽원이 두고두고 기억해야 할 날입니다. 조용히 쉬고 싶으실 땐 언제라도 정성을 다해 편히 모시겠으니 자주 찾아 주십시오. 이번엔 때를 놓쳐 저희가 큰 허물을 졌습니다만 다음부터는 모든 걸 미리 알아 받들겠사오니 계산일랑은 아무 부담 갖지 마시고요. 저희 집뿐 아니라 전국 곳곳에 조용히 쉬실 만한 업소들을 알고 있으니 총재님께서 혹시 지방엘 내려가실 기회가 계시면 그런 곳들도 은밀히 연락해 드릴 수 있고요.」

실없는 장난기에 발목을 잡히고 만 꼴이랄까. 나는 그쯤 장난기를 거두고 송죽원 쪽으론 다시 발길을 하고 싶지 않았지만, 조 사장이 계속 등을 밀어 대는 바람에 이후로도 한두 번 똑같은 유사품의 어릿광대 놀음이 이어졌다.

「지들이 좋아서 속아 주는데 기왕이면 재미 삼아 오늘도 그 집으로 가시자구요. 내길 해도 좋지만 앞으로도 년들 쪽에서 먼저 형님 본색을 알아볼 일은 절대 없을 테니 그 점은 마음 턱 놓으시고요. 우리가 무슨 공짜 술 얻어먹자는 것도 아니고…… 술값만 제대로 내고 다니면 누이 좋고 매부 좋고 서로 즐거운 일 아녀요.」

여전히 '형님' 자를 즐겨 하는 조 사장의 일방적인 다그침에
나 역시 슬그머니 걸끄러운 기분이 주저앉으며 기왕이면 다홍
치마라, 은근히 귀가 솔깃해지곤 한 탓이었다.

하다 보니 어디 잔뜩 믿는 데가 있는 듯한(나중에 알고 보니
나는 그 연유를 한참이나 오해한 셈이었지만) 조 사장과 유사품
의 수작은 갈수록 대담해져 갔고, 송죽원의 신 마담이나 종업
원 아이들 또한 한결같이 대접이 융숭했다.

「야, 야! 형님 오셨다. 준비 다 되었제?」

회사에 특별한 의논거리가 생기거나 사사로이 저녁 술자리
생각이 도지면 조 사장은 그 유사품을 앞세워 몇몇 나이 든 직
원들과 함께 앞뒤 차편으로 송죽원으로 몰려갔다. 그리고 저
먼저 차를 내려 현관으로 뛰어들며 짐짓 호들갑을 떨어 댔고,
그때마다 신 마담은 제집 위세를 과시하듯 현관 앞에 종업원
아이들과 도열을 짓고 서서 큰절로 정중히 일행을 맞아들이곤
하였다.

송죽원 열두 개 내실 가운데에서도 때마다 가장 한갓진 전날
의 위층 끝 구석방 차지는 물론 술이나 상차림도 신 마담이 두
고 쓰듯 '영업을 조금도 고려하지 않은 소찬'치고는 감당하기
어려울 만큼 화려한 식단에 정성이 한결같았음은 물론이다.

이를테면 어른 대리품 격인 '형님'은 그런 식으로 몇 차례 그

송죽원에서 번잡한 '당무'에 지친 심신을 풀거나, 몇몇 허물없는 '최측근 아우들'과 어울려 공식적인 당무 이외의 사사로운 주변사를 조용히 의논해 오곤 한 셈이었다.

하지만 호사다마……. 당연한 일이지만 나는, 아니 어쩌면 매우 당치 않게 그 '형님'은 오래잖아서부터 더러 등골이 으스스해 오는 위험의 조짐을 느끼곤 했으니, 가령 이런 경우…….

서울하고도 세종로 한복판에 자리한 전통 깊은 한 신문사 현관에서도 예상치 못한 난처한 소동을 빚은 적이 있었다. 스스로 자중해야 할 유사품의 처신 무대가 실은 송죽원 정도에 한정될 수 없는 생업 문제 탓이긴 했지만, 이번 사단 역시 내 의도와는 전혀 상관없는 일종의 봉변류에나 속할 일이었달까.

그 신문사 광고국에 고등학교 적부터의 친구가 봉직하고 있어 어느 날 퇴근 무렵 나는 여느 때처럼 술도 한잔 나눌 겸 회사 신간 광고 건을 의논키 위해 느지막이 그 친구를 찾아갔다. 그런데 신문사 현관에서 구내전화로 내방 사실을 알리고 대기 소파에 앉아 기다리고 있으려니, 문간 쪽 경비가 웬일로 자리엘 앉지 않고 엉거주춤 자꾸 내 주위를 서성대는 낌새였다. 하지만 나는 내방인을 위해 비치해 놓은 석간신문을 뒤적이느라 무심히 보아 넘긴 바람에 위인이 잠시 뒤 구내전화를 거는 걸 유념해 보지 못한 게 탈이었다. 그런데 이윽고 「이 안쪽에 조용한 자리가 있으니 그리로 들어가 편안히 보시지요. 거기도 오늘 석간이 있으니까요」 하며, 신문에 눈길이 끌려 있는 내 앞에 누군가 다가와 조심스럽게 건네 오는 소리에 무심히 고개를 들어 보니, 위인이 나를 그 '편한 자리'로 안내해 갈 양으로 정중한 자세로 두 손을 비비고 서 있었다. 하지만 나는 아직도 그저 신문 이야기인 줄 여기고(자신의 신분을 깜빡하고!) 엉뚱한 소리만 하였다.

「아니, 괜찮아요. 친구가 곧 나올 텐데요, 뭐.」

여전히 신문에 눈길이 팔려 있는 내 무심스러운 응대에 위인이 더욱 송구하고 낭패스러운 표정으로 혼잣소리처럼 다시 말했다.

「이러시면 윗분한테 제가 곤란해져서요……. 하여튼 곧 나오실 겁니다.」

그런데 이번에도 나는 그 '윗분'을 내 광고국 친구로 잘못 알아듣고(광고국이 아무리 회사 돈주머니를 주무르는 자리라지만 굽신대기는!) 그 자리에서 계속 친구를 기다린 게 더더욱 잘못이었다.

한마디로 잠시 뒤 허겁지겁 먼저 나를 찾아 나타난 것은 내 광고국 친구가 아니라 몇 차례 곁눈 스침으로 얼굴이 제법 익은 이 신문사 편집국장이었다. 그리고 정작 광고국 친구가 나타난 것은 그 편집국장이 황황히 누군가를 찾다 말고 경비 위인의 눈짓에 따라 잠시 나를 훑어본 뒤 얼굴을 묘하게 일그러뜨리며 말없이 발길을 돌려 가버린 직후였다.

「아니, 저 양반이 갑자기 웬일로 그냥?」

경비는 아직도 영문을 알 수 없어 새삼 더 송구하고 어리둥절해진 꼴이었지만, 나는 이미(비로소!) 사태의 곡절을 짐작한 뒤였음이 물론이다. 한데다 그보다 더욱 뜻밖인 것은 뒤이어 나타난 광고국 친구 역시 이야기를 다 듣기도 전에 바깥에서 일어난 일을 미리 꿰뚫어 버린 곡절이었다.

「내 지금 자넬 기다리다 이 신문사 높은 사람 방엘 끌려갈 뻔했네.」

표정이 아직도 멍청해 있는 경비 쪽을 힐끔거리며 내가 나지막이 웃음기 밴 농담 투를 한마디 건네자 친구는 그 말이 채 끝나기도 전에 황급히 내 등을 현관 밖으로 떠밀치고 나서며 설명을 대신했다.

「말하지 않아도 알 만혀! 지금 사무실을 나오다 엘리베이터 앞에서 히실비실 혼잣소릴 흘리고 서 있는 우리 편집국장을 만났거든. 세상이 더럽게 재미있어지려다 보니 별 실없는 녀석들까지 어쩌고…… 무엇에 속고 난 사람처럼 언짢게 뇌까리고 있길래 무슨 일로 그러시느냐 물었더니, 쑥스럽게 그냥 아무 일 아니라면서도 현관엘 한번 나가 보면 알 거라잖아.
보나 마나 저 현관 수위 씨가 자네를 누구로 잘못 알고 과잉
친절 소동을 피운 거겠지 뭐. 내 언젠가 한번은 꼭 이런 일이
생길 줄 알았다고.」

「그럼 자네나 저 친구도 진작부터 나를 그렇게 보아 왔다는
거야? 저 친구는 아예 나를 그 어른 JS로?」

새삼스럽게 놀라워하는 물음에 친구의 대꾸는 갈수록 점입
가경이었다.

「말이라고. 자네가 날 찾아왔다 갈 때마다 저 친구, 지체 높
은 어르신이 참말 겸손하고 서민적이시라며 입에 침이 마르
도록 칭송과 존경을 아끼지 못해 왔다고. 다른 귀하신 분들
처럼 사장실이나 국장실부터 찾지 않고 누추한 데서 그냥 조
용히 친구 분만 만나고 가신다고. 그럴 때마다 송구스러워
어쩔 줄을 모르겠다고. 어뗘, 이런 말 들은 기분이?」

「기분 좋아하시네. 그래 작자가 그러는데도 자넨 여태 그냥
암말도 안 해줬다는 거야?」

「하하, 그야 암말도 안 해준 건 아니지.」

내가 짐짓 나무라는 소리에 다시 친구의 능청스러운 대꾸가
그의 단골 술집까지 이런 식으로 이어졌다.

「한번은 자기 구내전화로 자넬 우선 위층의 귀빈실이나 어디

로 안내해 모실까고 은밀히 묻더구먼. 그때 내가 뭐랬길래. 쉬이 — . 사장을 만나거나 하는 공적인 방문이 아니라 그저 친구를 잠깐 만나러 오신 사적인 방문이니 그냥 조용히 모른 척해 드리랬지. 그게 당신한텐 마음 편하실 거라고. 덕분에 나까지 저 친구의 은근한 존경심을 누려 온 처지 아니겠어! 이 젊은 나이에 자네같이 소탈하면서도 크게 된 사람을 친구로 둔 덕에 말씀야.」

「잘한 짓들이구먼. 놀고들 자빠졌어!」

「그런데 오늘은 차마 보고만 있을 수가 없었던 모양이지. 그 친구 내력이 원래 그렇거든. 저 50년대 자유당 시절 H읍 환표 사건이라고 떠들썩한 부정 선거 고발 소동 있었잖아. 그 친구가 바로 그 지역 현직 경사로 관내의 부정 선거를 고발하고 나섰다가 몇 년간 재판 끝에 옥살이까지 치르고 나온 장본인이야. 위인한테 아직 그런 의기가 남아 있어 야당 운동을 하는 자넬 특히 존경하는 것도 당연하지. 위인이 참다 못해 오늘 편집국장에게 통기를 띄운 건 사람 좋은 국장이 저 친구 의기를 높이 사서 입에 풀칠이나 하고 지내라 신문사 경비 자릴 앞장서 주선해 준 처지라 그중 속내를 통할 만해 보였던 게지.」

「그 국장은 나도 그새 얼굴이 좀 익어 온 터인데, 어이가 없

는지 아예 구정물을 뒤집어쓴 표정으로 암말 없이 돌아서고
말더구먼.」

「하지만 어쨌거나 재미있지 않아? 난 저 위인이 언제까지 그
렇게 혼자 속아 지내는지 두고 볼 참이라니까. 국장이야 어
찌 됐든 저 친군 오늘도 자넬 여전히 우러러보는 기색이니
말이야. 아까 우리가 나올 때 공연히 혼자 쩔쩔매는 거 봤
지?」

다시 말할 것도 없이 그런 소리를 들을수록 나는 더 등골이
오싹해지지 않을 수 없었음이 당연지사.

하지만 조 사장은 갈수록 희희낙락 짓궂은 생각뿐이었다.

「햣다! 형님은 이제 그쪽 사투리 억양만 배우면 어딜 가서 그
양반 행세를 해도 다 통하겠어요. 편집국장이야 워낙 그 양
반을 잘 아는 처지라 금세 가짜를 알아봤겠지만, 다른 사람들
눈엔 영락없는 JS라니까요.」

어딘지 아직 위태롭고 조심스러운 내 기분은 아랑곳 않은 채
조 사장은 며칠 뒤 다시 아침 회의 끝에 그날의 후문을 듣고 나
서 감탄을 금치 못해 하였다.

「그러니 이제 그 양반 말투를 좀 배워서 본격적으로 나서 보
시라구요. 니 겡제 같은 거 좀 아나…… 모리면 그마 치아

뿌리라…… 이런 식 말요. 무엇보다 그 양반 방언 발음의 백미는 겡제, 겡제…… 이 소리는 죽어도 못 말리는 고유 상표 아니에요.」

나는 물론 몇 차례나 그 사장의 장난 투를 가볍게 눙쳐 넘기곤 하였다.

「그럼 정말 말투까지 배워서 한번 고급 유흥가 쪽으로 나가 봐? 그렇게 되고 보면 사장님도 진짜 아우님 역으로 분주해지셔얄 텐데?」

하지만 나는 여전히 그 석연치 못한 불안기를 말끔히 떨쳐 버릴 수가 없었다. 가슴 한구석에 여전히 그 뿌리가 숨어 움직인 때문이었다. 더욱이 이 무렵은 그 험난한 통합을 이룩한 야당가 총재의 직함이 실린 탓에 여러 언론 매체에 어른의 모습이 유난히 자주 오르내려 사람들의 눈길을 끌기 쉬운 때였다. 전일의 편집국장은 점잖게 모른 척 넘어가 주었지만, 그래저래 내가 그 숨은 불안기의 뿌리를 놓지 못해 섣부른 짓으로 잘못 걸리고 보면 희대의 사기꾼으로 인생이 거덜 날 판이었다.

하지만 그런 나를 두고 조 사장은 조금도 물러설 형세가 아니었다. 어쩌면 그도 내 어정쩡한 너스레 투에 숨겨진 소심한 불안기를 알아차리고 그걸 눅여 주고 싶어 한 것이었을지 모른다. 어른의 말투까지 배워서 한번 제대로 나서 보라던 위인의 짓궂은 농담조는 알고 보니 그저 지나가는 소리가 아니었다.

조 사장은 이날 저녁 퇴근길을 기다렸다가 어디론지 다시 그럴듯한 곳을 찾아가 마지막 시험을 거쳐 보자며 길을 앞장서 나선 것이다. 나는 물론 그게 남산 밑 송죽원이 아닌 위인의 또 다른 단골집쯤 될 걸로 여기고 모처럼 단호한 어조로 동행을 사양하려 하였다.

「그런 실없는 짓거리 이쯤에서 그만둬야겠소.」

하지만 조 사장은 무슨 생각에선지 그런 내 등짝을 막무가내로 떠밀어 자신의 차에 태웠다.

「아니, 오늘은 절대로 형님 거북해할 일이 없을 테니 그냥 함께 따라가시기만 해봐요.」

그렇듯 조 사장이 차를 몰아간 곳은 내가 한 번도 가본 적이 없는 한강 변 아파트촌의 자기 집이었다. 게다가 위인이 그 제 집 현관문을 앞장서 들어서며 천연스럽게 소리치는 데에 이르러서야.

「어머니, 여기 좀 나와 보세요. 오늘 시내에서 JS 형님을 만나 모시고 함께 왔어요.」

그러니 그게 어찌 내가 거북해질 일이 없는 자리였겠는가. 뿐만이 아니었다. 나중에 안 일이지만 조 사장네는 원래 그 부친이 사재로 P시 근교의 ○포다리를 놓았을 만큼 일대에 가세가 알려진 집안이었다. 앞에서 잠시 말했듯 그래 JS도 젊었을 적부터 조 사장네를 자주 드나들며 노친네들을 함께 부모자로 모셨을 만큼(한두 번 장학금까지 얻어 썼다던가. 조 사장이 JS를 거침없이 형님이라 부른 것도 그래서였다) 서로 허물이 없는 처지였다. 아니, 그런 사정을 미리 알았더라도 나는 조 사장의 예고 없는 행동에 당황하지 않을 수 없었을 것은 불문가지. 하물며 그 아들에 버금가는 노친네의 착각 앞에 나는 더더욱 아연해지지 않을 수가 없었다.

「무어라? ○천동 JS가 지금 우리 집엘!」

아들의 전갈에 득달같이 현관까지 쫓아 나온 조 사장의 노모 역시 처음엔 정말로 사람을 잘못 알아보고 덥석 두 손을 끌어 쥐며 반색을 하시는 것이었다.

「아니, 우리 JS 자네가 갑재기 여겐 우엔 일이고, 에? 귀한 사람이 이래 찾아 주니 내사 반갑고 고마운 일이다만 그러잖아도 요지막엔 새 총재 일로 눈코 뜰 새 없이 바빠야 할 사램이!」

뒤따라 들어선 다른 일행은 젖혀 둔 채 오로지 유사품 한 사람만을 손수 거실까지 이끌어 들이면서도 여전히 낌새를 알아차리지 못하는 노친네 앞에 나는 정중히 머리를 숙이는 외에 도대체 달리 무얼 어찌해야 했을 것인가 말이다. 더욱이나 그쯤에선 참다 못한 아들이 「어머니, 형님 얼굴 좀 똑똑히 보세요. 전보다 많이 젊어지신 것 같지 않으세요?」 한마디 주의를 일깨우는 소리에 비로소 찬찬히 그 유사품의 얼굴을 살피다 말고 갑자기 무슨 도깨비에라도 홀린 듯 「아니, 그러고 보이 지금 자네 얼굴이……」 어정쩡한 표정 속에 말을 잇지 못하고 말았음에랴.

줄여 말해 이윽고 사정이 밝혀지고 난 뒤의 노친네의 실토가 이런 식이었으니까.

「아이고야, 내 참말로 깜빡했구마. 아인 게 아이라 나도 첨엔 JS 머리가 테레비 사진보단 덜 셌구나 안 했나. 하지만 키도 꼭 그만 한 디다, JS를 본 지도 좀 오래고 해서…… 그나저나 어떻게 이래 비슷한 사램이 있을꼬마…….」

무슨 심사에선진 알 수 없었지만, 조 사장이 그 일을 두고 내 소심증과 불안감을 지워 주려 꾸민 깜짝 굿은 그 정도에서 그치지 않았다.

「형님, 혹시 수영할 줄 아세요?」

그 며칠 뒤 퇴근 시각이 가까워 오자 사장이 또 비실비실 헤픈 웃음기를 띠고 다가오며 엉뚱한 걸 물었다.

「수영은 왜요? 그야 어린 시절을 시골에서 자란 덕에 여름이면 마을 저수지에서 살다시피 했지만.」

　이젠 사무실에서도 일상 ‘형님’ 호칭으로 나오는 위인의 속내가 미심쩍으면서도 은근히 내비치는 내 자랑 투에 사장이 이번엔 제법 상사다운 어조로 새 제안 한 가질 내놓았다.

「그거 잘됐네요. 오늘 나하고 수영장엘 한번 갑시다.」

　제안이라기보다 명령에 가까운 위인의 주문이었지만, 나는 섣불리 따라나설 수가 없었다.

「이젠 더위도 심하지 않은 가을철에 새삼스럽게 수영은 뭐 하러요?」

　한두 마디 실랑이가 오가게 마련이었다.

「요즘 누가 피서하러 수영장엘 다닙니까. 촌스럽게 굴지 말고 오늘 같이 가서 그 저수지 수영 실력 한번 뽐내 봐요. 뭣 하면 나하고 시합을 해도 좋고!」

「수영장에 할 일 없는 뚱뗑이 여편네들 많이 몰린다는 소문이 있던데, 그 여편네들 앞에 수영 실력 자랑할 일 있으면 사장님이나 실컷 뽐내시오. 난 오늘 저녁 회사 일로 바쁘니까.」

「이것도 넓게 보면 회사를 잘 관리해 나가기 위한 일종의 투자나 업무랄 수 있어요. 그러니 형님, 공연한 고집 그만 부리시고 제발…… 저 남산순환도로 변에 있는 체육관 아시죠. 그 체육관 수영장에다 이미 예약까지 해뒀단 말요. 그럴 사정이 있다니까요…….」

그럴 사정이라니…… 게다가 이미 예약까지? 나는 사장의 일방적인 처사에 더욱 마음이 내키지 않았다.

「사정이고 뭐고 난 알 바 아니니, 이 몸을 정 형님으로 모시고 싶으면 오늘은 그만 내 말 들어요. 난 절대 못 가니까!」

전에 없이 결연스러운 내 태도엔 조 사장도 끝내 더 어찌해 볼 도리가 없어진 듯 입맛을 쩝쩝 다시고 돌아설밖에 없었다.

하니까 그날은 사장의 계략을 제대로 알지 못했던 내 막무가 내 식 똥고집이 일단 성공을 거둔 셈이었지만, 전에 없이 집요한 사장의 낌새가 그걸로 마음을 놓을 일이 아니었음은 물론이다.

「김 과장님, 오늘은 괜찮겠지요? 아니, 오늘은 무슨 일이 있어도 뒤로 미루고 나하고 함께 가주셔야겠어요.」

다시 며칠이 지나고 나서 예상한 대로 사장이 다시 같은 채근을 해왔다. 이번에는 예의 형님 호칭도 젖혀 둔 채 사뭇 아랫사람 다루는 듯한 고압적인 어조였다.

「왜 또 그 수영장 일로다요?」

역시 시큰둥한 이쪽 반응도 아랑곳이 없었다.

「일이 어떻게 시작되었든 이번에는 어쩔 수가 없어요.」

끝내는 다시 사정을 하다시피 나오는 사연을 듣고 보니 아닌 게 아니라 사장의 처지가 나로서도 마냥 고개만 저어 댈 수 없는 상황이다.

「내 사정을 다 말하지요. 그날은 김 과장님이 거북해하실 것 같아 미리 말씀을 안 드렸고, 일이 그른 뒤에도 혹시나 싶어 혼자 입을 다물고 말았지만, 오늘은 더 숨길 것도 없네요…….」

놀랍고 황송해라. 다름 아니라 전날의 그 남산 꼭대기 수영장 일은 바로 JS 어른과의 면대를 위해서였다는 것이다. 수영을 좋아하는 조 사장이 역시 수영을 즐기는 어른이 그 남산 수영장을 자주 이용하는 사실을 알고 일부러 찾아가, 어른하고 얼굴이며 모습이 많이 닮은 친구가 있어 주위에서 오인을 하고 놀라는 일이 잦으니 직접 한번 불러 보시면 어떻겠느냐, 농기 섞어 의중을 떠봤더니, 그거 재미있겠다며 그 친굴 한번 수영장으로 데려와 보래서 이루어진 약속이었다는 것. 그러니 그날 시간 맞춰 기다리는 어른께 약속을 지키지 못했으니 자기 얼굴이 무어가 되었겠느냐며 사장은 다시 오금을 박아 왔다.

「그 형님이 그날 내게 뭐래신지 알아요? 불가피한 일이 있었다면 할 수 없는 게지. 그쯤 다행히 너그럽게 넘어가 주시면서 약속을 뒷날로 미뤄 주시잖아요. 이담에 다시 데려오면 되지 뭘…… 그러시는 양반 앞에 내가 먼저 꺼낸 약속을 없었던 걸로 하자 할 수 있었겠어요. 실없는 녀석으로 찍히지 않은 것만 감지덕지, 당장에 오늘로 날짜를 정해 드렸지요. 그러니 어쩌겠어요, 우리 김 과장 형님. 아무리 성품이 대범한 어른이래도 이런 일로 두 번씩이나 식언을 거듭하게 되면…….」

그러니 조 사장을 위해서라도 내가 더 버틸 수가 없었음은 불문가지.

하지만 이쯤 양해를 구해야 할 일로, 어른의 체통을 위해 당신을 직접 면대한 수영장 현장 풍경에 대해선 한두 가지 상상거리 단서 이외에 여기서 너무 직접적인 언급은 삼가려니와, 짐작하다시피 우리(이야기를 단순화하기 위해 자세한 말은 않겠지만, 조 사장은 이날도 굳이 그 변 고문을 동반해 갔으니까)는 그날 결국 조 사장의 연출에 따라 탈의실에서 미리 수영 팬티로 갈아입고 휴게실로 들어가 이번에도 미리 와 기다리고 있던 어른을 만났다. 그리고 역시 노란색 수영 팬티 차림에 하늘색 목욕 수건을 목에 두른 채 주스 잔이 놓인 탁자를 앞에 하고 앉아 계시던 어른께 우리는 우선 가벼운 목례를 드린 다음 당신의 권에 따라 같은 노란색 과일 주스를 한 잔씩 뽑아 들고 와서 탁자 앞에 마주 앉았다.

하지만 아무리 서로 발가벗은 처지라 한들 그 어른과 유사품 사이에 무슨 말이 오갈 수 있었겠는가.

「어떠세요? 이 친구 전에 어디서 많이 보신 얼굴 같지 않습니까?」

자리를 마주하고 나서 한동안 희미한 웃음기 속에 주스 잔만 만지작거리고 계신 어른 앞에 조 사장이 분위기를 잡는답시고 전에 없이 자신 없는 어조로 그렇듯 뚱딴지 같은 소리를 늘어놓았던가. 그러자 비로소 어른이 앞에 앉은 나를 의식하신 듯 「아, 그래. 이 친구가 나를 닮았다고 했던가. 그라고 보이 좀 그런 것 같기는 하구먼……. 사람들 눈에 내 인상이 저렇단 말이제」 하고 방언 투가 거의 없는 시큰둥한 혼잣말 식 대꾸 끝에 다시 창밖으로 그 방심스러운 눈길을 돌리고 마셨다. 어찌 보면 무엇엔지 실망스러워하는 것 같기도 했고, 아니면 이런 싱거운 자리에 이끌려 나온 자신을 짜증스러워하고 있는 것 같기도 하였다.

맞는 말이요 의당한 심사였다. 작달막한 키에 반백을 넘어선 머릿빛, 그리고 눈 끝과 입술 꼬리가 서로 마주 구부려 모여든 얼굴 모습하며, 어딘지 조금은 강파르게 들리는 목소리의 느낌까지, 얼핏 지나쳐 보면 아닌 게 아니라 아침저녁 한 번씩 마주하는 누군가의 얼굴을 연상시킬 만한 대목이 없지 않았다. 하지만 그 유사품 역시도 자신의 얼굴이 눈에 익숙해 있을 수 없는 터라 어른의 인상이 그리 친숙하거나 우호적일 리 없었고,

그 얼마간의 비슷한 대목조차 호감기 어린 친연성보다는 어딘지 씁쓸한 느낌을 지울 수가 없었다.

하지만 어른 앞에 어찌 그 유사품의 속내 따위가 문제였겠는가. 나는 심기가 그리 편치 못해 보이는 어른의 기미 앞에 지레 혼자 좌불안석 송구해하고 있었을 뿐.

'이밖에 좋게 닮아 드리지 못해 면목이 없습니다. 아니, 이 주제에 감히 어른을 닮은 데가 있다니 이 망극함을 어찌하면 좋으리까…….'

조 사장인들 그런 두 사람 간의 떨떠름한 분위기를 그냥 지나칠 리 없었다. 위인이 어른 앞에 다른 자리에서와는 반대로 또 한 번 엉뚱한 걱정을 늘어놓았다.

「어쨌거나 지금까지 이 친구를 형님으로 오인하고 깜짝깜짝 놀라는 사람들이 많아 은근히 걱정입니다. 행여 이후로도 그런 일로 형님께 누를 끼치게 될까 봐 안심이 안된다니까요.」

나름대로 앞뒤를 재고 한 소리였겠지만, 나를 아예 위험 인물로 치부하고 든 꼴이었다.

「그 뭐, 사람 얼굴 비슷하게 생긴 게 무신 허물이겠나.」

예상치 못했던 어른의 대꾸가 아니었다면 변변치 못한 유사품이 나서서 무슨 변명이라도 늘어놓아야 할 판이었다. 그런데 그때 어른이 모처럼 얼굴을 내 쪽으로 돌려 오며 자못 부드러운 목소리로 몇 마디 더 덧붙이셨다.

「그래 김 형이라캤던가? 김 형이 낼 일부러 물 먹일 일만 없다면 얼굴이 닮은 김에 내 흉낼 좀 내고 다니는 일이 무신 허물이 되겠나. 안 그렇소, 김 형? 그런 때 김 형이 내를 대신한다는 기분으로 적당히 품격을 잃지 않는 처신만 해준다면…….」

양해를 겸한 당부요 은근한 경고인 셈이었지만, 더불어 참새가 어찌 대붕의 뜻을 헤아릴 수 있으랴만, 가위 한 나라의 통합 야당을 이끌어 가는 어른다운 도량과 너그러운 인품 앞에 나는 속으로 새삼 놀라고 감복하지 않을 수가 없었다.

그러니 줄여 말해 그날 어른과의 대면은 대충 그런 식으로 간단히, 그러나 나름대론 썩 뜻 깊은 대화(?) 속에 큰 실수 없이 끝이 난 셈이었다.

그런데 알고 보니 그 어른의 마지막 양해와 당부의 말씀에 조 사장은 또 무슨 아전인수 격의 다른 뜻을 읽은 낌새였다.

어른과 헤어져 나와(수영이야 물론 양쪽이 다 발가벗고 만나자는 조 사장의 구실에 불과했으니까) 다시 우리끼리 술자리를 마주하게 되자, 위인은 어쨌거나 좀 싱겁고 떨떠름할 수밖에 없는 얼뜬 유사품의 심사와는 달리 혼자 신이 나서 떠들어 댔다.

「역시 내가 짐작한 대로였어요. 두 분 간에 누가 누구를 얼마나 닮았든 이제 형님은 그 양반한테 윤허를 받은 거예요. 아직도 모르겠어요? 나를 대신한다는 기분으로 품격을 잃지 말고 처신해라…… 그건 이제부터 형님한테 그쯤 조심만 해주면 그렇고 그런 행세쯤 어느 정도 눈감아 주겠다는 뜻 아니에요. 왜 그러는 줄 아세요?」

그러면서 자문자답 덧붙여 온 소리가 정치인들이란 원래 소문을 먹고 사는 족속들이라 그런 식으로라도 곳곳에 자기 얼굴과 이름을 환기시켜 주는 걸 마다할 수 없기 때문이라는 설명이었다.

「일종의 세론 관리술인 셈이지요. 그러니 이제부턴 요령껏 그 양반 행세를 좀 해먹는대도 아무 걱정할 것 없어요. 내 말 믿어요. 형님!」

장담뿐만 아니라 나중엔 누가 청하지도 않은 김칫국을 내미는 식으로 계속 실없이 사람을 놀려 댔다.

「혹시 또 알아요? 그 양반이 형님을 불러서 곁에서 함께 일을 하자 하실지도. 그렇더라도 설마 우리 회사를 버리고 도망가시지는 않겠지요?」

「그 어른이 나 같은 얼치기 유사품을 데려다 무엇에 쓰게!」

「아, 그런 거 있잖아요. 높은 사람들 무슨 행사가 있을 때면 비슷한 대용품을 미리 보내어 연단도 점검케 하고 리허설

도 시키고…… 그 양반도 요즘엔 일정이 점점 분주해질 때라
서 말이에요.」

사람들 눈속임을 위한 대리 모조품 노릇 이야기였다.

「하지만 그러다 암살범 총받이 노릇까지 시킬지 모르니 그런
제의가 오더라도 심사숙고해서 결정하세요.」

말이 없는 변 고문까지 덩달아 한마디 거들고 나섰을 판이니,
나는 그쯤에서 차라리 입을 다무는 게 상책이었을밖에.

사정이 그쯤 되다 보니 조 사장은 더욱 신이 나서 기회 있을
때마다 여기저기 그 대리품을 앞장세우고 다니려 했음이 물론
이고, 솔직히 말해 나 역시 그 조 사장의 성화에 못 이긴 척 슬
그머니 마음이 기울곤 했던 게 사실이다. 그렇게 슬금슬금 재
미를 붙이기 시작했다는 소린데, 거기엔 굳이 내가 따로 마음
을 써야 할 일도 없었다. 모든 건 그때그때 조 사장의 각본과
연출을 적당히 따라가 주기만 하면 나머지 뒷일은 상대 쪽에서
알아서 해결해 준 격이었으니까.

이를테면 이런 식이었다.

199○년, 그러니까 우리가 그 JS 어른의 오리지널을 만나 묵
시적인 대리권 행사를 위임받고 난 이듬해 초봄 갓 총선전이
시작될 무렵이었다. 회사 편집부에서 모처럼 전력을 다해 만들

어 낸 '세계사상대계'라는 전집물 홍보를 위해 조 사장과 셋이 함께(모처럼 시골 바람을 쐬러 가자는 명목으로 이번에도 예의 변고문이 끼어들었으니까) 지방 나들이를 나섰을 때였다. 천안과 대전을 거쳐 대구 지역까지 큰 서점들을 대충 훑고 난 우리는 그길로 아예 경주까지 차를 달려 한 조용한 호텔을 찾아들어 첫 밤을 쉬게 되었다. 늦은 밤길에 굳이 경주까지 내려가 한적한 잠자리를 잡은 것은 언젠가 송죽원의 신 마담이 지방 나들이 길 생기면 전국 어디나 편히 쉴 집을 소개하겠노라 한 소리를 두고 조 사장이 출발서부터 수선을 떨어 대는 바람에 위인이 또 무슨 굿판을 벌이게 될지 몰라 이 무렵 발굴 작업을 끝내 놓은 천마총 구경을 내세워 내가 내처 차를 달려 버린 때문이었다.

한데도 이날 저녁 늦은 요기를 끝내고 셋이 함께 지하 바로 내려가 술을 한잔하려는 참에 역시 또 예상찮은 사단이 벌어졌다.

「저 인사 여쭙겠습니다. 이곳 심부름 책임을 맡고 있는 양지숙이라 합니다.」

자리 시중을 들던 종업원 아이의 눈치가 아무래도 예사롭지 않다 싶더니 아니나 다를까, 다른 방 손님들과 어울리고 있었을 그곳 마담이 이내 황망스러운 모습으로 나타나 호들갑을 떨어 댔다.

「일찍 알아 모시지 못해 죄송합니다. 이 아이가 늦게라도 용
케 총재님을 알아보고 귀띔을 해주어 망정이지 저희가 무릎
을 꿇고 애걸해도 모시지 못할 어른께서 이렇게 몸소 찾아
주셨는데 정말 큰 허물을 지을 뻔했지 뭐겠습니까.」

귀한 어른을 모시게 된 것만으로도 영광이라 이날 밤은 모든
부담을 기꺼이 책임져 드릴 테니 좀 더 깨끗하고 넓은 방으로
자리까지 옮기자 하였다.

상황이 그쯤 되고 보니 나는 그냥 두고 볼 수가 없었다.

「됐네, 이 사람아. 나 조용히 좀 쉬고 싶어 일부러 이리 조용
한 호텔을 찾았으니 자넨 여기서 그냥 모른 척 술이나 한잔
하고 가면 될 것이야.」

자신도 모르게 고압적인 어조에다 저절로 깔려 나온 굿 멍석
에 찬물을 끼얹고 드는 내 달갑잖은 행투에 이번에는 조 사장
이 그냥 넘어갈 수 없다는 듯 의뭉하게 끼어들었다.

「이 보그라. 우리 총재님께선 워낙 이런 자리에 번거러운 걸
싫어하시는 분이신기라…… 게다가 요지막엔 이번 총선 출
마자들 공천 일로 심신이 많이 시달리신 참이라 오늘은 번잡
한 일 끝내시고 이래 일부러 단출하게 조용한 곳 찾아 쉬러
왔은께네 자네들은 모른 척하기다. 알았나!」

어정쩡한 유사품의 말투를 살려 내어 짐짓 아랫사람답게 나

지막한 그쪽 억양으로 '저간의 사정'을 설명하고 나서 다시 구체적인 주문 사항을 덧붙여 일렀다.

「특히 이곳 신문사나 관가 쪽 사람들한테 낌새가 새어 나가지 않게 하그라. 그 사람들 눈치 채고 귀찮게 몰려들면 모처럼 예까지 와서 맘 편히 쉬실 수가 없은께네, 자네들이 책임지고!」

하지만 조 사장의 진짜 심산이 말 주문과는 다른 데에 있었음은 물론이다.

나는 이제 어차피 조 사장에게 모든 걸 맡겨 두는 수밖에 없는 처지였다. 그리고 위인의 당부는 예상대로 이내 효과가 나타났다.

유사품의 술 한 잔을 공손히 받아 마시고 무슨 다른 일이 있는 듯 잠시 방을 나간 마담에 이어 이번에는 호텔의 지배인이 나타났다. 더욱이 위인의 다짐이 이런 식이었다.

「총재님, 오늘 밤은 마음 놓고 푹 쉬십시오. 저희 호텔 전 종업원이 오늘 밤엔 비상근무에 들어가기로 했으니까요. 웬만하면 다른 손님 더 받지 말고 부대 영업도 일찍 끝낸 뒤 총재님께만 모든 주의를 쏟아 편안히 모시자구요. 주무시는 동안에도 내내 방을 지켜 드릴 작정이니 바깥일일랑은 일체 마음 놓으십시오.」

집안 사람들끼리라곤 하지만 말이 이미 너무 번지지 않았느냐, 방문 앞까지 지키게 하면 오히려 기미가 새어 나가기 쉽지 않겠느냐는 유사품의 울며 겨자 먹기 식 염려에도, 그래서 미리 입단속을 단단히 했노라, 방을 지키는 일도 물론 눈에 띄지 않게 은밀히 움직이도록 조처해 두었노라, 저희도 다 사리 물정을 알고 마음의 성원을 바치고 싶은 일인즉, 모든 것을 믿고 맡겨 두시라, 진실로 충정 어린 다짐이었다.

그 지배인이 이날 밤 임무를 위해 자기 '정위치'로 돌아간 것과 차례를 바꿔 다시 나타난 마담 역시 그에 못지않았다.

「니들 아직도 이 형님을 JS 그 양반으로 알고 있나. 내는 그냥 농담인 줄 알았더니 니들도 참 눈썰미가 한심하다. 잘 보그라, 이 양반 진짜 JS 아이다.」

술기가 어지간해지면서부터 슬슬 장난기가 도지기 시작한 조 사장이 여전히 심한 사투리 억양 속에 짐짓 사실을 실토하는 척(!)하고 들어도 전혀 곧이들으려질 않았다. 곧이를 듣기는커녕 한술 더 떠 거꾸로 능치고 들었다.

「점잖으신 어른들께서 술이 취하시니까 말씀도 재미있으셔요. 어련하시겠어요. 어르신 흰머리랑 지금 이쪽 말씨랑……
JS 어른이 아니시라면 그럼 그 어른 사촌쯤(!)으로 알아 모시지요, 뭐.」

「사촌? 그 양반 사촌 없으신 거 몰랐어?」

나 역시 알딸딸해진 술기를 빌려 짐짓 한마디 거들고 나섰지만 반응이 역시 마찬가지였다.

「어머, 그 어른 사촌이 없으시다구요? 본인보다 사촌 동생 쪽이라면 나이가 젊으셔서서 전 더 좋았을 텐데요.」

「어른을 모시고 싶으마 그런 것도 미리 알아 두거라.」

다시 조 사장의 반격에 이은 두 사람의 혼전.

「죄송해요. 그렇담 할 수 없이 다시 그 어른 본인으로 모시죠, 뭐. 그런데 처음엔 왜 세 분 다 이 어른이 JS 그 어른이신 척하셨어요?」

「그거야 우리도 사실 그 양반하고 닮은 데가 있다는 소릴 듣고 그걸 이용해 한번 힘 안 들이고 출세를 하거나 떼돈을 벌어 볼까고 이리 작당을 하고 나선 길 아이가. 일부러 이렇게 갱상도 말투까지 배와 갖고 말이다. 그란디 마 니네들이 워낙 이래 쉽게 넘어가 주니께네 차마 더 속일 수가 없어진 기 아이가. 이제 알았나?」

「알았어요. 하지만 오늘은 기왕 이리 된 김에 저희도 계속 속아 드리고 싶으니 오늘 하룻밤 어르신 쪽은 이대로 그냥 JS 어른 행세를 해보셔요. 그것도 재미있겠어요. 저희 같은 처지엔 진짜보다 그편이 더 편할지도 모르겠구요.」

「그러고 보니 우리 형님, 마담 같은 미인하고 연애를 하시자
면 진짜보다 가짜 대역 쪽이 더 편하실 수도 있겠네요. 혹시
무슨 뒷소문이 새어 나가더라도 핑계 댈 데가 있어 걱정하실
필요가 없고요.」

더 이상 부인할 수가 없다는 듯 조 사장이 새삼 정색스러운
표준어 경어 투 속에 수작을 끝내고 말았지만, 그럴수록 위인
은 속으로 쾌재를 올렸을 수밖에.

그런데 문제는 이튿날 아침이었다. 용도 되고 구렁이도 되는
이무기 꼴로 그 밤은 별 탈 없이 즐겁게 보낸 셈이었지만, 새벽
녘 잠시 눈을 붙이고 일어나 보니 호텔을 무사히 빠져나갈 일
이 걱정이었다. 하긴 그도 처음엔 별 어려움이 없을 것 같았다.
밤새 방을 지켜 주겠다던 지배인의 다짐이 떠올라 잠시 문을 열
고 바깥 사정을 살펴보니 그새 이미 날이 밝아 그런지 아무도
사람의 낌새가 느껴지지 않았다. 세면이고 뭐고 시간을 지체할
수 없었다. 나는 다시 문을 닫고 들어와 구내전화로 옆방의 조
사장을 불러 깨워 뒷일을 부탁했다.

「저 먼저 나가서 호텔 옆 골목 입구에서 기다릴 테니 서둘러
따라 나와 주어요. 내 가방이랑 차 열쇠를 이 방 탁자 위에
두고 가니 사장님이 챙겨서 주차장 차 빼어 가지고요.」

역시 마음이 편치 못해 있던 조 사장 역시 순순히 내 주문을

따라 주었음은 물론, 반코트 한 장만 걸쳐 입고 급히 방문을 나섰을 때까지도 별일이 없었다. 그런데 텅 빈 2층 복도를 지나 아래층으로 내려갔을 때였다.

「총재님!」

두 손을 코트 주머니에 쑤셔 넣은 채 현관을 향해 발걸음을 재촉해 가고 있는 내 등 뒤에서 급한 발소리와 함께 나지막한 목소리가 들려왔다. 그리고 끝내 그 밀행을 들키고 만 낭패감을 숨긴 채 침착하게 걸음을 멈춰 선 내게 간밤의 지배인 녀석이 다짜고짜 주머니 속으로 손을 더듬어 잡으며 은밀히 속삭여 왔다.

「간밤엔 좀 편히 쉬셨습니까. 다른 녀석들 시키려니 맘이 놓이지 않아 제가 은밀히 밤을 새우고 난 참인데, 좀 더 천천히 쉬었다 가지 않으시고 어떻게 이리 일찍 총재님 혼자서…….」

남모를 사명감과 자랑스러움에 뿌듯해 있는 위인의 진술한 표정이라니! 그 위인 앞에 나는 새삼 말 못할 위기감에 쫓기지 않을 수 없었다. 하지만 당황 중에 유사품은 아직도 사태를 제대로 다 읽지 못하고 있었다.

「고맙소. 잘 쉬었다 가오. 워낙에 긴 시간 행적을 끊고 지낼 수 없는 처지라…… 차는 아우들이 곧 뒤따라 몰고 나올 거요.」

「어쨌거나 저희 호텔로선 두고두고 기억하고 싶은 밤이었습니다. 보이지 않는 곳에서나마 이렇게 총재님을 받들고 밀어 드리고자 하는 백성들이 많으니 모쪼록 건강하시고 힘 있게 싸워 주십시오.」

사세부득(그 간곡한 중년배 지배인의 소망 앞에 내가 어찌 차마 본색을 털어놓을 수 있었을 것인가), 의연해질 수밖에 없는 대리역의 응답에 위인이 다시 손을 꼭 끌어 쥐며 다짐해 오는 소리에서조차 나는 아직 위인의 충정을 다 알아차리지 못한 셈이었다.

「어딘지 다른 눈길이 있을지 모르니…… 이제 그럼!」

「총재님 부디……!」

내가 위인의 진심을 깨달은 것은 자신도 어쩔 수 없는 기묘한 감동(이미 여러 번 보아 왔듯 내가 지금까지 겪고 쌓아 온 정치적 상식과는 달리 모두들 스스로 진심과 기원을 담아 격의 없이 다가오는 그 불가사의한 민초들의 충정이라니! 하여 대리품은 때로 자신이 그 존경과 흠모의 당사자인 양 심사가 뜨거워지곤 했으니……) 속에 홀 중간에서 위인을 돌려세운 뒤 혼자서 내처 현관문까지 통과해 나온 다음이었다.

'후우!'

뒤도 한번 돌아보지 못한 채 현관을 빠져나와 옆 골목길로 들어서며 담배를 찾으려고 새삼 코트 주머니 속을 뒤지다 보니 무언지 봉투 같은 것이 손끝에 잡혀 왔다.

어쩔 수 없는 현행범 처지가 되고 만(다시 말하지만, 누군들 다시 그를 쫓아가 그걸 돌려줄 수 있었겠는가!) 기분 속에서도, 그리고 금액이 그리 많지는 않았지만, 대역 처지에설망정 진짜 감동스러운 순간이 아닐 수 없었다.

뒤늦게 차를 끌고 나와 셋이 합류하여 남은 행선지 진주와 순천 쪽을 향해 나선 차 속에서 그간의 사연을 듣고 난 조 사장이 새삼, 「됐어요. 그러고 보니 우리 형님 일이 점점 제대로 풀려 가네요. 슬그머니 그런 후원금도 받아 오시고. 하지만 아직 이력을 더 쌓아 나가셔야겠어요. 형님이 조금만 눈치를 주었으면 우리 출장비가 다 빠질 뻔했잖아요. 대통합 야당 총재 체면에 고작 5만 원 후원금이 뭐예요. 하하」하고 유쾌한 농기 속에 나를 놀려 댄 소리가 이날따라 왠지 경박스럽게만 들렸으니까.

일일이 다 사례를 들어 말할 수도 없고 그럴 필요도 없는 노릇이지만, 그 몇 달 사이 예의 송죽원을 중심으로 서울 장안에만도 그런 식으로 'JS 어른'의 특별한 배은에 남다른 자긍심을 숨기고 지내야 할 업소가 몇 곳으로 늘어 있었으니, 한갓 그림자 속의 유령 놀음에 불과할망정 바야흐로 일생일대 내 권운의 성세기가 열렸달까.

　하지만 권불십년(權不十年), 이런 경우에도 그런 비유가 가당할지 모르지만. 그리고 내 기분 같아선 권불십년보다 화무십일홍(花無十一紅) 쪽이 더 합당할지 모르지만, 어쨌거나 그럴수록 나는 더 자중자애 처신을 삼가야 했을 터.

　다름 아니라 그러던 어느 날, 나는 끝내 마땅한 금도와 자제력을 잃고 실없는 방만기로 한동안 잊었던 마음속 불안기와 소심증을 다시 일깨우고 만 것이었다.

　하긴 그도 내 분수 넘친 지위의 행세 탓만은 아니었다. 그에 더해 굳이 다른 허물을 따지자면 그 위태로운 지방 출장에 이어 치르게 된 5월 총선 이튿날 저녁, 이번에도 조 사장이 회사 창립일을 구실 삼아 회사 식구들을 이끌고 간 그 송죽원의 신 마담과 아이들, 잦아진 발길 따라 갈수록 술자리 수작이 늘어간 탓에 년들마저 덩달아 입심이 질펀해진 분위기나, 아니면 하필 회사 창립일이 총선 무렵에 끼인 게 문제였달까. 어쨌거나 그날 저녁 우리가 다시 찾은 송죽원에서 빚어진 황당한 소동과 주태야말로 이 대리품에겐 더한층 위태로운 엽기극이 아닐 수 없었다.

　굿판의 시초는 우리 차가 송죽원 골목 주차장으로 들어서고 차를 내린 조 사장이 여느 때와 한가지로 일행을 앞장서 현관으로 뛰어들었을 때부터였다. '형님 도착하셨다'고 수선을 피워 댄 데까지는 뒤따르던 우리도 으레 그러겠거니 하였다. 한데 미리 대기하고 있었던 듯 신 마담을 선두로 송죽원 종업원 전원이 현관 입구부터 안쪽까지 복도를 메우고 서서 요란한 박수 속에 외쳐 대는 합창 소리가 전날엔 듣지 못한 이색적인 것이었다.

「축하합니다, 총재님!」

그러니까 그 갑작스러운 합창 소리는 일을 꾸민 조 사장조차 미처 예상을 못하고 얼핏 회사 창립일 정도를 떠올린 모양이었다.

「축하는…… 어떻게 오늘이 우리 회사……?」

잠시 어리둥절해진 탓에 말을 잘못 꺼내다가 뒤늦게 사태를 깨달은 조 사장이 당황해할 사이도 없이 화창한 합창 소리가 다시 복도를 가득 메웠다.

「총선 승리를 축하드립니다!」

전날의 총선 결과가 야당의 대승으로 끝난 사실을 유념해 두지 못한 게 첫 번째 이쪽 불찰이었다. 어쨌거나 일은 이미 물러설 자리가 없었다.

「그래, 우리 형님, 총선 끝내고 오늘은 모처럼 한숨 돌리러 오셨다.」

재빨리 사태를 수습해 나가는 조 사장의 뒤를 따라 나는 앞에 선 마담과 뒤쪽의 몇몇 아이들 손을 차례로 잡아 주며 나름대로 격에 맞는 치하의 말을 건넸다.

「그래 고맙다. 다 자네들이 이래 성원해 준 덕분인 줄 안데이!」

그런데 2층의 우리 전용 방으로 올라가 보니 그곳에 또 다른 축하의 순서가 기다리고 있었다.

장방형으로 길게 이어 차려진 교자상의 맨 안쪽 자리 앞에 '근축 총선 승리—송죽원 일동'이 새겨진 커다란 케이크가 놓여 있었다.

「미리 여쭙지 못한 일이어서 죄송합니다. 그간 총재님을 모셔 온 저희들 기쁨으로 작은 정성을 모아 마련한 일입니다. 너그럽게 용납해 주시면 감사하겠습니다.」

일행을 뒤따라 올라온 신 마담의 진심 어린 설명이었다.

그 뒷일은 이제 더 긴 설명이 필요 없을 터. 어떻게 생각하면 조 사장은 제가 친 덫에 제가 걸려든 격이었달까. 한마디로 이날 회사 창립 자축연(엄연한 '형님' 앞에 누구도 물론 그런 소리를 입에 담을 수는 없었지만) 하나는 유례없이 질탕한 행사가 된 셈이었다. '총재님'은 이날 밤 뭇 여인들의 축하 진상 술잔을 비워 내느라 이내 인사불성이 되기 시작했고, 내친김에 '맏아우' 조 사장으로 하여금 '고생 많은 아랫아우들'에게 지출 아끼지 말고 금준미주(金樽美酒)와 옥반가효(玉盤佳肴)를 넉넉히 불러 먹여 그 밤을 마음껏 즐기게 했으니까. 뿐인가, 술기가 거나해진 그 '맏아우'도 오래잖아 이것저것 따지기가 귀찮은 듯,

「그럽시다 헹님. 지도 그럼 오늘 밤엔 헹님 덕에 고단한 야당 살림살이 헹펜 싹 잊어뿌리고 한번 맘 펜히 놀아 볼람다」하고 호기 있게 선언하고는 옆방과의 칸막이를 뜯어내게 한 다음, 아래층에서 실내 밴드 기기를 불러 올려 질펀한 춤판까지 벌이고 나선 것이었다. 게다가 그 '아우'에 뒤질세라 마침낸 신 마담의 감칠맛 나는 볼기짝을 끌어안고 나돌아 가는 '형님'을 보고 위인은 취기에선지 일부런지 이렇듯 위태로운 소리까지 버릇없이 떠벌여 댄 것이었다.

「헹님, 아따 우리 헹님, 오늘 밤 진짜 실력 나오신다. 여색 밝히지 않는 영웅호걸 없다꼬, 우리 헹님 저 꼿꼿한 콧댈 좀 보그라. 저 매서분 마늘코 등쌀에 신 마담 니 오늘 밤 단디이 각올 해얄 끼다. 안 그라요, 헹님?」

질펀한 취중지사긴 했지만 '총재님'이 자칫 나쁜 평판의 늪에 빠져들 수 있는 경거망동이 아닐 수 없었다. 더욱이 세상사 무

슨 일에나 오르막이 있으면 내리막이 있는 법. 어른 비슷한 얼굴 덕에 재미가 그만했으면 진짜 큰 변고 터지기 전에 알아서 미리 자중함이 마땅한 일이었다. 나는 한동안 몸을 낮추고 은인자중 송죽원행은 물론 다른 곳에서도 섣부른 처신을 삼가려 했음이 물론이다.

하지만 이번에도 조 사장의 악취미가 도대체 그 유사품의 자애지계(自愛之戒)를 유념해 주려지 않았다.

「형님, 이제 진짜 눈부신 활약상을 보여 주셔야 할 시기가 다가오는데 왜 그러세요!」

자꾸만 다시 몸을 사리고 드는 내 소심한 처신에 사장은 차라리 안달이 날 지경이었다.

「눈부신 활약상을 보일 시기라뇨?」

「올가을에 대통령 선거가 있잖아요. 그리고 형님이 사실상 이번 대선의 야당 후보시구요. 지난번 선거도 실제론 야당의 대선 후보 자격으로 치른 것 아니었어요.」

「그래서 나더러 이번에도 그 양반 대신 얼굴을 알리러 돌아다니자 이 말요?」

어른을 만났을 때 예상 밖의 너그러움과 정치인들의 기상천외한 민심 관리술에 대한 위인의 말이 떠올라 한마디 한 소리에 조 사장은 이러쿵저러쿵 더욱 놀라운 협박 투까지 서슴지 않고 나섰다.

「이건 그 양반한테서도 양해를 얻은 일 아니에요. 나 사실은 그 양반한테 적지 않은 용돈까지 받았다면 말 다한 거 아녜요. 그런 판에 아직도 뭐가 겁이 나서 그래요?」

그런 소릴 나더러 사실로 믿으라고?

「나더러 품위 있는 대용품 행세하고 놀라고 그 어른이 용돈까지 줬단 말요?」

「일생일대의 큰 선거를 눈앞에 둔 판에 마른 길 진창길을 가리려 하시겠어요? 용돈 속엔 충분히 그런 뜻도 있을 수 있지요. 하지만 그 양반이 그만한 용돈을 내놓으신 건 명목이 달라요. 우리한테 은근히 부탁하실 일이 있거든요. 아니, 사실은 우리가 그 양반한테 부탁을 해야 할 일이지만요.」

「우리가 부탁할 일에 거꾸로 돈을 받다니 무슨 소린지 알다가도 모르겠네.」

하지만 조 사장의 채근은 어느 때보다 집요하고 치밀했다.

「나중에 들으면 무슨 소린지 이해가 되실 테니 우선은 그런 일이 있는 줄이나 새겨 두시고 우리 회사 일 부탁을 위해 그 용돈 값부터 알아서 잘 치러 나가자 이거지요. 이 일은 어쩌면 우리 회사 명운이 걸려 있는 중대 사안이라는 것만 명심하시고요.」

어느 쪽의 어느 쪽에 대한 부탁인진 여전히 분명치가 않았지만, 어쨌거나 그 용돈에 상관된 내 얼굴값이 우리 출판사의 앞날까지 좌우할 일이라면, 조 사장이 말한 그 '눈부신 활약'은 그만큼 책임이 막중한 셈이었다.

하지만 다른 한편 일개 영업 부서의 실무직에 불과한 나로선 회사의 명운까지 짊어져야 할 처지는 아니었다. 더욱이 자신은 만져 보지도 못하고 명목도 아리송한 어른의 용돈에 대한 보답으로 내가 계속 위태롭게 그 대용품 행세를 하고 다닐 이유도 없었다.

나는 당분간 더 '공인'으로서 보다 개인적 품위와 존엄성을 지켜 나가기로 작심하고 단호히 고개를 가로저었다.

하지만 이제 나름대로의 사유(나는 여전히 조 사장의 말을 이해할 수 없었지만)와 명분까지 마련한 조 사장은 물러서려질 않았다. 위인은 우리가 마치 진짜 선거 당사자이기나 하듯이 갈수록 몸이 달아 나를 더 바짝 압박해 오기 시작했다.

「형님, 이제 곧 여름이에요. 여름만 지나고 나면 정말 대선이 코앞인데 이렇게 마냥 손발 개고 앉아 있기만 할 거요? ……어제는 마침 남산 수영장엘 들렀다가 또 어른을 만났는데, 그 양반도 잊지 않고 각별히 형님의 안부를 물으며 도움을 당부하더라고요. 이번 선거엔 형님 같은 주위의 활약에 기대가 크시다고요. 그러니 형님이나 나나 우리 회사를 봐서라도 함께 힘을 모아 보자고요.」

사실인지 아닌지 확인할 길은 없었지만 사실이라면 나로서도 모른 척하기 어려운 호소 조에다, 드디어는 여태 장난기를 가장해 온 그 도깨비 놀음에 대한 위인의 진짜 꿍꿍이 속내를 털어놓는 읍소 작전까지 펴왔다.

「이제 솔직히 말할게요. 선거가 시작되면 그 양반 전국에 뿌려 댈 홍보 책자가 필요한데, 그 책을 꼭 우리가 맡아서 제작해야 한단 말야요. 우리 변 고문님이 이미 그 평전 원고를 준비하고 있는 중이고요. 알겠어요? 아마 형님도 그게 우리 회사에 얼마나 중요한 일인지 누구보다 잘 아실 거예요.」

허튼수작 뒤에선 은밀히 그런 일을 꾸미고 있었겠다!

「그런데 이 양반 언제부터 우리한테 그 일을 줄 듯 줄 듯 하면서도 자꾸만 두고 보자 미루고 있는 거예요. 그러니 이제 시일은 촉박한데 어째야겠어요? 이제 형님이 나나 우리 회살 위해 좀 더 적극적으로 나서 줘야 할 사정, 아시겠어요? 한마디로 그 책자의 제작 일을 우리가 얻어 내자면 우린 안팎으로 그 양반에게 좀 더 깊이 밀착해 들어가야 할 절박한 상황이라는 거. 바로 그 형님의 얼굴 덕에 말이에요. 그러니 제발 나나 형님이나 우리 회사 앞날을 위해…….」

선거 홍보 책자 제작권을 얻어 내려 어른의 마음을 사는 일에 어째 군이 내 얼굴과 역할이 그리 필요하며 그게 또 얼마나 효과적일 것인지는 아직도 잘 납득이 가지 않았다. 어느 쪽이 어느 쪽에 부탁을 넣고 있는 것인지, 그 용돈이란 것의 성격도 나에겐 여전히 아리송하기만 하였다.

하지만 아무래도 인간적으로 재고해 볼 사항이 있었다. 그리고 이 몇 년 줄곧 불황기에 허덕여 온 회사 형편을 익히 알고 있는 영업 부서 책임자 처지에서 무작정 그 사장의 절박한 심사를 외면만 하려 들었다면 나는 더 이상 그의 '형님'일 수도 없었으리라.

감불청(敢不請)이언정 고소원(固所願)이라? 불빛 속에 한번 꾀어들면 그 위험한 마력에 취해 다시 빠져나오지 못하고 날개까지 태우는 부나비의 변명 격인지 모르지만, 사장에게 그쯤 이해(利害)와 명분이 따르는 일이고 보니 가짜 대역에게도 새로 그만한 운신의 폭이 덧붙여진 셈이었다. 나는 다시 마음을 고쳐먹게 되었고, 처신에도 그만큼 거리낄 것이 없었다.

여전히 삼가고 자중해야 할 바가 없을 수는 없었다. 은밀한 가운데에 시중 장삼이사에게 어른의 일을 일깨우도록 하되 당신의 품위를 손상함이 없어야 한다는 당부 말이다. 하지만 그도 물론 크게 힘드는 일은 아니었다. 무엇보다 대리품은 말이 없는 가운데에 그 민초들의 호기심 어린 눈길과 접근을 친숙하게 받아들이고 어루만져 주기만 하면 되었으니까. 어찌 보면 서로 짜고 치는 고스톱 판 격으로, 때로는 이미 내가 어른과 얼굴이 닮았을 뿐이라는 걸 알면서도 짐짓 속아 주는 척하거나 그걸 외려 더 재미있어하는 위인들까지 있었으니까.

「허어! 저 JS가 몸소 이런 데까지 나타난 걸 보면 선거 판세가 생각보다 다급해진 모양이구면.」

「그래도 성품이 그만큼 소탈하고 서민적이시라는 거 아니겠어?」

「어쨌거나 이번 선거에 잘 싸워 이기시우. 그리고 대권 휘어잡으면 우리 겉은 서민들 성원이 컸다는 거 잊지 마시구요. 허허.」

게다가 그런 짜고 치기 식 게임에도 그 나름의 융숭함과 경의를 곁들여 누릴 수 있으니 그 역시 권세가(혹은 그 주변의!)의 알뜰한 프리미엄이자 본질적 속성이랄지, 나는 어느새 대권 주자의 그림자가 드리운 힘의 매력, 아직도 이따금은 등골이 서늘해지는 위험기를 느끼면서도 그 때문에 외려 더욱 짜릿한 마력에 흠뻑 취해 들어간 것이었다.

한마디로 가위 전성기를 구가했다 할 이 시기의 활약상에 비하면 전날의 ‘미행(微行)’은 다만 사전 연찬기에 불과했다 해도 과언이 아니랄까.

하지만 그 숱한 일화는 앞서의 사례들에서 대충 유추 가능할 뿐더러 내가 애초 이 이야기를 시작한 연유가 그걸 자랑거리로 여기려는 게 아닐 바에, 여기선 간단한 소화(笑話) 한 가지를 더 소개하고 그만 이 객담을 끝내는 게 어떨까 싶다.

그러니까 그해 가을철 본격적인 대선전이 시작됐을 무렵, 나는 다시 수금과 자사 서적 판매 독려차 한 이틀 호남과 G시 지역 서점들을 찾아 돌아다닌 일이 있었다. 그런데 그 마지막 날 어느 한 서점을 끝으로 귀경을 위해 역으로 향하려는데 서점 문 앞에서 웬 젊은이가 잔뜩 긴장한 얼굴로 앞을 막아서며 밤 중 홍두깨 식으로 물어 왔다.

「용서하십시오. 전 이 지방 G지 기잡니다. 한 말씀 여쭙도록 허락해 주십시오.」

「그래. 무에 알고 싶제?」

곡절이 뻔했지만 유사품은 으레 겪는 일(사실이 그랬으니까) 이라는 듯 목소리에 무게를 담아 선선히 대꾸했다.

「바쁘신 중에 이 지역 민심을 살피러 은밀히 미행 중이신 줄 압니다만, 그 민심을 서점가에서 구하시는 게 특이하십니 다?」

「내는 책을 버리고 살 수 없는 사람이니 책 민심을 살피려는 것이겠제.」

내심 특종을 낚았노라 흥분을 감추지 못해 할 위인을 그 이상 격려해 줄 수가 없어 유사품은 그쯤 간단히 돌아서려는데 그가 다시 말을 이었다.

「재미있는 말씀입니다. 아까 아침에 우연히 한 책방을 들른 것이 제 행운이었달까요. 그로부터 저도 줄곧 서점 순방을 계속해 온 셈입니다만, 평소에도 이렇게 책과 독서를 즐기십니까. 특히 어떤 책을?」

「거까지 알아야 하나?」

「나중에 다시 서점들을 들러 알아볼 예정입니다만, 어느 책이든 지금 직접 한 가지만 말씀해 주시면 감사하겠습니다.」

서점에서 다시 알아본다? 위인을 위해서라도 더 긴말을 해서는 안 되었다.

「난 그런 거 확인해 줄 수 없구마. 자네도 더 알아볼 거 없고. 아니, 그보다 자네가 오늘 여서 널 만난 일 자체를 없는 걸로 하는 기 좋을 끼다.」

「그건 왭니까?」

「그게 내보다도 자네 신상을 위해 나을 거 같으이까이 안 그러나. 그라이 기사고 뭐고 머릿속에서 말끔 다 지워 없애 삐리라, 이 말이다. 알았제, 젊은 친구!」

멍청하게 놀라기는……!

위인이 너무 바짝 다가드는 바람에 이 경우엔 품위고 뭐고 다 사양할 수밖에 없었지만, 수작의 진행 상황은 대충 그런 식이었다.

더할 수 없는 성세가 아닐 수 없었다.

그야 따지고 보면 그 인터뷰 사례에도 어느 면 꺼림칙한 결말을 남긴 셈이지만, 모든 일이 마음에 흡족할 수만은 없었다. 성세 가운데에도 더러는 마음에 걸리는 경우가 생기게 마련인데다, 더욱이 회사를 위한 일에선 일시 모든 것이 물거품이 되고 만 듯한 좌절을 겪기도 하였다. '나는 이 나라를 구할 준비가 되어 있다' 그해 가을로 들어서자마자 조 사장이 그렇듯 공을 들이며 기대해 마지않던 어른의 대선 홍보용 책자, 그 유명한 'JS 평전'이 다른 출판사, 다른 필자의 이름으로 제작되어 연일 장안 신문들의 광고란을 도배질하기 시작한 한때가 그랬을 것이다. 그런 사태가 생기자 조 사장의 낙망은 굳이 긴말 덧붙이지 않아도 짐작이 가능할 터.

하지만 다시 한 번 놀라야 할 일이었다. 조 사장의 실망은 오래가지 않았다. 알고 보니 위인은 출판사 사장다운 또 다른 대비가 마련되어 있었다.

「할 수 없지요. 꿩 대신 닭이라고. 우린 다른 책을 내면 되지요, 뭐. 그쪽과 의논이 잘되면 평전에 이어 내놓을 예정으로 그간 변 선생하고 나름대로 준비해 온 게 있으니까. 그런데 이런 낭패에다 그 양반이 별 도움이 안될 걸로 여겨 쉽게 응낙할 것 같지도 않으니, 어떤 결과가 됐든 이번 선거 끝나고 나서 내보내기로 하고 말이오. 우리 출판사로선 어쩌면 평전보다 이게 더 효자가 될지도 모르거든요. 'JS도 속은 가짜 JS 행장기', 이런 제목이면 어떻겠어요? 뒤늦게나마 형님의 양해를 구하기 겸해 말씀드리자면, 물론 이건 서로 미리 의논이 있었어야 할 일이지만 말이지요.」

가짜 JS 행장기? 기가 찰 노릇이었다. 어른의 평전 작업에 내 비슷한 얼굴이 그렇게씩 필요한가 했더니, 그게 평전 일을 위한 봉사 작전 때문만이 아니라 그런 속셈이 따로 있어서였다? 뒤늦게 나하고 의논이 있었어야 할 일이라곤 했지만, 나는 그간 조 사장의 검은 꿍꿍이를 혼자서만 모른 채(이 일은 물론 변 고문도 공범이었을 테니까) 물색없이 놀아났다는 느낌을 한동안 지울 수가 없었다.

하지만 이미 거기까지 일을 꾸미고 대비해 온 사장의 용의주도한 집념을 꺾을 수는 없었다. 뿐더러 나 역시 아직은 사장의 말 그대로 동고동락 회사 살림의 일정 부분을 책임져 나가야 할 한 식구 처지였다. 무엇보다 한갓 대용품 노릇 속에나마 이미 그 달콤한 맛에 젖고 만 권세의 마력을 쉽게 외면할 수 없는데다, 평전 일이 어떻게 되었든 조 사장이나 나나 어른을 도와야 할 그간의 도리와 명분은 달라질 수가 없었다. 언제라고 딱히 억지 춘향 격으로 남의 이름 핑계 댈 일만은 아니었지만, 이번에야말로 진짜 어른에 대한 자원 봉사행이란 대의명분 위에 회사 업무상 필요에서 다시 그 어른의 대역 행각이 이어진 것이다. 그리고 몇 고비 그런저런 우여곡절을 겪으며 임시 위장 대역은 그해 초겨울 대선 투표일까지 나름대로 선거전을 잘 이끌어 갔고, 어른을 위해서나 회사를 위해서나 그 배역도 큰 잘못 없이 애초의 목표를 달성해 낸 셈이었다. 알다시피 그해 겨울 대선의 승자가 그 JS 어른이었음은 누구나 아는 일이니 말이다.

그런데 문제는 그 대선이 끝난 다음이었다. 아니, 그렇다고 선거 뒤에 그간의 가짜 대역 행각이 밖에 드러나거나 그 때문에 무슨 큰 어려운 후유증에 빠지게 되었다는 얘기는 아니다. 일이 끝난 지 몇 달이 지난 지금까지 아직은 그런 일이 없었으려니와, 이렇듯 스스로 일의 시말을 털어놓는 마당에 어떤 추궁이나 문책이 새삼 두려울 바도 없으니까.

어쨌거나 이젠 선거가 끝났으니 내 대용품 행각도 끝을 내는 게 의당한 순서요 도리였다. 이런저런 곡절이 있었다곤 하지만 내 간덩이가 부어 터지지 않은 담에야 감히 어떻게 더 대권을 쥔 어른 흉내를 내고 돌아다닐 엄두가 났을 것인가 말이다.

「아섭지만 형님도 이쯤 그 양반 얼굴을 돌려 드려야겠어요. 그러지 않아도 이젠 형님을 앞세운 취재를 끝내고 본격적인 제책 작업으로 들어가려는 참인데, 오늘 그쪽에서 전갈을 보내왔어요. 다음부턴 그런 짓 일절 금하라고요. 더 설명하지 않아도 알 만한 일 아니에요. 나오는 품이 여간 깐깐하지 않더라고요.」

그 무렵 어느 날 조 사장도 경고 삼아 정색을 하고 일러 왔다.

언제는 은근히 부추기고, 이제 와선 얼굴색을 싹 바꾸어 중단을 하라? 사실인지 아닌지 그 강압적인 처분이 그닥 맘에 들진 않았지만, 주변을 잘 다스려 나가야 할 어른 쪽 처지도 당연했고, 지레 근신을 당부해 온 조 사장의 심중도 넉넉히 이해해 줘야 하였다.

그런데 뒤에 다시 덧붙여 온 조 사장의 몇 마디가 무슨 올가미처럼 아무래도 찜찜한 뒷맛을 남겼다.

「그러니 이제 우리도 며칠 안으로 송죽원에서 결정편을 마무리 짓고 바깥일엔 손을 떼도록 하자고요.」

「송죽원에서 결정편이라니……?」

내가 의심쩍어 되물은 소리에 당연한 일 아니냐는 듯 사장의 대꾸가 이랬다.

「지금까지 이야기를 마무리 지을 피날레가 있어야잖아요. 가짜 JS가 정체를 드러내고 나타나는 장면 말야요.」

「내게 그럼 신 마담이나 그 아이들 앞에 새삼 본색을 드러내라는 말요?」

「그 애들 반응이 어떨지, 극적이지 않겠어요? 내일이라도 한 번 찾아가 보자고요.」

바로 그 조 사장의 피날레 연출 계획이 내가 이 황당한 이야기를 시작한 첫 이유인 셈이다. 다시 말해 나는 여태 그 노릇에 빠져 지내 오면서도 그럴 만한 계기가 오면 그냥 소리 소문 없이 자취를 감출 작정이었으니까. 그래서 끝내 아리송한 수수께끼의 인물로 무상히 사라지는 것이 그 대용품의 은근한 꿈이기도 했으니까. 그런데 제 발로 송죽원을 찾아가 본색을 드러내라니! 이번에야말로 나는 그 사장의 연출을 따를 수 없었다. 사장이 또 무슨 계략을 품고 있을지 알 수 없는 노릇인 데다 대리품으로선 도대체 마음에 내키지 않는 결말이었다.

하지만 나는 이 일에 관한 한 그동안 한 번도 후퇴나 양보가 없었던 조 사장의 집념과 배짱을 섣불리 여겨서는 안 되었다.

어차피 그간의 희망을 포기하고 회사와 책을 위해 대리품의 정체를 다 드러내야 할 처지라면 조 사장에 앞서 차라리 선수라도 치고 나서야 했다.

다름 아니라 이튿날 저녁, 나는 다른 급한 일을 핑계로 조 사장의 채근을 따돌린 채 혼자서 미리 송죽원을 찾아간 것이다. 물론 그 '형님'이나 유사품의 마지막 자존심을 위해 예기치 못한 사장의 연출을 피하기 위해서였다. 그 결과는 사장이나 변 고문이 나중에 찾아가 들으면 될 터이니까.

그런데 일이 참 희한하게 돌아갔다.

선거를 끝내고 난 '어른'이(더욱이 이젠 누구나 함부로 우러를 수도 없는 귀하신 몸이!) 모처럼 혼자 찾아 나타났는데도(그것도 예고 없이) 신 마담이나 아이들의 분위기가 특별히 달라지거나 이상해하는 빛이 없이 여느 때 그대로 곧장 2층 단골 방으로 안내해 간 태도부터 우선 뜻밖이었다. 한데다 방으로 들어서는 길로 아래 아이들을 모두 내보내고 신 마담 한 사람만 남긴 뒤 아직 자리도 잡아 앉으려지 않은 채 말을 서두르는 내 첫마디부터 그녀는 무언지 미리 짐작이 있었음이 분명했다.

「오늘은 술상 보아 올 거 없네. 내 오늘은 이렇게 혼자 찾아온 게 술 때문이 아니니까.」

「계속 이렇게 불러도 좋을지 모르겠습니다만, 그야 총재님께

선 이제 당선자님이시니 여기 다시 오시면 안 되시지요. 저
도 지금 그 말씀을 드리려고 했으니까요. 하지만 오늘은 기
왕에 어려운 걸음을 하셨으니 제가 모시던 옛 총재님께 간소
하게 한 잔만 올리겠습니다.」

축하의 말은커녕 주저하는 빛조차 없는 낌새에 나는 아무래
도 어렵고 거북한 소리를 한층 서두를밖에.

「아닐세. 잠시 내 말부터 듣게. 자넨 지금까지 나한테 속아
온 게야…….」

하지만 마담은 그 말이 채 끝나기도 전에 나를 가로막고 나
섰다.

「아무 말씀 마십시오. 전 속아 온 거 없으니까요.」

「속아 온 게 없다니? 난 사실…….」

「아무 말씀 마시라니까요. 저희도 진작부터 총재님께 말씀드
리지 않은 게 있거든요.」

「……!」

「그러니 괜찮으시다면 어르신은 옛날처럼 계속 그 총재님으
로 저희 집을 찾아 주셔도 좋구요. 그럼 저희도 전날처럼 변
함없이 그 총재님으로 받들어 모셔 드릴 테니까요. 그럼 총
재님과 저희 사인 그때나 지금이나 아무것도 달라질 게 없잖
겠어요.」

이런 세상에!

「아니 그럼 자네들도 이미 그걸 알고 있었단 말인가? 내가 진짜 JS 어른이 아니라는걸!」

놀랍고 어이없어 되묻는 말에 그녀가 여전히 공손하게 대꾸했다.

「아마 그 총선 승리 축하 파티를 치르신 날 밤부터였을 거예요.」

「그럼 그걸 알고도 계속 일부러 속은 척해 주었단 말야?」

「속은 척한 게 아니라니까요. 우린 그 어른한테 속은 거 없어요. 그 어른은 우리한테 진짜 총재 어른이셨으니까요. 그리고 지금은 당선자 어른이시구요. 그래서 그 당선자 어른은 이제 이런 데 다시 오시면 안 되신다고 말씀드린 거잖아요.」

「도대체 무슨 소린지 알아들을 수가 없구먼. 하지만 그 어른이 진짜 JS였다면 이 집은 땡잡은 셈이잖아? 그런데 그 당선자 어른은 왜 다시 여길 오면 안 된다는 거지?」

「그 어른처럼 큰 꿈을 지니신 귀한 분을 곁에 함께할 수 있는 거…… 그건 우리한테도 소중한 꿈이었으니까요.」

「그렇담 이젠 그 어른의 꿈이 이루어지고 자네들의 꿈도 함께 실현된 셈이니 더욱 좋을 일 아녀?」

「아니에요. 그건 그저 꿈일 뿐이었어요. 꿈이 실제로 이루어

지면 그건 이미 꿈이 아니지요. 현실로 이루어진 꿈의 권세
는 그로부터 남의 꿈을 빼앗고 짓밟기 시작하거든요.」

「그런데 왜 날더러는 또 여길 계속 찾아 달라는 거지? 날 끝
내 낮도깨비로 만들어 놓으려구?」

「전날의 총재 어른은 이미 그 꿈을 이루고 권세를 얻어 가셨
지만, 우리한테는 여전히 꿈이 필요하니까요. 그게 우리네 인
생살이 아닌가요? 어르신은 그분이 계속 이 집에 남겨 두고
가신 우리의 꿈이세요. 그런 점 우리한텐 어르신이 더 진짜
JS다우시구요……. 그러니…….」

「무어가 무언지 난 아무래도 모르겠지만, 글쎄……?」

「모르셔도 상관없으세요. 정 뭣하시면 이제부턴 우리가 한
번도 뵌 일이 없는 다른 총재님으로 마음 편히 여길 계속 찾
아 주셔도 좋으니까요.」

내가 이 이야기를 시작한 또 하나 진짜 이유랄 수 있을 터이
다. 제 꿈 안에서 태어난 권세가에 대한 까닭 모를 두려움과 혐
오감? 세상살이의 꿈과 현실 간의 불화? 혹은 그 어리석은 꿈
을 사는 무리의 고달픈 아름다움? 어느 쪽인지 여전히 분명치
는 않지만, 그리고 뒷날 찾아간 조 사장 들에게 신 마담이 또
무슨 말을 어떻게 전했는지 알 수 없지만, 어쨌거나 이후 그 조
사장과 변 고문이 만들어 낸 책자에는 알다시피 그날의 이야기

가 없으니까.

사족이 되겠지만, 이젠 나도 더 허황되이 남의 꿈속 도깨비 놀음을 살 수 없어 이후론 누구와도 다시 그 송죽원을 찾을 수 없었거니와(누군들 그곳에 다시 나타날 수 있으리), 그런 내 주제에도 심사가 어찌 이리 허망하고 무상한지, 흥미로운 연구거리가 될 듯싶어 한마디 더 덧붙여 두는 것이다.

방민호(서울대 국문과 교수·문학평론가)

■ 해 설

장인의 손길로 보듬은 사람들

1

나로서는 작가 이청준을 가리켜 마땅히 선생이라고 호칭할 수밖에 없다. 돌이켜 보면, 옛날 선생의 〈이어도〉(1974)를 읽고 몽환적인 감정에 사로잡히던 때가 있었다. 생각해 보면 그때는 그래도 소설 속의 세계를 현실로 받아들이는 감각이 살아 있었던 것 같다. 그런데 이제 선생의 새 소설집을 두고 다소 분석적인 한 편의 이야기를 지어내야 한다고 생각하니 격세지감이 든다.

한번은 지금은 다시 《서울신문》으로 돌아간 《대한매일신문》의 지면을 통해 '원로' 문학인들을 모시고 인터뷰를 하다가 선생과 말씀을 나눌 기회를 얻은 일이 있었다. 그전에도 한두 번 선생을 뵌 일이 없지는 않았지만 시간을 들여 선생을 관찰할 기회를 가진 것은 그때가 처음이었다.

연신 담배를 태우시는 선생은 다른 것 하나 없어도 좋은데 담배만은 어쩌지 못하시겠다고 했었다. 어눌하게 말씀을 이어 가시는 선생에게서 나는 평생 소설문학에 전념해 온 사람에게서나 흘러나올 법한 기운을 느꼈다. 선생은 외향적인 성품이 아니신 것 같은데 오히려 그 내성적인 기운이 느끼기에 좋았다. 뿐만 아니라 선생은 일생에 걸쳐 훌륭한 문학적 성과를 쌓아 올린 사람답지 않게 무척이나 겸허해 보이셨는데 이러한 태도는 사람으로 하여금 스스로 조심하게 하는 점이 있었다.

이런 점들 외에 몇몇 사실 정도가 내가 선생에 대해 알고 있는 전부라고 해도 별로 틀릴 것이 없다. 작품을 논하는 일은 작가를 알고 못 알고 하는 것과는 상관없는 일이라지만 과연 이런 상황에서 이 새로운 소설집에 관해 얼마나 잘 이야기할 수 있을는지 걱정스러움이 앞서는 것도 사실이다. 그래서 해설을 붙이기에 앞서 몇 줄의 변명을 올려 보는 것이다.

선생이 새로 펴내는 이 소설집에는 모두 여섯 편의 중·단편 소설이 실려 있다. 〈꽃 지고 강물 흘러〉〈오마니!〉〈들꽃 씨앗 하나〉〈문턱〉〈심부름꾼은 즐겁다〉〈무상하여라?〉 등이 그것이다. 작품들을 이렇게 나열해 보면 앞으로부터 두 편씩 모두 세 묶음이 이 소설집의 면모를 설명해 주는 것처럼 보인다.

〈꽃 지고 강물 흘러〉와 〈오마니!〉는 인생과 인간사에 대한 이해를 표현하고 있는 작품들이다. 〈들꽃 씨앗 하나〉와 〈문턱〉도 앞의 두 작품의 맥락에서 살펴볼 수 있지만 여기서 더 나아가 작중 주인공의 면면들에 관심을 기울여 볼 만한 것들이다. 마지막으로 〈심부름꾼은 즐겁다〉와 〈무상하여라?〉는 풍자적인 필치가 돋보이는 작품들로서 선생의 작품 가운데서도 특색이 있어 보인다. 그러면서도 이들 세 유형의 작품들 사이에는 하나의 공통점이 있다. 이하에서는 세 작품 유형의 순서를 따라가면서 이러한 양상을 설명해 보고자 한다.

2

이 소설집의 첫 번째 작품군을 이루는 〈꽃 지고 강물 흘러〉와 〈오마니!〉는 이청준 선생의 장편 소설인 《축제》(1996)와 관련하여 이해할 필요가 있을 것 같다.

많은 사람들이 알고 있는 것처럼 《축제》는 작가 자신의 이야기 가운데서도 가장 사연이 깊은 어머니의 죽음을 다룬 것으로 임권택 감독이 만든 같은 이름의 영화와 함께 세간의 관심을 불러일으켰던 작품이다.

《축제》는 주인공인 준섭이 형수인 외동댁에게서 어머니가 돌아가셨다는 전갈을 받고 서둘러 고향으로 떠나는 데서 이야기가 시작된다. 이로부터 어머니의 장례를 치르기까지가 작품 전개의 한 축을 이루고, 다른 한 축은 작가 자신의 분신에 해당하는 주인공이 임 감독에게 영화를 위한 정보를 제공한다는 형식을 빌려 자기의 심회를 들려주는 것으로 구성된다. 여기서 임 감독이라고 지칭되는 사람은 아무래도 임권택 감독이라고 보는 것이 좋을 듯하다.

작품으로 들어가 보면 주인공은 어머니가 돌아가셨다는 소식을 듣고 고향으로 내려가 장례를 치르게 되는데, 평범하다고 하면 평범한 이런 이야기가 어째서 어엿한 한 편의 장편 소설을 이룰 수 있게 되는 것일까. 이것은 주인공과 어머니 사이에 가로놓인 잊을 수 없는 사연들 때문이겠지만 그보다 중요한 것은 이러한 사연들에 대한 작가의 해석력일 것이다. 따라서 이 이야기의 성패는 어머니의 삶에 대한 작가의 끈질긴 회상이 과연 인생론적인 결론에 다다를 수 있겠는가 하는 데 있었다고 할 수 있다.

작중에서 밝히고 있듯이 작품의 주인공 준섭을 작가 자신과 완전히 동일시하기는 어렵겠지만 그가 작가 자신과 흡사한 인물임을 부인할 수는 없다. 이것을 가장 잘 입증해 주는 것은 작중에 자주 등장하는 단편 소설 〈눈길〉(1977)에 관한 회상이다.

작중에서 준섭은 그로 하여금 〈눈길〉을 쓰게 만든 어머니에 관한 회상으로 돌아가곤 한다. 일찍이 난리 통에 남편을 잃은 준섭의 어머니는 남은 자식들을 보살피며 외롭고도 고통스러운 삶을 살아왔다. 설상가상으로 준섭의 형은 술독에 빠져 가산을 탕진하고는 스스로 목숨을 끊었다. 이러한 과정에서 준섭의 어머니는 남편과 함께 살던 집도 남에게 내주어야 하는 참담한 가난의 세월을 보내야 했고 준섭은 고향을 떠나 고학을 하다시피 하면서 공부를 하여 작가가 되기에 이른다.

〈눈길〉은 이러한 '나'의 뇌리에서 떠나지 않는 어머니에 대한 마음의 빚을 그린 가작이다. 객지에서 공부하다 고향을 찾은 자식을, 이미 팔려 버렸을망정 정든 집에다 하룻밤을 살뜰하게 재우고 떠나보내려 한 어머니의 마음을 그린 것이 바로 〈눈길〉이다. 그때 '나'의 어머니는 어둠이 가시지 않은 새벽녘의 눈길을 걸어 장터거리 차부까지 자식을 배웅해 주었다. 여기까지는 '나'도 어머니와 함께 있었으므로 새로울 것이 없다. 그러나 오랜 세월이 흐른 뒤 '나'는 어머니와 아내가 한밤중에 나누는 대화를 통해서 몰랐던 일을 알게 된다.

'나'를 배웅해 준 어머니가 장터거리를 빠져나올 무렵에 '나'를 태운 버스가 그녀를 제치고 멀리 사라져 갔다는 것, 어머니는 손을 휘저어 버스를 세워서 자식의 얼굴을 한 번이라도 더

보려고 했지만 매정한 버스 운전사는 그대로 차를 몰아갔다는 것, 홀로 눈길에 남은 어머니는 그대로는 마을로 들어갈 수 없는 심정에서 차부로 돌아가 몸을 웅크리고 앉아 동이 트기를 기다렸다는 것, 아침이 되어서야 눈길을 되밟아 마을로 돌아오는데 두 사람이 함께 남긴 발자국이 나란히 이어져 있었다는 것, 어머니는 그 길을 눈물을 뿌리며 홀로 돌아갔지만 동네 어귀에까지 당도했을 때 아침 햇살에 눈이 시려 차마 동네로 들어설 수가 없었다는 것……

〈눈길〉이 선사하는 감동은 작중 화자이자 주인공인 '나'가 그때껏 모르고 있던 어머니의 후일담을 알아 나가는 데 있는 것 같다. 읽는 이들은 주인공인 '나'와 함께 어머니의 눈길을 되밟아 가면서 알려지지 않았던 어머니의 마음의 세계와 만나게 된다. 이것은 쉽게 발설되지 않았기에 내밀한 심정의 세계이며, 경험에 관한 '공식적인' 서사로는 다 충당될 수 없는 더 깊은 진실의 세계다.

그리고 나는 여기서 오래 치매를 앓은 어머니의 죽음이라는 흔한 소재를 한 편의 장편 소설로 구성할 수 있는 근거를 발견한다. 멀리 〈눈길〉에 이어지는 《축제》는 '공식적인' 서사로는 다 드러날 수 없는 어머니의 마음, 어머니와 준섭의 마음의 대화, 어머니의 삶에 관련되어 있는 다른 피붙이, 살붙이들의 심정의 세계를 펼쳐 보여 준다. 이 사연들을 통해서 읽는 이들은 한 사람의 인생살이와 그 종결의 의미를 되새겨 보게 된다.

여기서 나는 이 소설집에 실린 〈꽃 지고 강물 흘러〉로 돌아와 본다. 이 작품은 《축제》의 후일담에 해당한다. 《축제》가 어머니의 장례식 풍경을 그린 것이라면 〈꽃 지고 강물 흘러〉는 《축제》에서 외동댁으로 나왔던 준섭의 형수의 이야기에 해당한다.

이 작품에서 작가는 다시 〈눈길〉의 1인칭 형식으로 되돌아가서 어머니의 죽음 이후의 이야기를 해나간다. 따라서 이 작품의 주인공은 작중 화자이기도 한 '나' 자신이지만 이를 통해 정작 부각되는 것은 어머니와 함께 말년을 보낸 형수의 삶이다. 30대에 청상과부가 되어 신산스러운 삶을 살아온 형수의 인생살이, 거기에 실린 마음의 숨결까지 소설에 담아 보고자 한 것이 바로 〈꽃 지고 강물 흘러〉다.

작품 속으로 들어가 보면 작가는 짐짓 치매에 걸린 어머니를 모시는 일을 두고 '나'와 형수 사이에 형성된 은근한 갈등이라든가, 어머니가 세상을 떠난 후 남아 있는 집을 처리하는 문제 등을 이야기해 나간다. 그러나 '나'는 고향에 내려가 산밭에서 형수를 만나 돌아가신 어머니와 함께 콩밭 걷이를 하고 있노라는 그녀의 말을 들으면서, 그런 형수의 모습에서 돌아가신 어머니의 형상을 발견하게 된다. 이에 이르러 '나'는 살아생전의 어머니가 형수에게 품고 있던 원망이며 어머니 돌아가신 후 남은 집을 둘러싸고 생겨난 문제들을 누그러뜨리고 제발 형수가 마음과 몸 편히 여생을 살아갔으면 하는 심경을 갖게 된다.

보기에 따라서 이러한 결말은 갈등을 딛고 화합에 이르는 마음의 길을 열어 보여 준 것으로 해석될 수 있을 것이다. 그러나 그렇다 해도 〈꽃 지고 강물 흘러〉에서 작가는 끝내 형수의 마음의 세계 편에 서서 이야기를 전개하지는 않는 것 같은데, 이것은 차라리 작가의 솔직함 또는 겸허 때문이라고 해야 할 것 같다.

어머니와 '나'의 눈길에 비견될 만한 어머니와 형수의 '밤길'에 관한 회상에도 불구하고 '나'에게 형수는 평생 자기 어머니의 삶과 관련된 조역에 머물러 왔던 것이다. 이러한 과정을 무시하고 작중 '나'가 형수의 편에서 이야기를 전개해 나간다든가, 형수가 주인공이 되어 '나'를 바라보는 방법으로 이야기를 써나가는 것은 작가로서는 쉽게 용납되지 않는 형식이었을 것이라고 생각된다. 그리고 이 점에서 〈오마니!〉의 존재는 흥미롭다. 보기에 따라서 이 이야기는 마치 작가 자신이 형수에 대해 품고 있는 마음의 빚을 다른 사람의 이야기라는 형식을 빌려 표현하고 있는 것처럼 읽힐 수도 있기 때문이다. 두 작품 사이에는 어떤 마음의 교감이 있는 것처럼 느껴진다.

　〈오마니!〉가 〈꽃 지고 강물 흘러〉와 같은 맥락에서 읽힐 수 있는 요건 가운데 하나는 이 작품에서 작중 화자가 자기 신변에서 취재한 이야기임을 드러내고 있다는 점, 그런데 이 작중 화자는 바로 작가 자신에 가깝다는 점일 것이다. 〈꽃 지고 강물 흘러〉는 작가 자신의 이야기라는 원본성을 바탕으로 해서야 비로소 〈눈길〉이나 《축제》와 상호 관련하면서 서로 맞물리는 전체를 형성한다. 마찬가지로 〈오마니!〉는 작가인 '나'와 임권택 감독을 지칭하는 Y 감독 등의 존재로 미루어 짐작할 수 있듯이 '나'의 삶이라는 원본성을 매개로 《축제》 등과 관련되면서 의미의 확장을 이루게 된다. 따라서 이 작품의 소재가 된 원로 영화배우 문예조 씨의 특이한, 젖품내의 기억에 관한 이야기는 단순히 그 자체 이야기에 머물지 않고 〈꽃 지고 강물 흘러〉에 나타나는 작가 자신의 형수에 관한 이야기와 변주를 형성함으로써 그 의미를 더 풍부하게 하는 점이 있다.

　물론 〈오마니!〉에 나타나는 문예조 씨와 형수의 사연은 〈꽃 지고 강물 흘러〉에 나타나는 '나'와 형수의 사연과는 색조가 다르다. 전쟁터에 끌려가 죽은 형 대신에 유복자를 낳은 형수의 젖문을 빨아 주어야 했던 문예조 씨가 형수에게 품어 온 그리움이 〈꽃 지고 강물 흘러〉의 주인공인 '나'가 형수에게 품고 있는 연민감과 같을 수는 없다. 전자는 은연중 남녀 간 사랑의 흔적을 보인다면 후자는 그런 것과는 관련 없는, 한 사람의 인생에 대한 이해와 동정이 초점이다. 그러나 또 달리 보면 전자의 경우에서 그런 것을 전혀 발견할 수 없다고 보는 것도 자연스럽지만은 않다.

결국 내가 〈오마니!〉에서 중시해서 보게 되는 것은 형수라는 존재에 대한 작가의 마음 씀이다. 문예조 씨에게도 형수는 자기를 중심으로 한 세계의 변방 인물이되 연민과 동정의 초점이 될 수밖에 없는 특이한 존재다. 〈꽃 지고 강물 흘러〉의 형수 역시 이 점에서 다르지 않다. 우리는 외숙모나 형수 같은 영원한 조역의 존재를 알고 있다. 〈오마니!〉와 〈꽃 지고 강물 흘러〉는 신변담의 형태를 빌려 자기라는 에고이즘의 변방에서 낮고 숨겨진 삶을 살아가는 사람들의 인생에 관한 밀도 있는 이해를 추구한 작품들이다. 작가는 자기 주변의 이야기를 통해 사람이 자기중심적으로 세계를 이해하는 데 머물지 않고 타자의 상황과 마음을 이해해 나갈 수 있는 태도를 그려 냈다고 할 수 있다.

3

〈들꽃 씨앗 하나〉와 〈문턱〉은 보기에 따라서는 성격이 매우 다른 작품이어서 하나로 묶어 내기 힘들게 보이는 면이 있다.

더구나 〈문턱〉은 작가의 신변담이라는 형식을 빌리고 있어서 오히려 앞에서 언급한 〈꽃 지고 강물 흘러〉나 〈오마니!〉와 함께 묶어서 논의해야 할 작품이라고 할 수도 있다. 나 역시 경우에 따라서는 그러한 서술법을 취할 수도 있었으나 여기서는 〈들꽃 씨앗 하나〉와 〈문턱〉을 하나의 유형으로 분류해 보고자 하였다.

신변담이라는 측면에서 보면 〈들꽃 씨앗 하나〉도 〈문턱〉이나 〈오마니!〉와 같은 방식은 아닐지라도 작가의 삶을 연상시키는 면이 없지 않다. 작가는 1939년 전남 장흥 출생이다. 〈들꽃 씨앗 하나〉의 주인공인 진성은 1950년대의 어느 해 봄에 초등학교를 졸업하고 더 공부하겠노라고 대처로 나갔으니, 작가 자신과 연령대도 비슷하고 가난한 어머니와 누이동생을 남겨 두고 떠났노라는 것 역시 작가 자신의 처지와 유사점이 있다. 진성은 고등학교 진학을 위한 재산세 증명서를 떼려고 나주, 영산포, 영암을 거쳐 돈밧재 고개 너머 장흥으로, 거기서 다시 대흥면까지 가는데 이곳 진성의 고향은 작가의 고향과 아주 가까운 곳이다. 즉, 진성의 이야기는 작가 주변에서 취재한 이야기일 가능성이 크다.

그러나 내가 이 작품에서 작가의 직접적인 삶의 체취를 맡게 되는 것은 방금 언급한 이런저런 신변담 요소 때문만은 아니다. 이야기에서 끝내 고향으로의 귀환을 유예할 수밖에 없었던 진성의 삶, 또 결국 재산세 증명서를 낼 수 없게 된 어린 진성이 도달한 뼈아픈 자기 인식은 작가 자신의 삶에 맞닿아 있다는 인상을 선사한다.

먼저 고향 상실의 측면에서 보면, 〈눈길〉《축제》〈꽃 지고 강물 흘러〉 등에서 주인공이 지속적으로 고향으로 귀환하지 못한 자기의 삶을 문제시하고 있었음을 상기해 볼 수 있다. 고향으로 돌아가지 못할 운명에 처한 진성의 이야기 뒤에는 작가의 고향 상실감이 자리를 잡고 있으며 이 때문에 작가는 진성의 이야기에 중편 소설의 분량을 할당할 수 있었을 것이라 생각된다. 작중 마지막 결말 부분에서 재산세 증명서를 제출하는 데 실패하고는 학교 운동장을 터덜터덜 걸어 나오며 눈물을 뿌리는 진성의 모습은 가난과 외로움과 더불어 성장한 작가 자신의 자기 인식으로 통하는 것이 아닐까 생각해 보게 된다.

그럼에도 물론 〈들꽃 씨앗 하나〉는 작가 자신의 이야기가 아니라 전후의 가난을 뚫고 한 사람으로 성장해 나가기 위해 몸부림쳤던 소년의 이야기다. 그렇다면 작가는 타인의 이야기를 통해 자기 삶을 반추하고 그로써 낮고 누추한 삶을 살아간 타인의 삶을 부드럽게 감싸 안는 데 이르렀다고 말할 수 있을 것이다.

한편 〈문턱〉은 앞에서도 잠깐 언급했듯이 취재형 신변담 형

식으로 씌어진 작품이다. '나'는 신춘문예 문학상 심사를 보다
가 반형준이라는 늦깎이를 당선시키게 된다. 그는 시상식 뒤풀
이 자리에서 '나'에게 그의 당선작의 소재가 된 친구의 이야기
를 해주는데, 작품은 바로 그 구정빈이라는 사람과 반형준의
이상한 관계를 중심으로 전개된다.

이야기에 따르면 반형준은 본래 문학을 지망했지만 포기한
후 평범한 초등학교 교사로 지내고 있었다. 그런데 어느 날 구
정빈이 찾아와 소설을 써보라고 주문하면서 그것은 친구의 문
재가 아까워서만이 아니라 구정빈 자신을 위한 일이기도 하다
는 뜻을 전한다. 이로부터 반형준과 구정빈의 이상한 관계가
시작된다. 구정빈은 마치 프랑스 영화 〈시라노〉의 주인공 시라
노처럼 반형준에게 이야깃감을 제공해 주고는 그의 창작 결과
를 지켜보는 역할을 해나간다. 이러한 과정이 반복되면서 반형
준은 정말로 자기 이야기를 소설로 써보고 싶은 욕망에 시달리
고 구정빈 역시 점점 더 자기 자신의 직접적인 체험과 소회가
담긴 이야기를 제공하기에 이른다.

이제 반형준의 소설 작업은 구정빈의 삶을 따라서 점점 더
새로운 국면에 접어든다. 세상사를 바라보는 구정빈의 시선이
성숙해지고 나아가 피로를 느끼고 마침내 그가 죽음에 이르렀
을 때, 반형준은 마침내 구정빈의 죽음을 그 자신의 소설이 세

상과 만날 수 있는 문으로 받아들이게 된다. 이 대목에서 작가는 작중 화자의 시각을 빌려 소설 쓰는 행위에 대한 형이상학적 사유의 장(章)을 펼쳐 보인다.

반형준은 그 구정빈의 죽음을 자기 소설이 세상과 만나는 문으로 읽고 싶었고, 그래 그의 죽음을 쓰는 일을 제 소설의 문을 열어 나가는 일로 여겼다던가. 하지만 구정빈의 죽음과 그 죽음의 수수께끼(의미)가 이야기와 관심의 핵심을 이루는 반형준의 소설을 넘어 그의 죽음을 포함한 생전의 이야깃거리 취재 내용이나 친구에 대한 그간의 소망 따위 구정빈의 삶 전체의 과정에 눈길이 이르고 보면, 구정빈 또한 이미 자신 속에 그의 이웃과 세상을 향한 만남의 문이 마련되어 있었거나, 그 의문투성이 삶 자체가 그 문이었을 수도 있었다. 그는 왜 그런 식으로 살다 그렇게 갔는가……? 반형준도 그 일련의 이야기들에 대한 구정빈의 자기 동일시 경향을 말한 대목이 있었지만, 그는 그렇듯 그 이야기들을 직접 자신의 삶으로 살다 갔을지 모른다는 한 낯선 이웃의 여망에도 불구하고 그 마지막 의문은 여전히 해명할 길이 없는 데다, 그 알 수 없음의 화두야말로 우리 삶과 문학의 영원한 유예의 수수께끼, 숙명적 비의의 문이자 어쩌면 우리 삶 자체일지도 모르니까.(175~176쪽)

구정빈은 왜 그런 삶을 살다 갔는가? '나'는 그 이유를 알 수 없다고 말한다. 또 이렇게 알 수 없다는 것이야말로 "우리 삶과 문학의 영원한 유예의 수수께끼"일지도 모른다고 말한다. 자기의 존재 의미를 자기 자신을 통해서 확인하는 것이 아니라 타자를 통해서 우회적으로 확인할 수밖에 없다는 점에서 구정빈의 삶과 문학은 닮은 점이 있다. 이 지점에서 〈문턱〉은 작가의 특장 가운데 하나인 형이상학적 사유의 장으로 넘어가게 된다.

그러나 나는 여기서 다시 구정빈이라는 인물에 초점을 맞추어 생각해 보려고 한다. 이 인물은 친구인 반형준의 글 쓰는 행위 뒤에 숨어서 담론의 표면 위로 떠오르지 않는 삶을 살다가 사라져 버렸다. 그는 〈들꽃 씨앗 하나〉의 진성과 마찬가지로 낮고 누추한 삶을 살아간 존재다. 여기서 나는 세인의 조명을 누리지 못하는 사람들에 대한 작가의 깊은 관심과 이해를 엿보게 된다.

생각해 보면 이 소설집의 첫 번째 작품군을 이루는 〈꽃 지고 강물 흘러〉의 형수나 〈오마니!〉의 문예조 씨도 모두 그러한 유형의 사람들이다. 또 《축제》나 〈눈길〉의 주인공들로 하여금 마음의 빚을 벗을 수 없게 하는 어머니 역시 그러한 유형의 인물임이 분명하다. 이청준 문학의 어디를 둘러보아도 이러한 인물들이 각별하게 그려지고 있음을 발견하기란 어렵지 않다. 〈들꽃 씨앗 하나〉와 〈문턱〉은 이청준 문학의 이러한 특성을 되돌아보게 한다. 이 소설집에 이르러 작가의 이러한 면모는 더 두드러지는 듯하다.

4

이 소설집의 마지막 유형을 이루고 있는 〈심부름꾼은 즐겁다〉와 〈무상하여라?〉는 이 소설집 가운데 이채를 발한다. 두 작품 모두 풍자적인 필치가 두드러지는데 이는 작가의 작품들 가운데서는 쉽게 찾아보기 힘든 경향이라고 할 수 있다.

〈심부름꾼은 즐겁다〉는 지난 몇 년 동안 대통령 선거를 전후로 해서 세인들의 관심과 공분의 대상이 된 정치 자금의 불법 수수를 배경으로 삼아 이른바 배달 사고를 소재로 삼은 것이다. 얼마 전만 해도 소위 차떼기라고 하여 한나라당에 거액의 정치 자금이 전달되는 음성적 과정이 백주에 드러난 적이 있음은 누구나 다 아는 사실이다. 작가는 이를 심부름꾼, 즉 정치 자금 전달을 맡은 사람의 입장에서 유머러스하게 비판해 나간다. 여기서 정치와 인생을 보는 작가의 성숙하고 여유 있는 시선을 느낄 수 있음은 물론이다.

풍자적 성격이라는 측면에서 볼 때 〈무상하여라?〉는 한 발 더 나아간 작품이라고 할 수 있다. 여기서는 작중 화자이자 주인공인 '나'의 얼굴이 정치 지도자의 얼굴을 닮은 것이 문제가 되어 있다. '나'는 P 출판사의 영업 부서에서 과장으로 일하고 있는데 어느 날 회사 사장의 말을 통해서 그 자신이 민주통일당 총재인 JS를 닮았다는 사실을 알게 된다.

재미있는 것은 작중 '나'와 JS의 관계가 작품 바깥의 작가 자신과 전직 대통령 가운데 한 사람인 YS의 관계를 연상시킨다는 점이다. 작중 '나'와 JS의 외양과 출생지에 대한 설명을 따라가다 보면 작가 이청준 선생의 외모라든가 출생지 등을 김영삼전 대통령의 그것과 비교해 보면서 절로 쓴웃음을 짓게 될 것이다.

작가는 텍스트 내부와 외부의 이러한 관련성을 바탕으로 작중 '나'가 JS 행세를 해나간다는 이야기를 유머러스하게 펼쳐나간다. 일개 영업 부서에서 고작 실무적인 역할을 맡고 있을 뿐인 '나'가 술집에서 JS 행세를 하고 또 실제로 JS를 만나기까지 하면서 대통령 선거까지 겪게 된다는 설정은 오늘에 이르기까지 매양 진지한 전개 양상을 보여 온 작가의 또 다른 면모를 엿볼 수 있게 해준다.

그러나 작가는 이처럼 유머러스한 풍자의 끝자리에서 실현되지 못하는 이상의 가치와 한국 사회의 부조리한 정치 현실을 대비시키는 일을 잊지 않았다.

「아니에요. 그건 그저 꿈일 뿐이었어요. 꿈이 실제로 이루어지면 그건 이미 꿈이 아니지요. 현실로 이루어진 꿈의 권세는 그로부터 남의 꿈을 빼앗고 짓밟기 시작하거든요.」(263~264쪽)

이 같은 요정 마담의 말은 본질상 권력을 지향할 수밖에 없고 또 그 때문에 이상을 명분 삼아 권력을 잡는 순간 이상을 배반하곤 하는 정치의 우울한 아이러니를 되돌아보게 한다. 텍스트 안의 '나'와 JS의 관계가 텍스트 바깥에 있는 작가 자신과 한 사람의 정치 지도자를 떠올리게 하는 이 작품의 성격상 이는 정치에 대한 문학의 우위성을 넌지시 표명한 것으로 이해할 수도 있을 것이다.

일찍이 작가는 《당신들의 천국》(1976) 등을 통해서 현실을 예리하게 비판한 바 있다. 이러한 현실 비판적 측면은 작가의 소설 세계를 지탱하는 중요한 요소 가운데 하나다. 그러나 그 비판이라는 것은 거의 언제나 현실 자체의 비판이라기보다는 현실의 근저에 가로놓인 정신의 비판이며, 따라서 작품의 지향점 역시 현실 문제의 직접적인 해결이 아니라 그것의 근저에 놓인 정신적 문제의 탐구 또는 구원에 있었다고 생각된다.

이 점에서 〈심부름꾼은 즐겁다〉와 〈무상하여라?〉는 다소 이색적인 작품이다. 여기서 현실은 유머를 동반하면서도 다소 직접적으로 비판되는 듯하다. 그러나 이런 가운데서도 작가는 여전히 풍자의 대상이 되는 현상 내지 인물 자체와 싸우기보다는 그것의 배후에 놓인 것을 문제 삼는다. 또 그러면서도 작가는 여전히 이처럼 부조리한 세계를 어렵게, 성실하게 살아가는 사람들을 부각시키기를 잊지 않는다. 〈심부름꾼은 즐겁다〉와 〈무상하여라?〉의 주인공들은 〈들꽃 씨앗 하나〉와 〈문턱〉의 주인공들과 마찬가지로 신분상 두드러질 것이 없는 사람들이다. 그러면서도 진지한 사람들이다. 우리가 살아가는 오늘의 세상은 이런 사람들에게 많은 기회를 선사하지 않는다. 여기에 〈꽃 지고 강물 흘러〉의 형수와 〈오마니!〉의 문예조 씨까지 아울러 떠올려 보면 이 새로운 소설집의 한 가지 성격이 뚜렷하게 부각됨을 알 수 있다.

이 소설집은 외면상 세 개의 작품 유형으로 나누어 볼 수 있으되 내면적으로는 하나의 주제를 보여 준다. 요약해 보건대 작가는 이 소설집을 통해서 우리 세계를 살아가는 평범한 사람들에 대한 작가 자신의 관심과 이해와 연민을 표명하고 있다고 할 수 있다. 이를 작가는 때로 자기를 둘러싼 신변적 세계에서 살고 있는 사람들, 때로는 우리 사회 어느 곳에나 하나쯤 있을 법한 사람들을 통해서 보여 준다. 나는 작가가 그려 내고 있는 것이 그러한 존재들에 대한 작가 자신의 사랑이라고 생각하게 된다.

오랜 세월을 문학과 함께 살아온 장인의 손길로 보듬는 사람들의 모습이 애처로우면서도 아름답다.

꽃 지고 강물 흘러

초판 1쇄 발행일 · 2004년 10월 20일
초판 5쇄 발행일 · 2005년 8월 30일
지은이 · 이청준
펴낸이 · 임성규
펴낸곳 · 문이당

등록 · 1988. 11. 5. 제 1-832호
주소 · 서울시 성북구 동소문동 4가 111번지
전화 · 928-8741~3(영) 927-4990~2(편)
팩스 · 925-5406
ⓒ 이청준, 2004

홈페이지 http://www.munidang.com
전자우편 webmaster@munidang.com

ISBN 89-7456-260-X 03810